# 菩萨蛮

苏童 著

人民文学出版社

图书在版编目（CIP）数据

菩萨蛮／苏童著．－－北京：人民文学出版社，2025．－－ISBN 978-7-02-018830-7

Ⅰ．I247.5

中国国家版本馆CIP数据核字第20246FY782号

责任编辑　黄彦博　王昌改
责任印制　苏文强

出版发行　人民文学出版社
社　　址　北京市朝内大街166号
邮政编码　100705

印　　刷　涿州市京南印刷厂
经　　销　全国新华书店等

字　　数　166千字
开　　本　850毫米×1168毫米　1/32
印　　张　10.375　插页3
印　　数　1—8000
版　　次　2025年4月北京第1版
印　　次　2025年4月第1次印刷

书　　号　978-7-02-018830-7
定　　价　52.80元

如有印装质量问题，请与本社图书销售中心调换。电话：010-65233595

# 自　序

我的写作忽疏忽密，持续有些年头了。谈创作，有时有气无力，有时声如洪钟，也谈了好些年头了。但给自己的书写自序，上一次似乎还要追溯到二十年前。我不知道我后来为什么这样抗拒写自序，就像不知道自己当初为什么那样热衷，我也不清楚自序的用途，究竟是为了对读者多说一些话，还是为了对自己多说一些话。

一般来说，我不习惯在自己的作品结尾标注完成时间，但我在头脑一片空茫之际，罕见地自我考古，找出二十多年前出版的小说集《少年血》，我意外地发现那本书的自序后面标记了一个清晰的时间：1992.12.28。自序提及我当时刚刚写完了一篇名叫《游泳池》的短篇，而篇末时间提醒我那是一个冬天的夜晚，快要庆祝1993年的元旦了。我想不起关于《游泳池》的写作细节了，能想起来的竟然是那些年我栖身的阁楼，低矮的天花板，狭窄的楼梯，有三处地方必须注意撞头，我习惯了在阁楼里低头缩肩的姿势。那些寒冷的冬夜，北风摇撼着老朽的木窗以及白铁匠邻居们存放在户外的铁皮，铁皮会发出风铃般的脆响。有时候风会从窗缝钻进来，在我的书桌上盘旋，很好奇地掀起稿纸的一角，我抹平稿纸，继续写。我想起我当时使用的一盏铁皮罩台灯，铁皮罩是铅灰色的，长方形的，但灯光很温暖，投射的面积很大，那时候没有任何取暖设备，但我写作的时候，手大部分时间泡在那温暖的光影里，并不冷。说这些我有些惭愧，感慨多，并非一件体面之事，但我想把如此这般的感慨体面地修饰一下：写作这件事，其实可以说得简单些，当时光流逝，写作就是我和岁月的故事，或者就是我和灯光的故事。

前不久听一位做投资的朋友概括他们考察项目的经验，说种种考察最终不外乎考察两点：一是你去哪里，二是你怎么去。会心一笑之间，忽然觉得这经验挪移到写作，一样地简洁可靠，创作其实也是一样的。你要去哪里？我们习惯说，让作品到远方去，甚至比远方更远；让作品到高处去，甚至比天空更高。这都很好，没有毛病。我们唯一的难题是怎么去，这样的旅程没有任何交通工具，甚至没有确定的路线图，只有依靠一字一句行走、探索，这样漫长的旅程看不到尽头，因此，我和很多人一样，选择将写作持续一生。

里尔克曾经给年轻的诗人们写信告诫："以深深的谦虚与耐性去期待一个新的豁然开朗的时刻，这才是艺术的生活，无论是理解或创造，都一样。"这封信至今并不过时，我想我们很多人都收到了这封信，我们很多人愿意手持这封信写作、生活，无论那个豁然开朗的时刻是否会来到，深深的谦虚与耐性都是写作者必须保持的品格，当然，那也是去远方必需的路条。

苏　童

目 录

第一章　　　　　　　　　　1

第二章　　　　　　　　　　125

第三章　　　　　　　　　　229

附录 苏童经历　　　　　　313

# 第一章

那不是路,那是一大片苦海呀。我不是赶路的人,我是在苦海里挣扎!

**审讯**

审讯员:姓名?

华金斗:姓华,名字叫金斗,我们厂里人说是个地主名字,可我家不是地主,而是堂堂正正的贫下中农。

审讯员:没问你成分,年龄?

华金斗:虚岁四十三了,属猪的。

审讯员:民族?

华金斗:什么? 我不知道呀,我跟你一个族吧。对,汉族,就是汉族。

审讯员:家庭成员? 又听不懂,问你家里有什么人。

华金斗:八口人呀,不,现在只剩七口人了,我爱人死了,我又进来了,家里就剩下五个孩子,还有大姑。

审讯员：什么大鼓？你咬字清楚一点。

华金斗：大姑就是我妹妹呀，我的亲妹妹。孩子们这么叫，我也跟着叫，叫惯了就改不过来了。她不是我的大姑，而是孩子们的大姑。

审讯员：不准说废话，你的屁股不准扭来扭去的，坐端正一点，不准低着头，头，把头抬起来，对，就这样，好了。现在你告诉我们，你到燃料仓库纵火的动机，什么动机，什么目的？

华金斗：我爱人死了。

审讯员：我们知道你爱人死了，她死了跟你的纵火案有什么关系？

华金斗：我也说不上有什么关系，我糊涂了，我的脑筋那会儿打了个死结。她死在仓库里，我就觉得是仓库害死了她。

审讯员：你认为你爱人不是自杀，而是他杀？是谋杀？

华金斗：我可不会血口喷人，谁都说凤凰是个好人，她在仓库的群众关系一直很好，就是疯子也不忍心害她的。我看见那绳子了，我知道她是自杀。可是我不相信呀，她出门时还好好的呢。她的塑料凉鞋刚洗过，放在窗台上晾着，是我替她拿的鞋。她还让我去桥下看看卖黑市米的船来了没有，说要是有船就买上三十斤，要是这次米便宜就买上七八十斤放着。

审讯员：不准打岔，问你什么你就答什么，记住了吗？现在你回答我，你在燃料仓库纵火的动机到底是什么？

华金斗：我真的不知道什么动机呀，我跑到仓库看见凤凰的尸体就傻了，我听见大姑和女儿在哇哇地哭，我都不知道她们在哭什么，我的脑筋真像是打了个死结，一口气堵在喉咙里上不来也下不去。我光是想这是在欺负我呢，这是在把我华家往绝路上推呢，这是骑在我头上拉屎撒尿呢，这是存心要把我气成个疯子呢。

审讯员：你说谁，谁骑在你头上拉屎撒尿，谁存心把你气成疯子？

华金斗：就是不知道呀，要是知道我就不会干那蠢事了。我那会儿是糊涂了，看见谁谁倒霉，仓库里的人都躲着我，可是那些油罐躲不了我，它们神气活现地爬到我眼睛里来，它们就倒霉了。我看见油罐上写的那些大字，我的脑筋又打了一个死结，我后来就光是想着跟那些油罐算账了。

审讯员：油罐上写的什么字？

华金斗："严禁烟火，小心火灾"，还有好多，反正都是一个意思，宣传防火呢。我看见那些字就想，我让你防火，让你严禁，让你小心。我当时真是糊涂了，我把那些油罐当成了出气筒。我就没想到那是国家的财产，我就没想到油罐爆炸的危险性呀。同志，你告诉我，到底有没有伤着人，我心里就是放不下这件事，你一定得告诉我。

审讯员：伤没伤人你犯罪的性质都一样，你知道你犯了什么罪吗？

华金斗：什么罪，是放火罪吧？不管叫个什么罪，反正是死罪，我知道，我这辈子是完了。后悔也没用，世上没有后悔药可卖，同志，不怕你笑话，我现在恨不能钻回我娘的肚子里去，像我这样没脑子的人，她不该让我出来呀。

审讯员（笑）：不准胡说八道，不准说废话，把头抬起来，我问你，有没有犯罪前科？

华金斗：什么科？你是问我以前有没有犯罪吧，同志你真是委屈人呢！你把我当坏人看了，我是不是坏人，你去农具厂打听一下就知道了。我在厂里一个人干三个人的活，我在厂里这么多年，从没迟到一分钟也从没早退一分钟。要不是我脾气臭，农具厂的劳动模范哪儿轮得到赵立春，那就是我华金斗呀。我犯什么罪？我这辈子不偷不抢、不嫖不赌，一颗心都拴在家里了，我心里装不下别的心思。你非要抓我的错，当然也能找到错。我儿子的滑轮车是我用厂里的废零件装的，可这也不能叫犯罪吧，就连赵立春也拿厂里的回丝回家做抹布嘛。

审讯员：住嘴，让你坦白，你倒乘机攻击起人家劳动模范来了。我问你，你的雷管是从哪儿弄来的？

华金斗：那不是我的，是搬运队李义泰弄来的。同志你千万别记他的名字，他跟这事没关系。那雷管本来是炸鱼用的，李义泰是好心，过春节的时候，他约我去水库炸鱼，说是自己给自己办点年货，可是水库有人看着，我们只好回来，那雷管就放在我家里了。同志，你得把李义泰的名字画掉，你要不画我干脆就不说话了，我可不能给好人头上栽赃。

审讯员：好人坏人不是由你说了算，我们根据政策法律办事，用不着你来废话，你只管坦白你的问题就行了。

华金斗：我不知道还有什么可坦白的，我都后悔死了，我毁了自己，也把孩子们的前程毁了，他们的档案里会有个大污点呀！我要有办法把自己的脑袋摘下来就好了，我非把它踩个稀巴烂，人家的脑袋都管用，我的却不管用，要它干什么？我都后悔死了，你们却还要我坦白，坦白，坦白，坦白你妈个×呀！

审讯员：你吃了豹子胆了，敢在这里骂脏话。你这人的脑子看来真是个大粪坑。像你这样的人我们见多了，我们有办法给你们的脑子打扫卫生。

华金斗：我不要你们打扫卫生，我求你们快点宣判。我估计你们会判我无期徒刑吧，我不要无期徒刑，一辈子不能回家，不如死了痛快，你们要么判我个三年五年的，要么就给颗子弹，就是不要那个无期！

审讯员：你以为这是菜市场，可以讨价还价吗？怎么宣判不是你的事，也不是我的事，是人民法庭的事，法律，法庭，你懂了吗？

华金斗：我怎么不懂？法律就是讲判刑的书嘛，法庭就是判刑的地方嘛。我不管你们是个什么法，总得考虑考虑群众意见吧？要么三年，要么子弹，你就这样跟你的领导去反映，你一定要替我去反映。

审讯员：你这人的脑筋看来真是打了死结，这死结得由你自己慢慢解。小王、小许，把嫌疑犯押下去。

华金斗：同志你别生气，别急着撵我走呀，我有一件事要求你，你别皱眉头，是件小事呀。你们怎么宣判我都没意见，求你们别把大公告往香椿树街上贴。我儿子虽然才六岁，可他已经认字了，他早就认识我的名字了。同志你别皱眉头，你真是急死我了，一定要贴也行，你们就给我改个名字，随便改成什么，银斗、金生的都行，就是别在"华金斗"三个字上打红叉叉，我儿子已经会写那三个字了呀。

审讯员：小王、小许，你们愣在那里干什么，快把嫌疑犯押下去。

华金斗：你们别拉我，别拉我，同志我给你跪下还不行吗？别让我儿子看见那红叉叉，你们要是不答应我我就死给你们看。同志，同志，就这点小事你答应我吧。

审讯员：快，快点，快把他押下去！

## 0

从我这里到香椿树街要穿过两个世界，假如骑上那匹黑天驴一眨眼就到了，活人们无法理解这件神奇的事情，只有死人们知道在另一个世界里交通是多么发达，茫茫天际里每天运行着多少天马、天牛、天驴、天狗，亡灵们去人间探望亲人使用的就是这些交通工具。我听说玉皇大帝出外巡游坐的是金天车，而阎王爷到人间办事坐的是一艘美丽的七色飞船。当然，什么金天车，什么七色飞船的，我只是说说而已，我从来不想这种好事，对于我来说，有一匹黑天驴骑着已经很不错了。

我所在的天界第八区聚集了一大批像我这样死不瞑目的冤魂，大多数都犯了罪，却又不是坏人，所以第八区成了一个"三不管"地区，玉皇大帝不管，阎王爷也不管。我们的区长是一个打猎爱好者，有一次到山上打斑鸠，斑鸠没打到，子弹竟然打死了一对躲在树丛里的男女，人家法院并没有判他死刑，他自己判了自己的死刑，据说他本来应该在第六区的，是他自己跑到我们第八区来的，他说他原来就在一个落后的老大难区工作，现在还是不改初衷。

我没见过管香椿树街的人间的区长，反正现在这个第八区区长人还不错，第八区一共只有十几匹天驴，成千上万的人要用呢，可区长很干脆地就让我牵了一匹。我想大概他知道我的事，知道我也是个判自己死刑的人，知道我的五个孩子转眼之间成了孤儿，他不照顾我照顾谁去？

第一次回到香椿树街时，他们还不知道我在监狱里自杀的消息。你想象不出我在家门口看见我儿子的心情，我跳下黑天驴去抱我儿子，我足足抱了有一百次呀，可恨的是一次都没能抱住他。我俯下身去亲我儿子的脸蛋，亲了足足有一百次，连他的鼻涕也没亲到。我对他喊，我来了，快叫我，叫爸爸！我把嗓子都喊破了，可他像个聋子似的听不见。他瞪着街上来来往往的自行车和行人，突然尖声叫道，乌龟，乌龟，大乌龟！我起初以为他是在骂我呢，我想你真是反了天啦，你敢骂你爸爸是乌龟？我正要抓他耳朵，突然发现一个骑车的人，他的整个身体向车把倾斜着，看上去确实像一个乌龟。我被我儿子逗笑了，虽说随便骂人不礼貌，但像我儿子这样骂得快、骂得精彩也不容易嘛。

你看我儿子虎头虎脑的，多么讨人喜欢。他叫独虎，是我给他取的名字，别看他现在长得不高也不大，在凤凰肚子里那会儿他却像头小猪一样又胖又壮的,凤凰分娩是做的剖腹产,因为他太大了。我当时好像预感到这是我华家传宗接代的独苗苗了,我给他取了这个名字。凤凰说不好,听上去像个土匪的名字,可我就是觉得只有这个名字才配得上我的宝贝儿子。我儿子六岁了,他流着鼻涕站在家门口,傻乎乎地望着天空,我知道他在看天上的云,还是在他婴儿时他就这样,只要抱他出门他就仰着脸看天上的云。我知道他看不见我,即使看见了他也会以为我是天上的一朵云呢,他不会知道我在看他,即使知道他大概也不在乎,他大概已经不认识我了。

独虎头顶上的那根小辫是他妈妈活着时给他留的,凤凰就怕儿子在家里太受宠、太扎眼,生怕引起老天的妒意,这样混在他姐姐中间就放心了。那根小辫用红线扎着,姐姐们每天争着给他梳理那根小辫。早晨起来新梅她们情愿自己披头散发,也要先把独虎的小辫梳好。这是凤凰活着时立下的规矩,现在凤凰死了,女儿们仍然遵守着这个规矩,从这一点上你能看出我的女儿们也是天下最好的女儿。我儿子才六岁,他跟新梅、新兰她们不一样,他还不懂得恨我,不知道是我的臭脾气害了这个家,使他们成了孤儿,他大姑太疼他了,他还不知道自己是个孤儿呢。独虎不知道街上的孩子们为什么不喜欢跟他玩,他看见一群孩子在酒厂门口拍香烟纸,等他走过去那群孩子就跑开了,他们一边跑一边用厌恶的眼神瞪他。独虎只好一个人站在酒厂门口,随意地浏览墙上的宣传标语,标语中有几个字他是认识的,独虎就大声地把它们念了出来。独虎的声音引来了几个小女孩,她们拿着牛皮筋挤到独虎身边,眨着眼睛听独虎念标语,但她们一来独虎就不念了,独虎鄙夷地扫视着她们,脸上浮现出一种傲慢的表情,他的嘴里突然发出类似赶马的呼啸声,然后一溜烟地跑了。我不知道我儿子为什么如此讨厌女孩子,大概是因为家里的女孩太多了吧。说起来小男孩就应该和小男孩玩,我也不愿意让他从小混在女孩堆里,长大了弄不好会变成个娘娘腔,可是我实在是心疼我儿子,他简直就像老光棍儿追寡妇似的追逐街上的男孩,而男孩们简直欠揍,他们偏偏不跟他玩。

独虎才六岁,他不知道是我害了他,是我使华家在香椿树街成了一个臭名昭著的家庭。势利眼的大人培养了势利眼的小孩,我儿子他像一个跟屁虫似的跟着他们。可是他们真的把他当成了一个跟屁虫,他们一次次地摆脱了独虎。今天我亲眼看见了这种令人心酸的追逐,我看见我儿子在追逐郁家十岁的儿子,一直追到铁路桥下。那个欠揍的郁勇在奔跑中忽然停下来,用链条枪指着我儿子说,你别跟着我们,梳小辫的,去跟女孩玩!

独虎愣住了，独虎的一只脚还在往前伸，另一只脚却在后退着，你怎么不去跟女孩玩？独虎这么嚷嚷了一句，看见郁勇他们的背影已经消失在铁路桥下。我恨不能把那群欠揍的孩子一个个揪回来，按住他们的头让他们陪我儿子玩，但是我现在只是一个冤魂，我没法做这件事情。我注意到独虎的眼睛里涌出一种老人才有的哀伤，他突然觉出他头顶上那根小辫的重量，他转过脸对着墙左右摇晃着脑袋。午后的阳光恰好把他的影子投在墙面上，他看见那根小辫像一棵树一样地长在自己的头顶上。我的眼睛现在大概是含着毒汁了，怎么看见的尽是我不愿意看见的事情呢？今天我跟着儿子回到阔别已久的家，看见我儿子从抽屉里拿出一把剪刀，对着镜子把他头上的小辫剪掉了，他母亲要是知道了不知会伤心成什么样子呢。就在今天我满意地发现我的家仍然以独虎为核心，像地球一样稳稳地运转着，这首先要感谢我那个救命菩萨一样的好妹妹，孩子们都叫她大姑，我也跟着叫。是大姑第一个发现独虎的小辫没了。独虎示威似的站在大姑面前摇晃他的脑袋，大姑就瞪大了眼，"嗷"的一声大叫起来，然后家里就乱成一团了。大姑遍地寻找被剪掉的那根小辫，她拿着手电筒在门外的垃圾堆里找，还在床底下箱子后面找，一边找一边喊着侄女们的名字，她说，新梅，你怎么傻站着，帮我一起找呀。新梅就蹲下来用扫帚在床底下来回扫。大姑说，新竹，你放学回家怎么不看着他，你就让他把小辫铰掉了？新竹尖声叫起来，谁让他铰小辫了，我一回家就在洗萝卜，我还上街打酱油了，我又没长八只眼睛，怎么看得住他？大姑白忙了半天，最后来到独虎面前，气喘吁吁地怒视着独虎，独虎就扭过脸去挠他的脚背，大姑拎住他的耳朵，把他的脸对准自己的眼睛。然后大姑怒喝一声，说，扔哪儿了？独虎不敢看大姑的眼睛，他就斜睨着新梅手中的扫帚说，扔河里了。他听见大姑的鼻孔里猛地喷出一股热气，大姑仰视房梁绝望地眨巴着眼睛，一声声地叹着气，她说，小祖宗呀，告诉你你也不懂，这小辫不能铰，这小辫铰不得呀。

独虎其实撒了谎，那根小辫是被他扔到屋顶上去了。我想告诉我妹妹小辫的下落，可是我不能说话，我要是能说话，说不定会对她说，算了，剪掉就剪掉吧，男孩子的小辫迟早是要剪掉的。我还摸透了我儿子的心思。我猜到独虎隐瞒小辫的下落是因为害怕大姑找到它，如果大姑找到那根小辫说不定会设法把它接回到他头上。我儿子才六岁，你别看他才六岁，他鬼得很呢，六岁的心眼儿可以装一箩筐，这一点不知他像谁。我和他母亲做了大半辈子老实人，缺的就是心眼儿，生出个儿子却是个小机灵鬼，我想这总比再生个我这样的缺心眼儿好。

当天晚上我儿子独虎就跑到街上去了，他在街上东张西望，专挑人多的地方钻，在杂货店门口独虎恰好撞见了郁勇。郁勇端着一碗豆腐乳从台阶上跳下来，独虎就迎上去，跟在他身后走。郁勇的腿朝后面倒蹬一脚，说，你跟着我干什么？跟屁虫。独虎说，你没看见我的头，我把小辫剪掉了。郁勇歪过脸扫了独虎一眼，说，谁管你的小辫，我才不管你的闲事呢，你们家有那么多女的，一个男的也没有，女人就会叽叽喳喳的，我最讨厌你们家。独虎仍然跟着郁勇走，他猜因为天黑的缘故，郁勇不一定看得见他的头上没有了辫子，独虎正在犹豫是不是走到郁勇的前面，让他能更清楚地看到自己的头顶，郁勇却站住了。郁勇打量着独虎，突然说，你爸爸呢，你怎么没有爸爸？独虎没有料到郁勇会提这个问题，独虎愣了一下说，那你爸爸呢，我也没见过你爸爸。郁勇说，我爸爸是空军，驾驶军用飞机的，空军穿什么衣服你知道吗？不等独虎回答，郁勇就叫起来，你连这也不知道，笨蛋，告诉你吧，空军都穿皮夹克。

独虎仍然跟着郁勇走，快到郁勇家了，郁勇越走越快，他回过头来说，你别跟着我了，狗才这样跟着主人呢。独虎说，你骂人，你骂我是狗，你自己就是狗。独虎的手却留恋地抓住了郁勇的衣角，他说，我告诉你我爸爸在哪里，不过有个条件，你们以后得陪我拍香烟纸。郁勇想了想说，好吧，我们带你玩，你别卖关子了，说，你爸爸到底在哪里？就这样独虎盯着郁勇的脚尖说出了我家的秘密,独虎说出了这个秘密,就像泼出了一盆水,就像一盆滚烫的热水泼在我脸上,我以前做人的时候从来不会难为情,现在做了一个冤魂,却被儿子的一句话弄得羞红了脸。

独虎说,告诉你你不能告诉别人,我爸爸,我爸爸在监狱里。


1

秋天以来雨水丰盈,一般来说雨都是从半夜开始下的。你听见一阵风突如其来地掠过梧桐树的树梢,谁家敞开的门窗被风推来撞去的,然后雨点就落下来了,雨点起先很急促地打在窗玻璃上,噼啪有声,渐渐地风停息了,雨也下得均匀了。在淅淅沥沥的雨声中,人们睡得更加香甜,睡到第二天早晨,雨已经停了。地上的积水提醒你刚刚逝去的是一个雨夜,树上的残叶间突然会有一滴水珠落在你的脸上,那滴水珠也提醒你,雨夜刚刚过去,一场秋雨一夜风,秋意浓了,天凉了。

秋天以来我一直在香椿树街的上空徘徊,不分昼夜地俯瞰着我的家。做一个冤魂就是有这样的好处,下雨的时候我浑身都淋湿了，可是我并没有湿漉漉的难受的感觉，看见风扫落叶满地霜露，我知道天凉了，但我不需要添衣穿袜。我不分昼夜地睁着眼睛，害怕一旦睡着了会被阎王爷发现，把我拖到奈何桥那边去。

天凉了。大姑在贩菜船上买了一筐雪里蕻，菜贩子把筐拖下船就不管了。大姑试了一下，菜筐太重了，她根本拖不动它。大姑对菜贩说，你们怎么不来帮我一把，我买了一百斤菜呢，你们应该帮我搬回家。菜贩说，还帮你搬回家呢，你不想想你买这菜花了多少钱，你恨不得我们白送你，讨了便宜还想便宜，你这种女人哟。大姑说，你们这种男人也叫男人？比女人还要小家子气，买卖都做完了，还在那里放什么酸屁？我看你们下面白长了那块肉。大姑嘴里骂着，眼睛在贩菜船上搜寻着什么，船上的一条绳子使她眼睛一亮，你们以为一筐菜难得倒我？看我怎么把它拖回家。大姑说着就从菜贩的脚底下抽出那条绳子，她用绳子在菜筐上做了个手环，拖着菜筐就走。菜贩子在后面叫起来，你怎么把绳子拿走了？我们还要留着捆菜呢。大姑没有理睬他们，大姑回过头狠狠地瞪了他们一眼。她不愧是我的亲妹妹，她雷厉风行的作风比我又高出一筹，做起事情来我是一百个放心。

大姑拖着一筐菜离开了码头，她听见箩筐擦着水泥地，发出一声声尖厉的惨叫。大姑走到桥下就站住了，她担心箩筐会被拖坏，箩筐坏了以后就不能装菜了。大姑心疼箩筐，一时没了主意。桥上人来人往，她看见搬运队的李义泰拉着一辆板车从桥上下来。李义泰拉板车总是拉得耀武扬威的，他嘴里大声吆喝着像一匹烈马从桥上冲下来。看见李义泰，大姑的脸下意识地扭了过去，大姑总是躲着他。但是李义泰的板车偏偏"吱嘎"一声停在她面前，李义泰嘴里的酒气喷到了大姑的脸上。

买这么多的菜？李义泰说。

是雪里蕻，腌了过冬。大姑说。

我帮你拖回家吧，李义泰说，你是在等我的板车吧。

谁等你的板车？我等新梅她们呢，我们家人多，每人抱一捆就行了。大姑说。

狗咬吕洞宾。李义泰说，热脸贴上个冷屁股。

我的冷屁股你也贴不上，拉上你的送尸车走吧，别在这儿找骂。大姑说。

热脸贴上个冷屁股。李义泰伸出手在菜筐里胡乱掏了几下，然后拍拍手拉着板车往桥下冲去，李义泰一边跑一边叫，热脸——贴上个——冷屁股。李义泰这人狗嘴里吐不出象牙。不过他人倒不坏。我以前跟他也算是朋友，老在一块下棋什么的。李义泰是老光棍儿，有一块钱敢花十块钱的人，脾气又臭又大，没有女人肯嫁给他。我知道李义泰对我妹妹一直心怀鬼胎的,有一次他请我喝酒,吞吞吐吐地提起那件事,我一句话就把他打发了,我说,怎么,癞蛤蟆想吃天鹅肉?我倒并没有把我妹妹看成一只天鹅,但我觉得要是让李义泰娶了她,老祖宗会在祖坟里骂我瞎了眼的,我这样的人假如是个女的嫁给李义泰倒是谁也不吃亏,可他动我妹妹的脑筋万万不行,大姑她虽然二十岁上就死了男人守了寡,可在我眼里她还是个黄花闺女呢。大姑坐在菜筐上,菜筐里的一百斤雪里蕻沐浴着秋天的阳光,阳光已经向桥的西侧软软地倾斜过去。大姑看见一群学生从桥头走过,邹医生的女儿多多她是认识的,大姑就喊,多多,看见我家新菊了吗?多多很诧异地看了大姑一眼,说,我不认识你家新菊。大姑想她大概是搞错了,新竹和新菊的那些同学,她常常张冠李戴。于是大姑又问多多,那你看见我家新竹了吧,她这会儿也该放学了。多多却是满脸厌烦的样子,她整理了一下头上的发卡,说,没看见没看见,我又不是你们家的门卫。

大姑愕然地看着多多走下大桥,过了一会儿她醒过神来,嘴里就发出一声冷笑,对卖水果的女人说,才多大的人,就学会了大人的毛病,狗眼看人低。过了一会儿大姑又说,邹医生人倒是不坏,对谁都客客气气的,她打针一点也不疼。咦,怎么生出这么个女儿呢?

桥上先是出现了新竹的身影,然后就是新菊,姐妹俩一个推着我家唯一那辆自行车，一个坐在车后架上。新竹一边努力地压住自行车车把，一边回头骂她妹妹，你想累死我呀，给我下来。新菊却还赖在车上，朝桥下的河面张望着。新竹说，你下不下来，你不下来我撒手了。新竹刚想去拉扯她妹妹，一抬眼就看见了大姑，大姑正瞪着眼睛看她们呢。

新竹站在桥上，把自行车弄得东摇西晃的，她的眼睛躲躲闪闪地看着大姑，说，新梅让我骑出来的，她今天不用车。

撒谎。大姑说，新梅今天怎么不用车？她上中班。

不是我要骑出来的，新菊缠着我，让我带她上学。新竹说。

撒谎。新菊在后面嚷嚷起来，是她自己把车偷出来骑的，是她自己要带我的。新菊的话没说完就尖叫起来，我在空中看得很清楚，新竹的手伸到新菊的腿上，拧了妹妹一把。

大姑大步走过去，把姐妹俩分开。别在这儿丢人现眼的，大姑说，今天不骂你们，有辆自行车正好，来，帮我把雪里蕻驮回家。说起来真是让人心酸，我活着的时候这么一筐菜算什么呀，背在肩上就走了。我不在了，力气活只能她们干了，她们干力气活就是让人着急。我恨不能伸出手把菜筐放到我的肩上，可我的手就是伸不到那儿，我只能在空中干着急。

她们三个人一齐用力把菜筐抬上自行车的后架，大姑是不会骑车的，掌握自行车方向的任务自然落到了新竹身上。新竹在前面掌握着车把，大姑和新菊在后面扶着菜筐，一百斤的负荷对于我家这辆旧车来说有点超重，新竹的脚步踉踉跄跄的，新竹的身子左右摇摆着。大姑叫起来，新竹你行不行？新竹喘着气说，我行，怎么不行？大姑说，你就嘴硬，这车弄得像抽筋似的，看着人心慌。新竹就回过头说，谁让你买这么多菜了？谁爱吃腌菜？一买就买这么多，看着就反胃。

新竹的一通抢白并没有惹恼大姑，大姑看上去有点理亏的样子，欲言又止。大姑弯起她粗壮的胳膊护住摇晃的菜筐，边走边问新菊，那个什么多多，是你班上的同学吧？新菊说，什么呀，她是新竹的同学。大姑又问新竹，邹医生家那个多多，她跟你不好吧？新竹好像没听见大姑在说什么，过了一会儿，她突然用一种恶狠狠的声音说，她就会臭美，她不理我，我还不愿理她呢。

大姑在后面咯咯地笑起来，大姑说，这就对了，我小时候就这样，谁瞧不起我，我一辈子都不理他。大姑的手在空中甩了一下，又伸出去抓新竹的耳朵，说，你们姐妹几个，就你的脾气随我。你爸爸还老说你最像他，像他个屁，谁像他那个狗屎脾气呀！

我妹妹在背后贬低我，我有一点生气，好在我还是有自

21

知之明的。我的脾气确实是又臭又硬，不像狗屎又像什么呢？

姑侄三人保护着一筐雪里蕻在街上走，走到铁路桥的桥洞时，一列火车恰好急速驶过。新菊大声叫道，大姑快捂耳朵。尖锐的汽笛声已经在铁路上空回荡，大姑脸色煞白，又是闭眼又是摇头的。我这个妹妹从小天不怕地不怕，偏偏就是怕火车，火车在铁路上走，不碍她的事，她却以为火车是从她耳朵里穿过去了。但是我发现这回她没有捂耳朵，她仰起脸注视着横跨街道的铁路桥，脸上浮现出一种迷惑的受惊似的表情。新菊在旁边说，大姑你怎么不捂耳朵了，你不怕火车喇叭了？大姑说，不怕，大姑现在不怕火车喇叭了。新竹回过头说，你们发什么呆，走呀，快走呀。大姑说，不着急，歇口气再走。

大姑仰起脸注视着灰色的横跨街道的铁路桥，她的眼睛突然炯炯发亮，你们看清楚刚才那列火车了吗？大姑说，你们看清楚火车上的人脸了吗？

新竹说，火车开得那么快，谁看得清那些人脸，就是神仙也看不清。

我怎么就看见了呢。大姑揉了揉眼睛说，我没有眼花呀，我看东西从来不眼花，我真的看清了他的脸。

急死人了，你到底看清谁的脸了呀？新竹说。

我看见你爸爸了，大姑说，我怎么看见你爸爸在火车上呢？

我在空中大吃一惊，我真是怀疑她看见了什么。记得小时候在老家她就神神鬼鬼的，她说她每天都能见到一个天仙似的穿绣花鞋的女鬼。有一次她上了茅厕回来告诉我，她一边坐在粪缸上一边和那个女鬼绷线线玩呢。我真的担心我妹妹会看见我，我更担心她的一惊一乍的样子吓着了新菊、新竹，她们毕竟还小呢，一个才十岁，另一个也刚满十四岁呢。

姐妹俩果然愣住了，新菊张大嘴呆呆地看着新竹，新竹则用怀疑的目光观察着大姑的脸。新竹忽然撇了撇嘴说，你看花眼了，肯定是看花眼了，世界上长得相像的人多着呢。

我没看花眼，我看见他把脸贴在窗上呢，那凶神恶煞的样子，还能有错？大姑说，可也怪了，他的案子没了结，人不能出来呀。要不他是迷了别人的魂给我捎信呢。他多半是想家啦。想家不能回，这有多受罪。

我看见大姑的鼻孔开始呼呼地喷气，大姑雪白的牙齿咬住了干裂的嘴唇，我就知道大姑快哭了。幸亏新竹不理大姑那一套，她说，走不走了？你们不走我走了，我才不想驮什么腌菜呢。

大姑赶忙扶住菜筐，她的眼圈已经红了，第一声呜咽也已经喷薄欲出，但是大姑腾出一只手使劲地夹住两侧鼻翼，硬是把那种声音送回去了。

2

　　一口大缸被搬到了门前的空地上。独虎坐在小凳子上，看他大姑踩腌菜。独虎看见大姑的裤腿挽到膝盖处，露出一双浑圆而结实的小腿，一双和男人一样大的大脚。大姑在缸里放上一层菜，撒上一层盐，然后她的双脚一上一下，一上一下地踩。缸里的菜先是嘎吱嘎吱地叫个不停，慢慢地它们就被踩死了，只有一种噗噗的沉闷的声音传到缸外。吃了这么多年的腌菜，我还是第一次有空看大姑踩腌菜。她这种踩腌菜的方法是我老家那里的传统，我老家自古以来都是女人踩腌菜，女人不让男人踩，嫌男人脚臭。想想也是的，像我这双脚假如踩了腌菜，那缸里不知道会臭成什么样了。

　　独虎坐了一会儿就坐不住了，他扒着大缸朝里面看。让我踩几下，独虎说，这很容易，为什么不让我踩？

　　大姑摇了摇头，说，你给我坐着去，这儿没你的事。

　　为什么要这样踩个不停？独虎说，不踩腌菜就不能吃吗？

　　我也不知道，反正没踩过的腌菜不好吃。大姑说，谁知道呢，我十二三岁时你奶奶就让我踩腌菜，我都踩了三十年了，年年有秋天，年年踩腌菜，我踩的腌菜，邻居们都说好吃呢。

你的脚不臭，独虎说，我的脚也不臭，我为什么不能踩腌菜？

你的力气刚够踩蚂蚁的，你还没长力气嘛。大姑用手背抹着额上的汗，她说，话说回来，也不是有力气就能踩腌菜的，你爸爸力气多大，有一年是他踩的，结果一缸菜都是臭的，没人吃，光是在屋里招苍蝇。

我不记得我什么时候踩过腌菜了。我知道大姑说话有个毛病，她喜欢信口编个事情来贬低别人抬高自己，她就是有这个毛病。你看让她这么一说，我的宝贝儿子好像就闻到了那股臭味，他捂住鼻子咯咯地笑了。

我爸爸脚臭。独虎大声地说。

也不光是脚臭的原因。大姑说，你妈妈脚不臭，她跟我学过踩腌菜，她踩的腌菜就是有一股怪味。你姐姐她们都不吃，她自己也不吃。

你听听我妹妹那张嘴，凤凰什么时候跟她学过踩腌菜的呢？这类事情从来都是她一包到底，凤凰从来不沾手的，可她就喜欢这么说，好像不这么说就不能显出她的能耐来。

腌菜本来就不好吃，独虎说，我不爱吃腌菜，我爱吃红烧肉。

大姑有点失望地看了独虎一眼，她低下头继续在缸里踩着。菜一层层地码高了，大姑的个子好像越来越高，大姑的热情却一落千丈。我听见她嘀嘀咕咕地说，红烧肉，红烧肉，谁让你生在华家呢。

　　独虎看了看地上装盐的纸袋，纸袋已经空了。独虎知道一年一度的踩腌菜即将结束，他从大姑脚底下拉出一根腌菜往街上跑。我听见大姑对着独虎的背影叹了口气说，你爸爸爱吃我的腌菜，他已经好几年没吃到我的腌菜了。

　　我真是好几年没吃过大姑的腌菜了，说我喜欢吃腌菜，其实也是大姑的一厢情愿，她不知道我那是装出来的。腌菜有个狗屁营养，吃多了胃里一股酸味，我不过是想吃不花钱的菜。那点工资要养那么多口人，五个孩子像五株稻穗似的要灌浆，不能光吃腌菜，偶尔也得吃点鱼肉，钱从哪儿抠呢？就从自己的嘴上抠嘛。


## 3

　　新梅从袜厂的边门偷偷地溜了出来，这时候离袜厂下班时间还有一个小时。我不知道她为什么溜号，我以前在农具厂时从来不做这种事。别的不敢夸自己，但我是个好工人，就是天上下刀子雨，我也会赶去上班，绝不迟到一分钟，就是车间里失火了我也绝不惊慌，绝不早退一分钟。新梅不像我，她在厂里有点老油条似的。当然她也是没办法，父母不在了，一个家还要撑着，她和她大姑现在是一个当爹一个当娘，谁让她第一个钻出她母亲的肚子呢。我不知道新梅这么早溜号到底想干什么。袜厂那扇边门用链条锁锁着，留下的那道缝隙恰好可以容新梅侧身通过，不是任何人都能钻出来的，但新梅就能钻，因为新梅长得又瘦又单薄，她从门缝里钻出钻进，已经钻出经验来了。新梅从门缝里挤出来时，一个机修工在男厕所的矮墙后对她怪笑。新梅就镇定自若地对他说，有什么可笑的，我休病假。

新梅在街上解下她的白围裙，拎着围裙用力甩了几下。你看她甩围裙的样子就知道了，新梅虽然长得又瘦又单薄，可她的手上很有劲。一些五颜六色的线头从围裙上飞起来，像一群虫子绕着新梅飞。新梅鼓起腮帮朝它们吹了一口气，它们就纷纷落在地上了。

新梅走路走得很快，走得旁若无人，一眨眼工夫她就穿过了十字路口。她把白围裙搭在肩上，疾步走过工农路，走过革命路，一眨眼工夫就来到了燃料仓库。看见燃料仓库的高高的围墙，我就不由得倒吸了一口凉气，我知道自己有点胆怯了，你明白这是为什么，假如我真是一个十恶不赦的纵火犯，那这里就是我的作案现场呀！我在空中的飞行忽然变得艰难起来，不知是什么东西挡着我，不让我靠近这个令人伤心的地方，想当年我怒发冲冠抱着几根土制雷管冲到此地，根本不懂"害怕"两字怎么写。可现在我却有点胆怯了，围墙上的每一块红砖都红得刺眼，围墙里的每一座油罐都发出一种可怕的嗡嗡的噪声，在我听来那是等待爆炸的声音。我的耳边现在响起了那阵连续的惊天动地的巨响，还有整座城市瑟瑟颤抖的声音，我的眼前闪现出一片熊熊烈焰，一片血红血红的火海。想当年我渴望的就是毁灭此地，我的心里就装着凤凰冰凉的尸体，我的脑子里就想着为凤凰出一口怨气，为我和孩子们出一口怨气。当年我真是伤心得犯糊涂了，以为可以向燃料仓库要回一个活的凤凰，以为把仓库夷为平地凤凰就能死而复生，凤凰就能解开脖子上的绳子跟我回家了。当年我是个活人，竟然不知道自己是个纵火犯，现在我是一个冤魂，脑子反而清楚了。我就是一个纵火犯，人家这么说不算是瞎扣大帽子。

一辆卡车正从仓库的大门里驶出来，卡车一走，新梅就走了进去。我听见传达室的女人向她喊叫着，站住，你是什么人，冒冒失失就往里面闯？

新梅站住了，她说，我是余凤凰的女儿。

余凤凰？传达室里的女人愣了一下，突然惊叫一声，什么余凤凰，余凤凰死了好几年了。

她死了我还活着呢。新梅说，你大惊小怪的干什么？谁都有死的一天。

那女人把头探出窗口，眯起眼睛打量着新梅，嘴里嘀咕道，长得还真像余凤凰。又说，你现在还来干什么？我们仓库重地闲人莫入的，你不能随便进来的。

我不是闲人。新梅说，我找你们刘主任有事。

新梅说着径直往里面走，我听见那女人"咦"地叫了几声，然后就不吱声了。我在空中犹犹豫豫地跟着新梅，我猜不出她去找刘主任干什么。我认识这个人，这个人肠子能转九道弯，说起话来咬文嚼字。凤凰活着的时候老说他好，说他待人和气，政策水平高。我不觉得他有什么好，凤凰生独虎的时候他到产房来，我就发现他的眼睛不老实，他的眼睛在产妇们身上滴溜溜地乱转。这个人又奸又滑，凤凰出事那天他躲在厕所里不肯出来见我，说他拉肚子站不起来。你想想这种人吧，凤凰活着时竟然还说他好！

燃料仓库是去年修复竣工的，偌大的空地上仍然可见当年爆炸事件遗留的瓦砾废铁。我注意到油罐后面的那间红砖小屋，它在爆炸事件中奇迹般地幸存下来，那盆万年青也奇迹般地留在了窗台上，我的心不由得又抽紧了。我记得这间小屋，凤凰活着的时候，每逢下雨天，不是我就是新梅、新兰她们到这里来送伞。我当然记得这间小屋,那是凤凰工作的地方,也是她自缢身亡的地方,我就是不知道她为什么寻死,就是因为不知道原因,我才这么痛恨燃料仓库,我才把这些房子、这些油罐当成了害死凤凰的怪物,就是因为不知道凤凰为什么死,我自己也学着她的死法,用一条棉毛裤吊死了自己。假如能找到凤凰用过的麻绳,我肯定是用麻绳的,只是监狱里找不到麻绳。我学着凤凰的死法死了,却还是不知道她为什么活得好好的突然寻死,所以我死的时候闭不上眼睛。老唐像磨刀一样磨我的眼睛,最终也没法让它们闭上。据说冤魂们都是死不瞑目的,他们瞪大眼俯瞰着留在世上的亲人。我进了燃料仓库顾不上新梅了,是凤凰的丧命之地攫住了我的目光,我看见了小屋顶部那根输送油料的铁管,我忘不了它莫名其妙的弯弯曲曲的形状,我还记得那条可怕的麻绳在弯管上悬荡着,它看上去不像一条绳子,它像一个怪物的柔软修长的手臂,就是这条手臂扼住了凤凰的喉咙。就是这间小屋里的一根弯管和一条绳子,把凤凰从五个儿女身边拉走,从我身边拉走,把好端端的一个活人带给了死神。

我看见一滴泪珠正顺着新梅脸颊往下流,但你知道新梅不是那种喜欢哭哭啼啼的姑娘。我正想吹去她那滴眼泪呢,她就清了清嗓子,拿起白围裙在眼睛四周抹了几下,像抹一粒眼屎一样，她脸上的哀伤稍纵即逝，眉目之间突然迸发出一种杀气。后来新梅闯进刘沛良的办公室，她的表情就像是要杀人的样子。

新梅用她的白围裙啪啪地抽打一张椅子，刘沛良坐在办公桌后面看她抽椅子。他的手里始终拿着报纸，报纸挡住了刘沛良的大半张脸，所以新梅只能看见他冷峻的眼睛，还有他眉毛上的一块状如蚯蚓的疤斑。

椅子干净的，刘沛良说，看上去脏，其实一点也不脏。

新梅俯身吹了吹椅子，然后她咯噔一下坐了下来。新梅像一个女干部一样把左腿架到右腿上，还晃了晃身子，然后她用一种要杀人的眼神瞪着刘沛良。

你这么瞪着我干什么？刘沛良放下了报纸，说，这次来又想干什么？

干什么？你心里清楚。新梅冷笑了一声。

我不清楚。刘沛良说，我哪儿弄得清楚你们家的人是怎么回事？上一次是你姑妈来闹，你姑妈不会说话就会吐唾沫，吐得满地都是唾沫。什么话不能好好说，非要吐唾沫？吐得办公桌上全是，文件上全是，我的袖子上也全是她的唾沫。

她不会说话你就会说话？新梅说，你会说话怎么不去当律师？怎么不去当外交部部长？你怎么还在这里当个芝麻绿豆官？你以为当个小小的仓库主任就了不起啦？

这话说到哪儿去了？刘沛良嘿地一笑，说，我也没说我了不起嘛，当外交部部长也好，当仓库主任也好，都是革命工作的需要嘛。

伪君子，你们这种人我见多了，说的比唱的还要好听。新梅撇着嘴说。

你今天跑来这里就是为了批判我的？刘沛良突然沉下脸来折起手里的报纸，说，有事就说事，我工作很忙，没有闲工夫跟你瞎扯，马上还要去局里开会呢。

我才没兴趣跟你瞎扯，新梅说，还是那事，我母亲最后一个月的工资，你得补给我们家。

告诉过你们多少遍了，这事由不得我做主，怎么给死人发工资是有规章制度的，我一个小小的仓库主任怎么敢随便破坏财务制度？刘沛良说着把手伸到办公桌抽屉里摸来摸去的，终于摸出一本过期的台历。刘沛良很麻利地翻动台历，指着其中一页说，你自己看吧，九月五日，你母亲是九月五日自杀的，我们仓库每月四日发工资，你母亲刚领过工资就自杀了，九月她上了半天班，我让会计算了一天的工资给你们了，我还能怎么办呢？你自己也说了，我不过是个小小的仓库主任嘛。

新梅拿过了那本台历，九月五日，白纸上那几个大大的黑体字透出无限的寒意。我看见新梅打了个冷战，她用一只手捂住半边脸看着那页台历，她看见台历的空白处有一行歪斜的钢笔字：余凤凰自杀了。无疑那是刘沛良的笔迹，新梅的目光直直地瞪着那一行字，好像有几颗石子在她喉咙里跳上跳下的，她的呼吸变得困难起来。新梅一边瞪着台历一边用手挤压她的喉咙，好像要把几颗石子从那儿推出去。过了一会儿，她长长地嘘了一口气，把台历摊在膝盖上，然后小心地撕下了那一页。

不能撕，刘沛良叫起来，撕下一页就不全了，我的台历都是一页不缺的。

但是新梅已经把那页台历放进了口袋。余凤凰自杀了，你写得一点不错。新梅的眼睛里滚出一滴新的泪水，她用手背把它狠狠地擦去了，余凤凰自杀了，你不用写也该记得的。新梅说，余凤凰是自杀了，可是你别忘了，她是死在你们仓库里，你们脱不了干系。

你这又是什么意思？刘沛良有点沉不住气了，他的眉毛像两条鱼在额头上慌张地扭摆起来，你说话可要注意分寸，刘沛良的手指隔着桌子一下一下地指住新梅的嘴唇，不要血口喷人，你血口喷人也没用，公安局来验过尸的，她想死我有什么办法？我做领导的管工作、管考勤，却管不了别人的脑子。

新梅仍然用那种要杀人的眼神盯着刘沛良，与此同时她毫不遮掩地放了一个屁。我就喜欢她这种作风，别人对你不客气，你对他也不要客气，放个屁有什么，想放屁就放屁，想打嗝就打嗝，管不了那么多，这种人给他吃个屁倒也解气。我看着新梅挥手驱赶身边的空气，过后她欠了欠身子，把椅子朝前拉了一点。闲话少说，她说，你今天丢句话下来，我母亲的九月份工资你到底给不给？

你在威胁我？刘沛良说，你父亲当年抱着雷管炸药来，我眼睛都没眨一下，难道我还怕你吗？你想怎么样，你也带着炸药吗？

新梅一时说不出话来，她肯定没料到刘沛良提这个话题。我也没想到，没想到这个人如此无耻，俗话说"揭人不揭短"，他提这事就是用刀子捅新梅的心窝呀，况且这王八蛋是个十足的胆小鬼，他忘了当年赖在厕所里的熊样，我可是一点没忘呀。

你干脆也回家抱捆炸药来嘛，刘沛良突然嘿嘿地笑起来，他说，你们父女俩前赴后继以身试法，倒也很有趣，有趣，很有趣。

我的肺都要气炸了，我不在乎他对我的挖苦讽刺，可是我不能忍受他这样对待新梅，如果我还活着不把他的臭嘴打歪才怪，可惜的是我扑向刘沛良左右开弓扇他耳光，他却很舒服地闭上了眼睛。我知道我没办法帮女儿出气，现在一切要靠他们自己了,我了解新梅的脾气,她可不像新兰那样扭扭怩怩的一副受气包模样。我正这么想呢,就看见新梅怒目圆睁,抓起桌上的一只墨水瓶子朝刘沛良的笑脸砸去。刘沛良慌忙往桌下一蹲,"砰"的一声脆响,白色的墙壁上便应声出现了一朵墨蓝色的很像是菊花的图案。我听见刘沛良在下面说,好呀,不敢扔炸药就扔墨水瓶子,你以为扔墨水瓶子就不犯法了?新梅对着办公桌踢了一脚,她想骂什么,但涌到嘴里的好像是一口黏痰。新梅从小到大气性重,我真是担心刘沛良那王八蛋把她的肺胆气破了,新梅这样气性重的人肺胆比别人小、比别人薄。我也差不多,我活着时生气的时间比高兴的时间多,一生气肺胆就噼噼啪啪地炸响了,头脑里也有一只蜜蜂嗡嗡地飞着。我觉得新梅生气的样子就跟我差不多,新梅咬牙切齿地朝门边走,一边走一边回头,看见刘沛良已经爬了起来,刘沛良的脸看上去有点模糊,新梅就对着那张模糊的脸说,我还会再来的,我母亲的人命挂在你身上,你就是脱不了干系!

听见新梅的话我就放心了,我就担心他们忘了母亲死得不明不白,虽然我已经跟着凤凰去了,我却找不到凤凰的影子,没机会跟她说话,她大概不会亲口告诉我她的死因了。我想要调查什么事情在人间会容易一些,没有跨不过去的山,也没有蹚不过去的河,纸包不住火,凤凰的死因总会水落石出的,这件大事就要靠新梅他们了。我对新梅充满了期望,忍不住呼唤了她的小名,梅干菜,梅干菜。她小时候大家都这么叫她,大概是因为她长得太黑太瘦的缘故。我怀疑新梅听见了我的声音,我看见她匆匆走出仓库,一双眼睛余怒未消,还是那种要杀人的表情。我怀疑新梅听见了什么,她皱着眉头在仓库门口东张西望的,一边用手指伸到了耳朵里,是有声音钻进她耳朵了。我看见她转动手指在耳孔里掏了几下,那声音好像被掏出来了,她研究着那根手指穿过了燃料仓库前面的马路。一辆卡车吱嘎一声急停在新梅身后,司机的脑袋愤怒地探出车窗,他的嘴里吐出一连串的脏话,但新梅的表情是恍恍惚惚的。新梅左顾右盼地站在人行道边,看得出来她在寻找一个声音的来源。我看见她的鼻翼开始抽动,我听见她突然爆发出一种异常哀伤的哭声,妈,妈,你到底在哪里呀?

　　新梅的哭叫声使我大吃一惊,我下意识地搜寻起燃料仓库附近的天空。我没有发现凤凰的影子,但是这个瞬间我相信新梅听见的不是我的声音,而是她母亲的声音。就是这个瞬间,我突然坚信凤凰也没过奈何桥,她本来就不会过桥。老唐说过死不瞑目的冤魂会想方设法地不过奈何桥的,现在我相信凤凰她也在天上关照着儿女们,只不过我看不见她罢了,也许一个冤魂就是看不见另一个冤魂的。我没有听见凤凰对新梅说了些什么，肯定是那辆卡车吧，凤凰活着的时候最不放心的就是孩子们走路，她总是这样嘱咐孩子们，走路慢一点，小心汽车。小心汽车，我猜凤凰就是在提醒新梅这辆该死的卡车吧。

我身旁的天空中躺满了橘子皮颜色的云彩和黑色的工业煤烟。凤凰不在那里，我找不到天上的妻子，就去找地上的女儿。女儿仍然失魂落魄地站在路边，她还在想，想她母亲，想她母亲的声音来自哪里。她忽然想起口袋里的那页台历，就把它轻轻地取了出来。她打开折成条状的台历纸，看见那排歪斜的流畅的钢笔字——余凤凰自杀了。让新梅惊悸的是那排字像一群蝌蚪在纸上游动起来，它们不仅像蝌蚪似的游动，还像一群青蛙一样从纸上跳起来，呱呱地鸣叫着。新梅拿着那张台历浑身颤抖，她用手捂住活蹦乱跳的那些字，说，妈妈你别叫了，你吓着我了。她对着那张纸说，妈妈，我已经听见了你的声音，你别叫了，我已经听见了你的声音。

其实我也被凤凰吓着了，我不懂她是怎么让她的名字在纸上跳起来的。这简直就是魔法，我不会这样的魔法，我想凤凰作为冤魂的历史比我长，她大概已经学会了几种魔法，我却只能像哑巴似的跟着儿女们。凤凰是做母亲的，她心细，人死了还想法对儿女们说话，我就不会，我傻乎乎地跟着他们，他们却一点也不知道。

## 4

你看看我儿子，他虎头虎脑的，多么讨人喜欢！我儿子六岁了，他的大脑袋像我，他的大眼睛像凤凰，他的小脸再脏我也不觉得脏。我老是在想，要是能让我亲他一口就好了，哪怕是亲他的小屁股也行。我每天在空中追逐着独虎的小小的身影，唯恐自己迷失了方向。即使隔着阴、阳两界，我也能闻到独虎身上淡淡的一股乳香。那股乳香隐藏在他夜间尿床后的尿臊味里，但我的鼻子像一只筛子筛去了尿臊味，只留下他的乳香。

那是秋季的一天，我看见大姑带着独虎去浴室洗澡。大姑照例带着我儿子去女浴室，她也没错，六岁的孩子去哪儿洗澡都不算流氓，可独虎突然不干了。在通往女浴室的玻璃门内外，我看见姑侄俩展开了长时间的拔河战。大姑固执地要把独虎拉进去，独虎则拼命抵抗，独虎的身子几乎倾倒在地上，而他的一只手充满力量地抓住了玻璃门的把手。

我不去，独虎尖叫着，我不去女浴室！

不去也得去，大姑喘着粗气说，你以为谁要看你的小鸡，谁稀罕你的小鸡？

不去就是不去，独虎尖叫着说，我是男的，我不去女浴室。

你算个什么男的？大姑扑哧一笑，说，你的小鸡还没螺蛳大呢，等你长大就自己去男浴室，等你长大想进女浴室也不让你进啦。

我不算男的，那你也不算女的。独虎说，你嘴边长胡子，你也不是女的。

好，好，我不是女的，我就是男的。大姑说，我的傻儿子，那你把女浴室当男浴室不就行了，让你男大姑给你洗澡总行了吧？

你是男的也不行，别人都是女的。

我的傻儿子，你就别跟我犟了，小心手拉折了，大姑说，你的身上快长虫了，让大姑给你洗得香喷喷的，虫子就不会来，你这孩子不懂事，洗个澡要花五分钱呢，要是让你自己随便抹两下，不是白白糟蹋了那五分钱？

大姑说着说着手却松开了，大姑看见一个熟悉的身影站在售票窗边，她的眼睛一亮，脑子里便闪出一个因地制宜的办法。李义泰哎，大姑高声喊道，过来帮我个忙，带我家独虎去男浴室洗个澡。

李义泰夹着一个纸包一路小跑过来，看了看大姑，又看了看独虎，说，就带他洗一个澡？别说是一个澡，就是洗八个澡也行啊。

狗嘴里吐不出象牙。大姑轻轻骂了一句,就把一个小尼龙网袋从大尼龙网袋里拎出来,交给李义泰,说,毛巾和换洗的衣服都在里面,肥皂就借你的用一用吧。洗完了记得给他换衣服。

忘不了,李义泰说,我经常给我家猫儿洗澡的,给孩子洗澡总比给猫洗澡容易吧。

狗嘴里吐不出象牙。大姑正色道,你一定替他洗干净点,胳肢窝还有屁股沟都要洗,洗的时候手脚一定要轻一点,别用丝瓜干,记得别把他的皮擦破了。

干净一点,轻一点。李义泰学着大姑的腔调说,像你这样的姑妈,打着灯笼在天下找也找不到呀。

独虎就这样跟着李义泰进了男浴室。让儿子跟着李义泰,我一百个不放心。但是不放心也没办法,我是永远无缘给儿子洗澡了。大姑一走我听见李义泰对独虎怪笑了一声,他的手冷不防揪住了他的裆下,你有小鸡?你要进男浴室?你不是个女孩子吗?独虎就用指甲狠狠地掐李义泰的那只大手。独虎说,你才是女孩呢,你是个女人,整天围着女人转的人就是女人。李义泰呼呼地朝他的手上吹气,一边吹一边仍然对独虎笑着说,我是女人?他说,我要是女人,世界上就没有男人了。

我看见李义泰的手背上布满了指甲的印痕，他的手背看上去就像在下雨，有几道雨丝是红色的。这王八蛋是活该，谁让他拿我儿子开心呢，我华某的儿子可不是好惹的。我为我儿子叫好。独虎知道他把李义泰的手背掐破了，你看他多么机灵，他用一种试探的眼神观察着李义泰的一举一动，李义泰的手向前猛地一伸，他就往后一跳。李义泰当然不会对我儿子怎样的，是男人都得懂这规矩，你可以打自己的儿子，别人的儿子你碰都不能碰。李义泰也算一条汉子，他当然懂这规矩，他只是让独虎看他的手背。你这孩子，看你把我手抓的。李义泰把他的手悬在半空中，说，你还说你不是女孩呢，知道吗，只有女孩才这样用指甲掐人呢。来吧，女孩，我们进去洗澡。

　　我儿子独虎像一个玩具一样被李义泰抱在肩上，李义泰抱着他穿过一排排睡榻，一路走一路拍着他的屁股。别拍我的屁股！独虎抗议着想从李义泰身上跳下来，但李义泰只用肘部便死死地锁住了他，独虎无法动弹，只能像一个玩具一样在李义泰的肩上随波逐流。别拍我的屁股！独虎一边叫着一边东张西望，他大概觉得男浴室与女浴室的区别很大吧。独虎居高临下，看见男人们在浴室里赤条条地走来走去，嘴里还呜噜呜噜地哼着歌，手还在羞处乱抓乱挠的，有个老头的睾丸竟然像一大一小两只皮球似的悬荡着，独虎就忍不住咯咯大笑起来。独虎一笑，浴室里的人都回头看他，独虎不敢笑了，他抬头望着天花板。我对他笑，他却看不见我，他只看见天花板上布满了云状的水迹，仿佛尿床后的被褥。独虎突然就叫起来，放我下来，我要尿尿。

你刚才笑什么，没见过男人的东西吗？李义泰说，你是没见过，你们家是娘子军，全是女的，你也是女孩子嘛。

放我下来，我要尿尿。独虎开始用脚蹬踢李义泰，他的脚踢在李义泰的腹部，嘴里"哇"地叫了一声，我儿子不知道李义泰这王八蛋长了满身腱子肉，踢不如掐，踢他好像踢一块石头，反而把自己踢疼了。

浴室里的人都注意到了李义泰肩上的男孩，有人问，李义泰你带着谁家的孩子？

你们不认识他？李义泰说，是我儿子呀。

放屁吧，你要有儿子我就有孙子了。

不骗你们，是我的儿子，李义泰说，是我的私生子嘛。

我让李义泰这王八蛋气坏了，他开什么玩笑也不该开这种玩笑。就算我还活着，就算我允许他开这种玩笑，凤凰也不会容忍这种话的。凤凰对人最和善了，但是她假如听见别人这么说话，肯定会给他一个响亮的耳光，她不会容忍这种玩笑的。

独虎不知道什么是私生子，他听见浴室里的人发出哄堂大笑,他就知道那不是一句好话。独虎像一个玩具在李义泰的肩上愤怒地挣扎着,来到雾气缭绕的池子边。幸亏这个热水池吸引了独虎,独虎转怒为喜,他把浑浊的浮满肥皂沫的洗澡池当成了游泳池,跳下去兴致勃勃地玩起水来。

独虎玩水的过程总是被李义泰无情地打断,李义泰在池子里追逐独虎,他就是不愿让独虎自己玩,他非要把独虎夹在臂弯里,让独虎坐在他的腿上。可是独虎坐在李义泰的腿上就像坐在毛糙的树干上,屁股很不舒服。李义泰给独虎的胳肢窝抹肥皂,就像在挠痒痒,他在独虎的背上抓呀抓呀,想抓出点污垢,但是他的手又笨又重。独虎发出一迭声的尖叫,他说,我不要你洗,我要大姑替我洗。

我看你就是个女孩,女孩才喜欢哇哇乱叫呢。李义泰说,你还嫌我手脚重,我给我的猫洗澡也没这么耐心呢。

我能猜到独虎的心思,他讨厌别人把他跟女孩相提并论,他想他已经把头上的小辫剪掉了,李义泰为什么还要说他是女孩?独虎不知道李义泰这王八蛋的嘴像毒蛇一样会咬人。我儿子不愧是我儿子,为了证明他不是女孩,为了争一口气,他后来就咬紧牙关忍受着李义泰的砂轮似的大手,任凭那只大手在他身上乱抓乱挠的。独虎以为李义泰会因此表扬他几句,但李义泰这王八蛋就是狠心,他对我儿子的配合没有丝毫的感激,他的嘴巴带着一股烟臭味突然凑到独虎耳边,他说，告诉我，你大姑的奶子大不大？

独虎凭直觉判定那个问题不怀好意，他就回头看了看李义泰的胸部，你的奶子才大呢，独虎说，你的奶子跟女人一样大。

告诉我，你大姑夜里跟谁一起睡？

跟我一起睡。独虎脱口而出。独虎说完就后悔了，他觉得不该把这事告诉李义泰。于是他又说，我骗你呢，我自己一个人睡，大姑也是一个人睡。

你回去跟你大姑说，我想跟她睡。李义泰的眼睛闪闪烁烁地盯着独虎，他说，等会儿出去就对她说，我想跟她一起睡。

那不行，你的脚臭死了，独虎坚决地摇着头说，肯定不行，大姑不会跟外人一起睡的。

你一定要说，不说睡觉也行。李义泰拉着独虎的一只耳朵，压低声音说，你就对她说，我李义泰要跟她结婚。

李义泰越说越不成体统，我真是被他气坏了，他熬光棍儿熬疯了，竟然让我儿子去给他说媒。他一说这事我就像看见了一块牛粪，那牛粪臭烘烘地向大姑身上飞去，我当然要拼命挡住那牛粪，现在我挡不住了，但我相信大姑她自己会挡着李义泰这牛粪的，她才看不上李义泰这号人呢。以前有人说我把妹妹拦在家里做保姆，那是他们睁着眼睛说瞎话。

我是一心想让大姑嫁个军人的，即使嫁不上军人起码也嫁个干部呀技术员什么的，不过就是一直没找到合适的。我老家的亲戚埋怨我说大姑的婚事是让我耽搁了，这也是瞎说。他们不懂大姑的心，是大姑自己要留在我家里帮衬的，她老是觉得我这个哥哥日子过得太苦了。

我不知道独虎是否听懂了李义泰的话，我教他说，让他闭上臭嘴，让他去娶老母猪。我还对儿子说，要是让他把大姑娶走，你就只能一个人睡觉了，你就没人疼了。独虎听不见，独虎眨巴着眼睛，正在开动他的小脑筋呢。我猜想他一定会劝说李义泰放弃他的念头，果然他就这么说了，你不能跟大姑结婚，她夜里打呼噜，她打的呼噜比雷声还响。

打呼噜怕什么，李义泰说，要说打呼噜的水平有几个人能跟我比？她的呼噜像打雷，我的呼噜却像又打雷，又刮风，还开飞机呢。

我大姑很脏，独虎想了想又说，她倒是不尿床，可她动不动就出血，弄得被子上、床上都是血，她说那是让小鬼抓破的，你知不知道小鬼的指甲很长，一抓她她就出血了？

李义泰这时候怪笑了一声，说，你大姑当然会出血，她要不会出血我还不要她呢。你这孩子有意思，还跟我斗心眼儿呢。李义泰拉着独虎的一只耳朵不放，他的细小的眼睛仍然逼视着独虎，别跟我打什么马虎眼，你到底去不去说？

独虎躲避着李义泰的目光，我看他的脸上是一种从未有过的紧张和焦虑，独虎斜睨着李义泰跷在水面上的那只大脚，突然就想出一个调虎离山的办法。这个办法吓了我一跳，这个办法只有傻瓜才想得出来。但独虎一说话我就知道新梅最近得罪了独虎，我记得新梅昨天把他咬在嘴里的一块年糕挖了出来，给新菊吃，新梅总是不让他多吃多占，我在想新梅还有没有别的事得罪了弟弟，我没想出来，就为了一块年糕，他就把祸水往姐姐身上引，我这儿子太缺德了。怪不得新竹老叫他坏种。

你认识我大姐吗？独虎挖着他的鼻孔，左边一下，右边一下，他的眼神鬼鬼祟祟地掠过李义泰的脸，他说，你跟新梅结婚吧。

我哭笑不得，我后来一直记得李义泰脸上的那种受惊的表情，李义泰的眼睛瞪得像一对铜铃那么大，李义泰的嘴巴像一只喇叭吹出一串混乱的声音，李义泰后来一边笑一边摇晃着脑袋说，没见过你这么坏的孩子，我要是有你这样的儿子，现在就把你按在池子里，你这样没心没肺的孩子，呛死你算了。独虎六岁，李义泰的一句话把他吓了一跳，独虎一头扎进浴池在水下潜了一米多远。他以为潜得很远了，在水下他摸到一条毛茸茸的大腿，他就借助那条大腿从水下一跃而起，独虎不知道那是李义泰的腿，独虎钻出水面就看见李义泰的大手正放在他头顶上，李义泰正对他嘿嘿地笑着，于是独虎便发出了一声凄厉的尖叫，像一只受惊的小鸡似的逃出了浴池。

就这样独虎光着屁股从男浴室逃到女浴室去了。

5

半夜里一条船停在石码头岸上，有个人提着行李下了船，穿过黑漆漆的码头向香椿树街走来。路灯太暗了，那个人穿着大衣，又用围巾蒙着头，我没认出她来，只是从她走路的姿态判定那是个姑娘。街上空旷无人，我在想一个姑娘家夜里独自赶路肯定很害怕，假如是我的女儿，我就不让她一个人走夜路，要知道这世界上好人很多，坏人也不少。我正这么想呢，看见她站在了我家门口，把手里的行李扔在了台阶上，然后她解下围巾，长长地嘘了一口气。这时候我才认出来，那是我的二女儿新兰，是新兰从农场回来了。

你知道新兰是我们家最文静的孩子，今天敲门却敲得很性急。我听到大姑已经披衣下床，大姑一路喊着，来了，来了，别敲了。门外的新兰却还在咚咚地敲。大姑说，你是强盗还是土匪呀，你非要把我家的门砸破吗？大姑用手电筒对准门上的旧锁孔,她大概想让手电筒的光照到门外的人的脸上,但是除了一件深色衣服的下摆部分,大姑什么也没看清。新兰却叫起来,大姑你在磨蹭什么,急死人了,我要上马桶呀!

门外的人一说话,里面的人就听出来了,是新兰回来了。果然是新兰从农场回来了,新兰差点撞在大姑的怀里,两个人磕磕碰碰地都往马桶间跑,结果还是大姑抢先一步,替新兰揭开了盖子。然后大姑便松了一口气,大姑拿了张草纸在手上,看着新兰,说,你这孩子恋家呀,连小便都要憋回家。新兰坐在马桶上不说话,大姑就把草纸递给她,说,我还以为是你爸爸回家了呢。你敲门的动静跟他一模一样,就像火上房梁一样,咦,这会儿不过年不过节的,你怎么回家了呢?

新兰把头枕在膝盖上,轻轻地说,我出差。给农场买化肥。

除了熟睡的独虎,一家人都起来了。新菊睡眼惺忪地跳下床,拉开旅行包的拉链,看见里面装满了玉米棒,还有一只大南瓜,新菊就嚷起来,又带玉米、南瓜回来,谁爱吃?为什么不带点上海奶糖回来?

你就知道吃糖,新竹抢白她说,农场哪里有上海奶糖卖?农场只有玉米、南瓜,你不爱吃就别吃,谁求你吃了?

你就知道吃南瓜,吃得嘴上黄黄的,别人以为你吃大便了呢。新菊说。

深更半夜的你们吵什么？新梅过来把新菊抱到床上，又推开新竹，她说，这里没你们的事，都给我上床睡觉去。

新梅随手关掉了灯，只让一盏五支光的灯泡亮着，新梅就在暗淡的灯光下看着新兰，说，现在不是农忙吗，你怎么回来了？

出差，给农场买化肥。新兰说。

你给农场买化肥？新梅眉头紧锁，她朝地上的旅行包扫了一眼，然后她的目光转向大姑，对大姑说，买化肥？她说她给农场买化肥？

就是呀，怎么会让你来买化肥呢？大姑看了看新梅，手却伸到新兰的头发间，摘掉了一片枯干的杨柳叶子。

买化肥就是买化肥，你们烦死人了。新兰突然转过脸，对着墙怒声说，我一天没吃东西了，我又饿又冷，没精神跟你们说话。

新梅的脸上疑云密布，我能看出她心里在嘀咕，新兰一定是出了什么事。我也这么怀疑，总觉得新兰这次回家有点不对劲。我看大姑也觉察到了什么，大姑像救火似的跑到厨房里打开煤炉的风门，用一把破蒲扇一边呼啦呼啦地逗着火，一边对新梅喊着，拿热水，拿面条，拿火钳来。新梅被大姑支使得团团转，新梅的嘴一张一合的，她要说的话却始终没

49

空说。忙了一会儿，面条总算下锅了，新梅就迫不及待地凑到大姑耳边去了。

她肯定是出事了。新梅说。

是出什么事了？大姑说，我正在想呢，会是什么事呢？

上个月还收到她的信，新梅说，信里还说领导要她写入党申请书呢。

你看她脸色不对吧，不光是脸色，哪儿都不对劲。大姑说。

她说话那种样子就是有了事，我去问问她。新梅说。

你别问，我来问。大姑说，有些事你自己还糊涂呢，还是我来问。

大姑这句话把我说糊涂了，她神神鬼鬼的表情让人着急，到底是什么事，新梅不能问，只能她来问呢？我倒没把大姑当成神仙，但她既然这么说了，可见这不是个容易问的问题。我想新兰肯定出事了，肯定不是什么入党之类的好事。

新梅从大姑的话里听出了一点弦外之音，新梅的眼睛急切地瞪着大姑，大姑却躲避着她探询的目光。大姑一边用筷子搅动沸水里的面条，一边抓过盐罐。大姑的两根手指在盐罐里捞盐，好像是被什么东西咬了一口，又出汗了！大姑的手指从盐罐里逃出来，她的脸上闪过一丝惊悸之色，我就知道不好，家里的盐又出汗啦！

盐怎么会出汗？新梅明显地对大姑的大惊小怪有所不满，她说，你又迷信了，那不是什么汗，是盐化了，盐受了热就化了。

这么冷的天盐会化掉？不是出汗又是什么？大姑的两根手指仍然惊慌地停留在空中，她说，盐一出汗家里就要出事，你妈妈出事那天盐就出汗了；你爸爸出事那天我在给你们煮菜粥，我去抓盐，抓到的就是水呀。

急死人了！新梅跺着脚说，这会儿你就不要搞迷信了，你倒是说呀，新兰到底出了什么事？

大姑盯着被煤烟熏黑的墙壁出了神，她没有理会旁边满面焦灼的新梅。锅里的面条再次沸腾的声音唤醒了大姑，大姑突然慌慌张张地叫起来，你怎么傻站在这里呢，快捞面条呀，快给新兰端去，一天不吃饭，会把胃饿出个洞来的。

后来大姑和新梅坐在方桌前看新兰吃面条，她们以为新兰会吃得狼吞虎咽，但新兰只是用筷子在碗里翻动着面条，新兰低垂着头，始终不看她们一眼。

不好吃？大姑说，要是有荤油就好了，你又不吃辣的，你要吃辣的就好了，我做了几瓶辣油，放一点辣油味道肯定好得多。

她喜欢酱油。新梅说，要不要给你拿酱油瓶来？

什么都不要。新兰恶声恶气地说，你们为什么要这样看着我？你们这样看着我我怎么吃得下？

新兰说话一向柔声细气的，这会儿怎么跟个泼妇似的呢？我想她肯定是出了什么事。大姑立刻站了起来，走到一边去，对新梅说，你这么看着她她怎么吃得下？过来，让她慢慢吃，饿急了还就要慢慢吃，人的胃就像一扇门，饿急了门就关上了，要慢慢地胃口才能打开呢。

新梅也站了起来，她与大姑交流了一下眼神。大姑显得胸有成竹，大姑好像已经知道新兰出了什么事。可是新梅担心大姑在这件大事上会自作聪明，因此新梅并没有放下心来，新梅绕着桌子焦灼地转了一圈，突然想起她的床上还堆着许多待补的衣服、袜子，新兰回来，床上该整理干净让她睡了，于是新梅就走进房间去整理床铺。也就在她整理床铺的时候，外面响起了新兰嘤嘤的哭泣声。

我不知道新兰发的哪门子脾气，她大姑好心好意在面条碗里放了一个荷包蛋，却让新兰挥手拍掉了，她还蛮不讲理地叫道，谁让你做荷包蛋了？

新梅冲出去看见那碗面条撒了一半在桌上，大姑正忙着把它们抓回到碗里。新兰把脸枕在桌面上呜呜地哭着，她不想惊动睡着了的弟弟妹妹，所以她用双手捂住自己的嘴，她捂住了嘴，却捂不住自己的哭声。新兰最终还是无力掩盖那件事情的，我知道她一哭事情就要水落石出了。

大姑说，你别哭，小心给他们听到，你嘴里吃着东西可不能哭，弄不好会堵住气管的，不能哭，没听老人说越哭越想哭，越哭越糊涂？有事说事，说出来就不糊涂了。

说不出口，新兰边哭边说，我没脸说，让我说这事不如让我去死。什么死呀活呀，一句话顶得上一条命？大姑说，你不说我也能猜个八九分。你说我有什么事？新兰抬起一双泪眼看着大姑，她的身体本能地从大姑身边移开了，你猜得出来就猜呀，猜呀！新兰嘟囔着，发现大姑的眼睛越来越亮，大姑的嘴边掠过一种悲悯的神秘的微笑，新兰就心虚了，新兰突然扑过去捂住大姑的嘴，你别说，我不要你说！

后来新兰就把事情都说出来了。新兰不说不行了，只能吞吞吐吐地说。一开始她说的是一个爱情故事，说她和一个名叫计华的青年在劳动中产生了感情，但是大姑不要听她的爱情故事。别说这个，你在谈恋爱我知道，大姑说，我早知道了，去年你回家过年我就看出来了，我还看见过那个什么华呢，他在杂货店那儿探头探脑地打听我们家，那小伙倒不像坏人，嘴巴特别大，嘴大好，嘴大吃四方嘛。

你说谁呢？新兰打断大姑的话说，不是他，那是小韩，我怎么会跟他好？告诉过你们了，计华是外地人，你们没见过他。

没见过就没见过吧，我还没老呢，你们就全把我当瞎子。

大姑摆了摆手,说,不说什么小华、小韩的了,你现在就给大姑一句实话吧,是不是谈恋爱谈出事了? 是不是怀上了?

厨房里突然一片死寂,只听见炉子上的水锅在噗噗地冒出热气。我急得头上快冒烟了,我这人就是性子急,活着时这样,死了也没改掉这毛病。我盼望新兰干干脆脆地说,没有,我没有! 我这么盼望着心里却明白她出的就是这档事,我的心跳得比活人还要快。新兰她伏在桌上,头扭来扭去的,然后我听见新兰又嘤嘤地啜泣起来,一张旧椅子在她身下嘎吱嘎吱地响。大姑没逼她,我也没逼她。大姑的鼻孔里呼呼地喘着热气,我的鼻孔里喷出的是冷气。猛地听见新兰开口了,她说,两个月没来了。又过了一会儿,新兰猛地跳起来抱住了大姑,已经两个月了。新兰一下一下地推着大姑的肩膀,说,大姑你帮帮我吧,我丢脸丢尽了,你要不帮我我就去死。

不准再提那个字! 大姑突然怒吼一声,你们家是怎么了,都不把性命当回事? 大姑用手捂住新兰的嘴,你们不想活也得活,你们就是想钻回你妈的肚子也不行,已经迟了,你妈死了,想钻回去也来不及了! 大姑发现新兰呼吸困难才挪开手,大姑用她的手指梳理着新兰蓬乱的头发,她的激愤来得快去得也快。我怎么会不帮你? 可怜的孩子,大姑说,这事除了我们三个知道,就是老天爷知道,等那块肉拿掉了,老天爷也不知道了，丢什么脸？我告诉你吧，世上的女人，起码有一半跟你一样，裤带不小心没系紧，结果就出了这档事，有什么丢脸的？

怎么拿掉呢？新梅在旁边怯怯地说，医院去不得，总不能自己拿吧？

这种事你别插嘴，大姑说，我会想出办法来的。两个月还不算太迟，总能想出办法来的。

新梅半信半疑地望着大姑，我也半信半疑，大姑过于自信的神情反而使人放心不下。这叫什么事呀？好好的黄花闺女怀了孕，我的脸让她丢光啦！她母亲的脸也让她丢光啦！要是我还活着，她们绝对不敢让我知道这种丑事；要是我还活着，我不知道会怎么对她，或者会把她一脚踢出家门，或者我会立刻动身去那个下流的农场，找到那个什么华，我会扒掉他的裤子割掉他裆里的东西，谁让他胆大包天，耍流氓耍到我女儿头上来呢？什么叫谈恋爱，谈恋爱是用嘴谈的嘛，怎么能动真格的，怎么能把孩子谈到新兰的肚子里去？我怒火满腔，我知道一个冤魂怎么发火都无济于事，但我还是在空中骂骂咧咧的，我是她老子，不管是活着还是死了想骂就骂，这种事不骂才怪，骂得她哭成泪人还要骂，骂得她想死还要拉住她的胳膊继续骂。"儿子不打不成才，女儿不骂不成人。"这是我父亲以前揍我时嘴里叨咕的口头禅，他老人家肯定是有道理的。凤凰生前最疼爱新兰，从来不骂她，你疼她、不骂她你看她惹下了什么事？！我想到这儿就有点生凤凰的气，她不是也在天上照拂儿女吗，她肯定也听见了这件丑事，怎么一声不吭呢？她这会儿肯定知道是自己把新兰宠坏了，不让骂不让骂，我倒想听听她现在怎么说，现在她能怎么说？只能躲在哪里一声不吭嘛。

我听着新兰高一声低一声的呜咽，渐渐地心就软了。想想这孩子十六岁就离家去了农场，吃了不少苦，受了不少罪，做下这丑事也怪父母亲戚无人看管。华家的孩子是天底下最命苦的孩子，能给我活蹦乱跳地活着已经不容易。我就不忍心再骂她了，骂她她也听不见嘛。我开始替她想办法，你知道女人家的事男人不一定都懂，我绞尽脑汁也没想出什么办法。她妈妈不知是否在替她想办法，不过她也不顶用，就靠大姑了。我看不管我们做父母的是否放心，这事只能交给大姑了。

大姑一直轻轻拍着新兰，就像哄婴儿入睡那样拍着新兰的肩膀。看来只要新兰一直这么哭下去，她就会一直这么拍下去。大姑对新梅说，你去睡，你明天还上班，这里有我呢。新梅却不走，皱紧眉头斜睨着她妹妹。妹妹还在哭，她的眼睛已经哭成了两个核桃，眼泪仍然时断时续地淌出来，挂在颧骨和鼻翼两侧。我听见新梅忽然"哼"地冷笑了一声，新梅突然对新兰的眼泪感到说不出的厌恶，你倒成了卖花姑娘了？还在哭？你还在哭？新梅的语气变得非常烦躁而粗暴。她将面条碗重重地扣在桌上说，哭有什么用？没人害你，这是你自作自受！

新梅气冲冲地进了房间，剩下新兰和大姑两个人在外面面面相觑。新兰没有还嘴，一滴更大的泪珠从她眼里掉出来。大姑也没说什么，抓过桌上油腻的湿漉漉的抹布，不顾新兰的躲避，替她擦去了脸上所有的泪痕。


## 6

我儿子六岁，你别说六岁的孩子狗屁不懂，我儿子却什么都懂，家里有个风吹草动的事情，你想瞒过他的眼睛是白日做梦，他比电影里的侦察员还厉害呢。

几天来大姑和新兰一直干着秘密的勾当，独虎全都看在眼里。她们越是偷偷摸摸，独虎就越想弄清她们在干些什么。大姑和新兰关着门在房间里喊喊喳喳地说话，独虎把耳朵贴着门还是听不清，他就用脚踢门。大姑过来把门开了一条缝，但她就是不让独虎进去，大姑推开独虎说，出去玩，这里没你的事。

她们越是这样独虎越是想知道，她们偷偷摸摸的到底在干什么。独虎搬了一张椅子，又搬了他的小凳子放在椅子上，然后他爬了上去。独虎摇摇晃晃地站在半空中，他的脑袋正好对准门上的气窗。透过气窗独虎看见了大姑和新兰的奇怪的勾当，他看见新兰只穿着棉毛裤，撩起上衣将她的肚子对着大姑。令他疑惑的主要是大姑，大姑手里抓着一条长长的白布，就像绕线圈一样把白布往新兰的肚子上绕，大姑用的力气很大，一边用力一边问新兰什么。新兰像个傻瓜一样只是摇头，任凭大姑在她肚子上缠白布。

　　那条长长的、窄窄的白布似曾相识，独虎记得那是孝布。妈妈死的时候，他和新菊她们才能在腰间系上那条孝布。独虎不明白大姑为什么偷偷地给新兰系孝布，而且系在里面，而且一下子系了那么多。独虎本来不觉得在腰间缠白布是什么享受，但现在他相信那一定是一种享受，至少也是一种特别的待遇。

　　独虎妒火中烧，他对着气窗狂叫了一声，然后跳下来开始用凳子撞门。大姑打开门骂道，你疯啦，让你去玩你不去，怎么在这儿砸门？独虎不说话，低下头从大姑腋下钻过去。大姑抓了他一把，没抓住。我知道那会儿他不能进去，我也抓了他一把，当然更抓不住了，眼睁睁地看他闯了进去。独虎差点撞在新兰的身上，新兰慌乱地用上衣盖住了裸露的部分，她雪白丰盈的双乳在独虎的视线里一闪而过。独虎没把它们当回事，他去撩新兰的棉毛衫，是想抓她腰间的白布条。可是新兰误会了，新兰挥手就打了独虎一个耳光，下流坯，新兰愤怒地说，你才多大个孩子，怎么这样下流？

独虎长到六岁还没有人敢打他耳光，新兰怎么敢打他耳光？独虎捂住脸愣了一下，然后"哇"的一声哭了。独虎一次次地跳起来想回打新兰一个耳光，新兰就一次次地推开他。独虎想用脚踢她，新兰就把他死死地按在床上，于是独虎的哭声变成了绝望的吼叫。独虎仰面躺在床上乱踢乱抓，嘴里骂出了他掌握的所有脏话。

大姑在旁边手忙脚乱，她无法让独虎安静下来，就对新兰说，你就让他回打一下耳光嘛，他多大，你多大，你就跟他一般见识？

我就不让他打，新兰说，凭什么让他打，都是你们宠坏了他，男孩是人，女孩就不是人？

你也不对，六岁的孩子，你就这样骂他？大姑说，什么叫下流坯？他才六岁呀，能怎么下流呢？你倒是说说，他能怎么个下流法？

他不下流为什么撩我的衣服？新兰跺着脚说。

亏你还说呢，撩撩衣服有什么，六岁的孩子，看什么都不违法。

大姑眨巴着眼睛，忽然露出一种如释重负的微笑。大姑也许天生就是独虎的知音，她猜到了独虎的心思，是那布带呀。大姑拍着巴掌叫了一声，坐到独虎身边，首先拿起独虎的手在自己的脸上打了一下，哎哟，疼死我了，大姑这么叫着，朝新兰扮了个鬼脸，新兰却翻了个白眼，大姑就转过脸去对着独虎哧哧地笑，就为个布条闹成这样呀，大姑说，你要是也想缠布条条，大姑可以给你缠，缠得比她还多，就怕你不愿意呢。

独虎一下就安静了，独虎用疑惑的目光瞪着大姑。他知道大姑在卖关子，但却不知道大姑在卖什么关子。

大姑说，女孩想腰细才用布条缠腰，腰细才美，你是男孩，男孩就得膀大腰圆的才像个男子汉，你说吧，你想做男孩还是做女孩?

我才不做女孩呢，独虎鄙夷地看了看新兰，他对新兰做了个威胁的动作，说，你们女孩就欠揍。新兰没理他，独虎的问题被大姑一句话解决了，但他退出房间时还没放弃报复新兰的念头。新兰有所防备，她抓着一把扫帚挡着独虎。独虎很气恼，他站在门口斜着眼睛盯着新兰，突然恶狠狠地说，你是死人！你肚子上缠着的白布是死人用的，你肚子上缠着白布说明你是死人，你快死了！

我没想到独虎这么咒他姐姐，这说明死人在他的心目中的地位是最低下的。我不由得有点伤心了，如此看来我和他母亲在他印象中也不会太美好，我有点伤心，但并不生儿子的气。要知道他才六岁，六岁的孩子哪懂生和死呢？六岁的孩子光知道他自己，别人的事他还狗屁不懂呢。

我儿子才六岁，他还不懂得体谅他姐姐，只知道记恨她，就是那天我听见他在街上到处跟别人说他二姐的坏话。他到处对人说，我二姐回来了，我二姐快死了。别人都很惊讶，说，你二姐什么时候回来的，她得什么病了？独虎说，谁知道是什么病，反正她快死了，不信你们自己去看。

郁勇的姐姐和另外几个女孩就来找新兰，她们被大姑挡在门外了。大姑说，找新兰，她没回来呀，现在是农忙季节，新兰不会回来的，她在农场快入党啦。大姑说着意识到了什么，她的神色紧张起来，朝门里门外看着，反问女孩们说，新兰回来了？你们听谁说的，她回来我怎么不知道呢？

郁勇的姐姐说，是独虎说的呀，他还说新兰病得厉害，说她病得快死了，新兰到底回没回来呀？

大姑的表情看上去很尴尬，她不想让女孩们发现她的尴尬，就把头从女孩们的肩上探出来，又朝街道两侧张望了一番，独虎，独虎哎，大姑放声高喊，独虎哎，你这孩子野到哪儿去了？

女孩们被大姑弄得莫名其妙，她们交头接耳地离开了我家，走到化工厂门口恰好看见我儿子，独虎正在空地上滚铁圈。郁勇的姐姐就跑过去没收了铁圈，她说，你这个小骗子，为什么骗我们？新兰在哪儿？今天非要你把她找出来。

独虎起初有点茫然，等到弄清了她们的意思，他就轻蔑地嘻嘻一笑，你们女孩就是笨，独虎说，新兰那么大一个人，又不是一只蚊子，用得着找？她就在家里待着呢。

我看见我儿子像个大将军似的挥了挥手，带着一群女孩向家里走，独虎雄赳赳地走在前面，女孩们叽叽喳喳地跟在他身后，来到家门口。独虎用两只脚轮番踹门。大姑在里面骂道，该死，谁这么踢门，我非把他的腿掰断不可。大姑的脸在门后一闪而过，该死，她又骂了一声，随后门被"砰"地撞上了。她在门后怒气冲冲地说，出去玩，现在别回家，大姑在洗澡。

独虎知道大姑在撒谎，自新兰回家后，大姑一直有点鬼鬼祟祟的，她把新兰当什么宝贝藏在家里，好像谁会把她偷走。大姑越是这样独虎越是要把门踢开，独虎踢门的声音听得人揪心。幸亏大姑及时地使出了她的"撒手锏"，大姑在里面怒吼起来，踹吧，踹破了门看我怎么收拾你，晚上别跟我睡，让你睡在门槛上，让小鬼来亲你的脸，让大鬼来把你抱走。

大姑的威胁收到了明显的效果，独虎的腿一下就软了，他不敢踢门,就用脚踢水泥墙。女孩们在一旁咯咯笑起来,独虎有点发蔫,她是在家,我没骗人,是我大姑在骗人。独虎嚷嚷着忽然灵机一动,他对女孩们"嘘"了一声,示意她们不要吵闹,然后他又像个大将军了,他带着她们穿过冼铁匠家的院子,来到我家的后窗前。独虎用手指压着嘴唇,再次示意女孩们保持安静,女孩们就真的又捂嘴又屏气的,乖乖地服从了独虎的指挥。然后我看见独虎用一根树枝在窗上用力一捅,我家的后窗便自动打开了。

外面的阳光照亮了一张苍白的惊恐过度的脸,新兰果然就躲在窗后。新兰正在梳头,但她手里的梳子被她惊慌地扔掉了。新兰看见窗外站着她熟识的一群女孩,但是她像见了鬼一样地失声尖叫起来。

你替新兰想想吧,她当时怎么能不尖叫?这都是我的宝贝儿子惹来的事,你看看我这宝贝儿子,他整天干些什么事情!


7


红旗小学的下课铃响了。孩子们放学了。我看见我的小女儿新菊甩着书包从教室里走出来,她那个书包是新竹用过的，底部原来有两个洞，新菊老是喜欢把手指伸进洞里抠，两个洞越抠越大，她大姑就用布头把两个洞都补上了，一块红布，一块蓝布，远远看过去新菊的书包像是长了两只古怪的大眼睛。

我看见新菊故意落在她同学的后面，脚步磨磨蹭蹭的，她的眼睛老是往学校的花坛那里瞄。我就知道她看上了花坛里盛开的菊花，她想偷花呢。女孩子天生喜欢花花草草的，摘朵花不算偷，但我觉得这样不好，花坛上竖着木牌呢，不准摘花。不准摘就不摘，学生就应该守学校的纪律。我对她说，别去摘花，小心让老师看见。但新菊听不见，她还是鬼头鬼脑地朝花坛走过去了。我真是担心她摘花让老师看见，挨几句批评是小事，但什么话到了老师的嘴里就严重了，什么思想呀、觉悟呀。我还怕别人提到这个"偷"字，我这人人穷志不穷，就是饿死也不偷人一粒米。五个孩子，我别的不怕，最怕他们犯这个"偷"字，我提心吊胆地跟着我的小女儿，唯恐她的小手伸到花坛里。也真是老天有眼，花坛的护墙上出现了一群蚂蚁，新菊的目光一下就被蚂蚁吸引过去了。你知道我这个女儿，她对蚂蚁的兴趣比菊花更大。

新菊站在花坛边看那些蚂蚁，她在琢磨蚂蚁是从什么地方跑到这里来的。那是一支浩浩荡荡的蚂蚁队伍，像一条红色的细沙漫过学校的操场，向花坛里的一颗奶糖汇集而来。

新菊看了看那块奶糖，我听见她嘟囔了一声，害人，讨厌鬼。我知道她在骂那块奶糖。新菊回过头怜惜地看着满地的蚂蚁，你从她的脸上就能看出她是多么心疼这些蚂蚁。我这女儿就是这样，你拿她没办法，她不心疼父母，不心疼她大姑，就是心疼蚂蚁、蚯蚓、蟑螂什么的，反正只要是在地上爬的虫子她都心疼。我知道今天这些蚂蚁要把她忙坏了。

我的小女儿读书不太开窍，她的老师在课堂上骂她傻丫头，同学就跟着这样叫。我也不跟老师计较，老师是恨铁不成钢嘛，但是新菊忙乎蚂蚁就很聪明，她还知道追本溯源呢。我看见她小心翼翼地与蚂蚁逆向而行，去找蚂蚁的窝，很顺利地在厕所边找到了那棵柳树，蚂蚁的窝就做在柳树的树洞里。你看我这女儿，她蹲在柳树下想把脑袋钻进树洞里，想看清窝里还有多少蚂蚁。她不嫌脏，也不嫌臭，也不想想那么小的树洞怎么装得下她的脑袋呢。我看见新菊风风火火地回到花坛边，从口袋里掏出她的小手帕，包起那块奶糖就走。我知道她要干什么去，她是要把奶糖放到树洞里去，这样就帮了蚂蚁的大忙了。

操场上有一群男孩在踢球，郁勇跑来跑去跑得满头大汗，看见新菊他就站住了，他怪叫了一声，看那傻丫头，她又在跟蚂蚁玩呢。新菊只是对他翻了个白眼，她没有理睬他，主要是没工夫理睬他，她忙着给那些蚂蚁带路呢。跟我来，到这里来,到柳树这里来。我听见她在不停地命令那些蚂蚁,就好像她是蚂蚁的厨师,就好像她是蚂蚁的妈妈。我看着她带领一群蚂蚁来到柳树下,她把那块黏糊糊的奶糖放到树洞里,好了,你们进去吃吧。她一边搓着小手帕一边说,你们看为了你们我的手帕都弄脏了,我再也不管你们的事了,我为什么要管你们的闲事,我又不是你们的妈妈!

那天我就是在学校的上空听见了我爱人的声音。新菊在搓她的小手帕时,突然睁大眼睛惊讶地望着柳树,她听见柳树上传来一个熟悉的嘶哑的声音。我可以为新菊做证,她确实听见了一个声音,是她死去的母亲的声音,是凤凰的声音。凤凰说,手脏了,去洗手。我也听见柳树上的凤凰的声音,手脏了,去洗手。但我寻遍了柳树的每一根枝条,还是没有发现凤凰的踪影。我们都在照料地上的孩子,可不知为什么,凤凰的幽魂一直躲着我。

今天我的小女儿听见了她母亲的声音,我看见她瞪大一双乌溜溜的眼睛在柳树上寻找母亲,她当然找不到母亲。凤凰的声音却再次从柳树上掉落下来,手脏了,快去洗手。新菊听见了这声音,这声音仍然带着母亲特有的威严,新菊一边看着柳树一边向水池那里退。我看见她手忙脚乱地打开了水龙头,把两只肮脏的小手放到水龙头下左右晃着,嘴里还嘟囔着,我在洗,我不是在洗嘛。

新菊洗完手又跑到柳树下来了,我猜她在琢磨凤凰的声音。她仰着脸看那柳树,说,你是谁? 你不是我妈妈,我妈妈早死了,死了怎么会说话? 柳树一动不动地立在那里,它不说话,凤凰不说话它就不说话。新菊突然有点害怕了,我看见她向后一跳,冲着柳树说,你不是一个鬼吧,你扮成我妈妈来吓人,告诉你,我可不怕鬼,我弟弟才怕鬼呢。新菊等着柳树说话,柳树却不说话了,柳树不说话她又不怕了。我看见她飞快地冲进了女厕所,又飞快地跑了出来,她在那儿东张西望地寻找母亲,怎么找得到呢? 最后我看见新菊踮着脚开始向男厕所的窗子张望,可是男厕所的窗子被一排树遮住了,除了一群垂死的飞来飞去的苍蝇,新菊什么也看不见。

郁勇和两个男孩向男厕所飞奔过来,看见他们新菊就躲到了柳树后面,我看见她用力掰着自己的手指,两只眼睛装满了大大的问号。这可怜的孩子,她实在是弄不清母亲为什么死了还能说话。郁勇从厕所出来了,我看见新菊忸忸怩怩地迎上去。这可怜的孩子,为了弄清母亲的声音,她只能对郁勇露出讨好的笑容,说,你来上厕所呀?

郁勇对我女儿却不客气,他说,我们上厕所关你屁事,你在偷看我们吗?

你胡说,我在外面怎么能偷看你们? 新菊说,我想打听一件事呀。

有话快说，有屁快放。郁勇说。

新菊就说了。你知道我的小女儿不像她三姐那样口齿伶俐，一紧张就更加词不达意了。她说，你们有没有看见我妈妈，我妈妈是不是躲在男厕所里？

郁勇一听就怪笑起来，他说，你妈妈躲在男厕所里？你个傻丫头，你的脑子长着屎呀？

我没说她躲在男厕所里，新菊一着急说话就有点前言不搭后语，她说，我妈妈死了，我是问你们见没见谁躲在男厕所，扮作我妈妈说话？

男孩们笑得更疯了，郁勇笑得弯下了腰，指着新菊对同伴说，我说她是世界上最傻的傻子，你们还不信，现在信了吧？

新菊感到了男孩们的恶意，她突然清醒过来，郁勇是不会好好回答她的问题的。你才是世界上最傻的傻子呢。她这么回敬了郁勇一句，身子就一步步地向后退着。新菊看见了郁勇眼睛里的蔑视和唾弃，她大概预感到郁勇要说出她难以忍受的话了，她捂住了耳朵，但郁勇的话却从她的指缝里钻进她的耳朵。郁勇说，他们一家人脑子都有病，她妈妈活得不耐烦上吊自杀了，她爸爸活得不耐烦就去炸仓库，你们不知道？她爸爸就是那个姓华的纵火犯！

我怒火中烧，我在学校操场上空被一个孩子气得浑身颤抖，虽说大人不记孩子仇，可你想不到大人的闲话到了孩子的嘴里便是一支支毒箭，它能刺穿你的心。我不知道郁勇的父母是怎么在背后说我们家的事的，怎么说我都没意见，可他们不能这么轻飘飘说话呀，什么叫活得不耐烦？我就是想活得好才像牛像马一样撑着一个家；我就是因为要撑住一个家才会拼命拉住凤凰，才犯下了那个纵火罪呀。

我的小女儿不是傻子，她不是傻子就懂得维护家庭的荣誉，我看见新菊在操场上寻找什么，新菊不是傻子，她要为我们家的荣誉而战了。她拾起了一块瓦片，我不反对她用瓦片对付郁勇那小杂种，我看见她勇敢地向郁勇扔出了瓦片，可惜那块瓦片在空中画了一道短短的弧线，就落在沙坑里，一点声音也没有。新菊失望地望着沙坑，她觉得自己动手不行，就想用嘴来对付郁勇他们，她这会儿肯定是想起她大姑骂人的样子了，我看见新菊像她大姑那样微微弯着腰，手指朝郁勇那里一戳一戳的。你活得不耐烦啦，活得不耐烦就去死，河里没盖子，铁路没盖子，天上也没盖子呀。新菊骂着骂着没词了，她知道自己骂错了，我看见她咬住手指在操场上愤怒地思考着。突然间她想到了什么，然后我便听见学校上空回荡着我女儿的尖厉的声音。

郁勇，郁勇的爸爸是杀人犯，郁勇的爸爸被枪毙啦！

就是这句话把郁勇那小杂种惹恼了，谁都知道郁勇的爸爸是军官，郁勇恨不得把这事告诉全世界的人呢，你骂谁都不能骂他爸爸。我看见郁勇像一匹野马冲过来，新菊跑得快，他没抓着她，郁勇那小杂种就随手拾起了沙坑里的瓦片。我大吼一声，你给我住手。但那小杂种哪儿会听我的，我慌忙去抓那瓦片，没抓住，眼睁睁地看着它向我女儿飞去了。

可怜的新菊，她正得意地逃跑呢，忽然就听见脑袋上"啪"的一声，开始大概不疼，她站住了摸她的后脑勺，摸到了一手血，看见血她就慌了。血，血！我听见我女儿尖叫起来，大姑快来呀，大姐快来呀，新竹，新竹快来呀！

学校外面是香椿树街的菜市，狭窄的街道上挤满了女人和新鲜的蔬菜，嘈杂的人声听上去就像农具厂的机器的轰鸣声。我心急如焚，追随着我的可怜的受了伤的小女儿。我看着新菊在人群里穿行，我知道她的脑袋不开窍，她一心要找大姑，找她的姐姐，她就想找我们家里的人，可是她头上的伤口容不得这么慢吞吞地找人呀。她不知道大姑这会儿不在菜市，大姑买菜要等到落市，那时候菜贩子的菜才肯便宜。我心急如焚，我恨那些女的光顾着几棵菜几分钱，她们怎么就不抬头看看我女儿的脑袋，她在流血呀。我看着新菊捂住头在人群里钻来钻去，挤到了绍兴奶奶的身边，绍兴奶奶是个吃斋念佛的人。我就对她喊道，绍兴奶奶你是好人，你可要帮帮我女儿!

绍兴奶奶买了一棵白菜,又买了几个萝卜,她把萝卜放到篮子里,看见白菜上落了一滴血,绍兴奶奶还以为是谁的油漆落在她的白菜上了呢。她一回头看见了新菊,新菊捂住脑袋问她,奶奶你看见我大姑了吗？绍兴奶奶看见新菊的手上沾了血,她这样吃斋念佛的人见不得血,不好了,不好了!绍兴奶奶一边惊叫一边就去扒新菊的手,新菊偏偏就不让她扒,新菊护住她的伤口说,我大姑呢,大姑在哪里呀？绍兴奶奶说,你这傻丫头,流这么多血还找你大姑。绍兴奶奶一边说一边去抱新菊的脑袋。她说,你是在杂货店门槛上摔的吧？那门槛害人呀,摔了多少人呀。绍兴奶奶这么说着,手上就被咬了一口,我听见她尖叫一声,篮子里的菜滚了一地。

是我女儿咬了绍兴奶奶。我没想到新菊不咬郁勇,却把绍兴奶奶咬了。我知道她急着找大姑,她觉得绍兴奶奶拦着她路了。绍兴奶奶话是多了点,可她也是好意,怎么能去咬她？我看见一个女邻居上去扶住了绍兴奶奶,绍兴奶奶抓着自己的手,她的花白的头像宾努亲王一样左右摇晃起来,这是什么世道呀,连个孩子也不知好歹。她说,我还想送她去医务所呢,这下自己倒要去了,我的血压哧溜哧溜地往上蹿呢。那个女邻居安慰她说,奶奶你别生那孩子的气,那是个傻丫头呀,你说她傻她不傻,你说她不傻她又傻,华家的人千万别去惹他们，一个个都要张嘴吃人似的，余凤凰倒是人好，可惜她又死了。

那女人我是认识的，我知道她为什么说凤凰好，有一次她上街买葱没买到，凤凰就从篮子里抓了一把送给她。我也知道她为什么不说我的好话，有一次她端着一只碗到我家来借醋，你知道我这人最讨厌跟邻居拉拉扯扯，我倒不是小气，实在是怕拉扯上了便没个完，我对她说，我家不是醋坊！

现在我来不及安慰绍兴奶奶，也无心听那女人饶舌，我心急如焚地追着受伤的新菊，来到药店门口，终于见到了救星。大姑把一瓶什么药水塞在篮子里，刚刚跨出药店的门，我女儿叫了一声大姑，眼泪就像雨点一样冲出来了。我看见大姑把新菊抱在怀里，鼓着腮帮对准她的伤口吹气。吹了一会儿，她明白过来了，怎么吹都是白费功夫。大姑就抱住新菊往药店跑，一路喊着，红药水，不，紫药水，不，快拿红药水。

你知道我妹妹这个人，天不怕地不怕，看见孩子出血就慌了手脚，但不管怎样，孩子到了她手里我就放心啦。

8

独虎爬在树上看月亮。月亮刚刚升起来，月亮看着太阳的火堆一点点地熄灭，它就从化工厂的大烟囱后面亮出半张脸，太阳还没走月亮就来了，就像早晨太阳赶走月亮一样。这两个东西自古以来就在天上斗来斗去的，因为它们斗不出胜负，所以就有了白天和黑夜。天上的事情我现在是越来越清楚了，只是我无法把这些事都告诉我儿子。我儿子瞪着眼睛看月亮的那半张脸，他肯定是嫌月亮出来得太早了，月亮一出来天就要黑了，天黑了大姑就要把他从树上拉回到家里去了。

独虎爬在冼铁匠的老桑树上，我听见他把树干弄得吱吱直响，就知道冼铁匠会不舍得他的树，别说是树了，你就是一脚踩到他家的畚箕冼铁匠也会心疼的。我正这么想呢冼铁匠就冲到树下来了。又爬树，冼铁匠说，你这孩子长没长耳朵呢，让你别爬树你偏要爬，压坏了树是小事，你要摔下来可不得了。独虎不听他的，反而向上爬了一段，说，你别来影响我，我在观测月亮呢，月亮上有一门大炮，它正瞄准着香椿树街呢。冼铁匠才不听我儿子胡说八道呢，他踮起脚去抓独虎的脚，他说，你要看大炮得去参加解放军，爬在树上能看见个狗屁大炮。他没抓住我儿子，独虎在树上比猴子还要灵活，冼铁匠这样的糟老头怎么抓得住他呢？我看见他在树下气得直咬牙，他说，你这孩子就是没人管教，你要看什么我都不管，要看就到自家房顶上去，怎么爬别人家的树呢？

我最见不得他这种守财奴的样子，可是遇到这种人你也只好自认理亏，没想到我儿子却有对付他的办法，我听见我儿子在树上说，你怎么证明是你家的树？我儿子说，树上写着你的名字吗？没写你的名字就是公共财产，公共财产就是大家的财产，谁都可以爬这棵树。

我差点笑出来，独虎才六岁，真想不到他还知道公共财产什么的，他才六岁，就把六十岁的冼铁匠说得张口结舌的，我倒不是为儿子护短，冼铁匠这样的老财迷碰到了我儿子这样的小铁嘴算他倒霉。冼铁匠果然自认倒霉了，我听见他嘟囔着什么往家里走，走到门口他回头对独虎喊道，你有本事爬在树上别下来，你就去做猴子吧，永远别从树上下来。

独虎很快跳下了树，这次他无意与冼铁匠作对，他看见一个人从我家走出来，像个小偷似的，那么一闪就闪出来了。那个人头上扎着大姑的围巾，脸上戴着新梅的口罩，身上穿着我的灰蓝色棉大衣，手里还提着一个人造革旅行袋。那个人像小偷，独虎就大叫一声，站住，你往哪里跑？独虎像猛虎下山一样冲到那个人面前，却发现那不是小偷，是新兰。独虎便"咦"地叫了一声，他说，你怎么出来了，大姑说你不能吹风，你吹到风会发烧的。

新兰木然地看了看弟弟，她说，你瞎叫什么，我要出门，我要回农场去。

我从独虎的脸上看见了一种丰富的云彩一样变化的表情，他的一双乌黑的眼睛盯着姐姐的脸，然后我看见他的手突然伸到新兰的脸上，他想扯下她的口罩。我知道他想从姐姐的脸上寻找一个问题的答案，你为什么要走，是不是我把你气走了？但是新兰在弟弟的手上"啪"地打了一下，她说，别闹，我没心思跟你闹，你给我回家吃饭去。

不。独虎叫喊起来，他又伸手去夺新兰的旅行袋。我知道他不愿让新兰就这样走掉，可他就是不会表达他对二姐的情谊，他光知道去抢她的旅行袋，光知道这么乱叫乱喊的，不，不，不。他就是不知道除了这个字还可以说点别的，如给他二姐认个错什么的。他们正在争夺那个旅行袋的时候，新梅出来了。新梅不由分说就把独虎推进家门，新梅对新兰说，你快走，别理他。

独虎一进家门就傻眼了，他看见大姑也像个小偷似的躲在门后，大姑的一只手挽着一个布包裹，另一只手提着一个塞得鼓鼓囊囊的化肥袋子。大姑看见独虎就像小偷撞见主人一样连连后退，大姑的脸上堆满了谄媚的笑容，她说，回来啦，肚子饿坏了吧，快去吃饭。

大姑整装待发的样子躲不过独虎的眼睛，大姑背着他干下的事情终于水落石出。独虎发疯似的冲上去掰大姑的两只手，他要让大姑的手和行李分开，不！不！他这么狂叫着，又开始踢大姑的腿,不!不!他想痛骂大姑一顿,但是因为过于愤怒他还是用拳脚代替了语言,大姑的膝盖被他踢疼了,她弯下腰揉着两个膝盖,嘴里呼呼地吹着气。她说,小祖宗呀,我不是故意瞒你,我是没办法才瞒着你的呀。大姑的身子虽然被独虎推得歪歪斜斜的,她的手却死死地护着那个化肥袋子。小祖宗呀,你别把玻璃杯踢碎了,玻璃杯一踢就碎的呀。大姑一边说着一边把独虎的脑袋往她怀里搂,她说,不闹了,不闹了,大姑就去几天,去几天就回来了。

你去哪里?独虎尖叫着,不等大姑回答,他又叫起来,你要去也行,带我一起去。

大姑又不去什么好地方。大姑眨巴着眼睛说,是你二姐的农场呀,你没听二姐说,那儿什么也没有,除了庄稼就是野狼、野狗,野狼、野狗正饿得发慌呢,你想去做它们的粮食呀?

不!独虎仍然大叫着,他知道大姑在吓唬他,但是他顾不上揭穿大姑的谎言,他一心要抢下大姑手上的化肥袋子,可是大姑急中生智,她猛地用力把化肥袋子举到头顶上去了。

新梅走过来堵在大姑和独虎之间,新梅对大姑叫道,你看你把他宠成什么样子了,这都什么时候了,你还在跟他废话,新兰还在路口等你呢。

独虎瞪着眼睛对新梅大叫,不!

你不不不，不什么？你给我吃饭去。新梅不耐烦地推开弟弟，推开了独虎再去推大姑，别理他了，你们要赶火车呢。新梅向大姑摇晃着家里唯一的手表说，火车不等人，你知道不知道，再不走火车就开走啦。

正是新梅这句话使独虎跑到门口堵住了大姑的去路，我要坐火车，我也要坐火车！独虎后来就一直这么叫喊着，他的小脑筋里一下塞满了火车，火车，火车。独虎张开双臂堵在门口，我看见他的眼睛里有一列火车飞驰而过，火车，火车，火车，我儿子盼望已久的火车现在终于开来了，现在独虎意识到只有他张开双臂拦住大姑才能拦住火车，否则火车就从他眼皮底下开过去了。带我去，独虎叫喊着，你们不带我坐火车自己也别想坐火车！

我注意到大姑的脸上露出一种为难的神情，大姑眨巴着眼睛，忽然做出恍然大悟的样子，我想起来了，那火车是个女车呀，大姑说，女人才能上女车，男孩不能上女车呀。你又不是女孩，大姑就是带你去了，人家也不让你上车呀。

你骗人。独虎跳起来揭穿了大姑的谎言，他说，火车又不是人，火车不分男女，男的女的都能上火车。大人小孩都能上火车，郁勇他就坐过火车！

你别跟他说了，火车就要开了！新梅跺着脚说，真是急死人了，这都什么时候了，你还在跟他说这些废话。新梅嘴里埋怨着手就伸出来拉拽独虎,但是新梅竟然拉不动他,独虎像一条藤蔓似的紧紧地贴在门上,像一条小狗似的亮出牙齿准备咬人。新梅一着急就喊起来,新竹哎,新菊哎,快来帮我,快来帮我呀!

厨房里的新竹和新菊闻声冲出来,她们一看这情形就明白大姐要她们干什么,新竹指挥大姐说,你抓他的胳膊,我抱他的脚。又命令新菊说,你别在这儿发呆,你给我们打掩护。新竹安排完毕自己先冲了上去,新竹冲上去的时候感觉到弟弟尖利的指甲挠破了她的面颊,可她无所畏惧,她像电影里的战斗英雄一样与独虎搏斗,率先抱住了他的双脚。快上,快上呀,你们别怕他! 在新竹的呐喊声中,新梅和新菊一拥而上,在独虎的号叫声中,三姐妹把弟弟抬起来,一直抬到房间里,新梅腾出一只手撞上了房门,对着门外大喊一声,别管他了,你快走吧!

大姑在外面手足无措,她跟在侄女们后面想看看她们会怎么对待独虎,但新梅把她关在门外了。大姑又气又急,看见独虎的一只鞋子掉在地上,大姑就用鞋子拍着门说,该死,该死,你们会把他胳膊弄断的,你们会把他的腿骨弄断的。大姑听了一会儿独虎的哭声,她知道独虎的胳膊没事,腿骨也没事,只是嗓子可能叫破了,大姑对于嗓子倒不是很重视,所以在百爪挠心的情况下她还是毅然转身离去了。大姑匆匆地走到街上，一只手挎着旅行包，另一只手抓着独虎的那只鞋子，大姑并不知道自己的手里抓着独虎的鞋子。

## 9

火车停靠在一个叫孟镇的小站。我看着大姑和新兰下了火车，两个女的，一大一小，一个是我的妹妹，一个是我的女儿。她们站在孟镇车站的月台上，眺望着西南方向的光裸的稻田。我知道她们眺望的方向是华村，我知道大姑在指点新兰，稻田的尽头就是我们华家人的故乡。我看见我妹妹和女儿站在故乡的热土上，一个满面苍凉，一个无动于衷。我听见我老家的土地在她们的脚下发出一声悠长的莫名的叹息声，然后我的眼泪就流下来了。

多少年来我一直想象着回到老家的这一天，我想象着衣锦还乡、荣归故里的这一天，我想象我带着凤凰和五个儿女，带着六六三十六个旅行袋，里面装满了饼干、奶粉、布料、香烟、肥皂、尼龙袜、圆珠笔和粮食白酒，装满了馈赠亲友的大大小小的礼品。我想象我带着儿女们来到华家的祖坟前磕头祭拜，祖坟下的老祖宗的魂灵们奔走相告喜笑颜开，我甚至还想象我们一家人坐两辆小轿车来到华村的情景，但我知道这是在做梦呢，除非新梅和新兰替我圆梦，除非新梅嫁个局长、新兰嫁个军官什么的。我知道坐小轿车回乡的事也只能想想而已，这事靠我不行，靠我的两个不争气的女儿也不行。我知道那是在做梦，可我就是没想到这次回乡会这么寒碜，大姑和新兰的行李里大概连糖果都没有，而我更是双手空空，我是一个冤魂，我什么东西都不能带呀。

这么披星戴月地赶路，活人累死人也累。我追着火车一口气跑了几百里路，中途差点被风吹走，但我咬咬牙还是坚持下来了。我知道大姑带着新兰回老家是去堕胎的，这种事当父亲的跟着不合适，可我就是放心不下，我也找不到凤凰的影子，没法跟她商量，她要是来我就不必来了，可是凤凰一直躲着我，谁知道她来不来呢。

我放心不下，我跟着大姑和新兰往车站外面走。孟镇车站虽然刚刚刷过白灰，但我认识这里的一砖一瓦，车站外面的黄泥路铺上了水泥沥青，但我认识路边的一草一木，谁让这里是我的老家呢。下午的太阳像生了病似的没有力气，只是给秋收后的土地染了一点淡淡的金黄色，通往华村的路上到处可见被风刮断的树枝和柴草，我看见新兰跟在她大姑身后，一路走着一路踢着脚下的柴草。乡下风大，风在草垛和房子之间绕来绕去地走，一边走一边还吹着口哨，我就担心风把新兰吹感冒了，她一下火车就把大衣脱了，大姑让她穿她不穿，情愿把那么重的大衣搭在手上。这孩子从小就爱俏，经常为爱俏受凉感冒，你拿她没办法。

大姑在路上走得好好的，突然就跳到田里去了，她拔了一根草，小心地举着它让新兰看，这是亲人草呀。大姑满脸喜色地对新兰说，回乡的人看见亲人草是好兆头，你来碰碰它，看它认识不认识你？

什么亲人草？新兰漠然地看着大姑手里的草，我为什么要碰它？

看它认识不认识你呀，大姑说，它要认识你叶子会卷紧，你虽然是个女的，可也是华家的人，它该认识你的。

新兰敷衍了事地用指尖碰碰那棵草，那棵草并没有卷起来。它不认识我，新兰说，本来就不认识嘛，一棵草怎么会认识我？

别这么碰，亲人草又不会咬人，大姑仍然举着草说，再碰一下，亲人草知道谁是亲人，它该认识你的。

新兰却不耐烦地走开了。她说，谁在乎它认识我不认识我？什么亲人草、仇人草的，我没这份心思。

大姑没有生新兰的气，她是明白人，这会儿新兰心里肯定乱成了一团麻，她是没心思去和一棵草计较呀。大姑扔下手里的草，顺嘴把那棵草教训了几句，我看你这亲人草是老糊涂了，你不认识她，她就不是华家的人了？你不认识她，她还是华家的闺女!

我看见姑侄俩走在回乡的路上,一个絮絮叨叨,另一个心事重重。深秋的乡间弥漫着粮食和牲畜粪便混合的气味,麻雀在地里啄食残存的稻谷,白头翁蠢头蠢脑地在电线和草垛之间飞来飞去,也不知道它们在忙些什么。我小时候在华村一带是逮鸟大王,有窝的鸟我一窝一窝地端,没窝的鸟我一个一个地打,用弹弓打,用石子打,还用一种自制的竹箭打鸟,打到最后鸟儿们看见我就逃,飞得无影无踪的。我跟华村的鸟积下了几十年的怨恨了,所以当我来到华村上空就有点担心,担心鸟儿们记仇,好在它们也跟人一样更新换代了,它们不认识我,我们各走各的路,井水不犯河水。

华村是越来越近了,大姑走到村头的池塘前站住了。她对新兰说,我得在这儿洗把脸,华村的人出远门回来,都要在这池塘里洗把脸呢。

别在池塘里洗脸,新兰说,这池塘里说不定有吸血虫的。

你胡说呢,哪儿来的什么吸血虫?大姑说,别的地方有这虫那虫的,我们华村从来就没有这些虫。

你要洗你洗,我可不在这儿洗。新兰说。

你不洗我洗。大姑蹲在池塘边,一边洗脸一边撇嘴道,喊,吸血虫?你爸爸小时候老在这池塘里洗澡,他的血怎么没让吸血虫吸去?他的血真要是被吸掉点说不定还是好事呢，他就是血气太旺，血气旺脾气就坏，真要是被虫子吸掉点血，说不定他脾气会好得多，也不会惹下那么大的灾祸。

别说他的事！新兰忽然叫道。

大姑一提到我新兰就不高兴了，新兰的脸上像是蒙了一朵乌云，看上去阴沉沉的充满了怨恨。我知道新兰和新梅一样对我充满了怨恨，这怨恨随着她们自己的不幸是越来越深了，我没办法抹去她们心头对我的怨恨，是我的臭脾气害她们成了孤儿，可是有时候我也觉得委屈，我是她们的父亲，我活着时为她们做牛做马，死了还在为她们操心，可你看看我的二女儿现在的脸色，她的脸色真是让我伤心。我在旁人眼里是臭名昭著的纵火犯，我在监狱的干部眼里是个畏罪自杀的犯罪分子，我在亲生女儿眼里也是一个十恶不赦的罪人呀。我真是伤透了心，要是凤凰的幽魂也追随而来，我就甩手不管这屁事了，我才不管她的肚子会怎么样呢，让她的肚子一天天大起来吧，让她去丢人现眼吧，反正怎么丢脸都是她的脸，我是已经无脸可丢了。我真是想赌气一走了之的，可是凤凰不来我就下不了这个狠心，我想着想着又有点迁怒于凤凰了。女儿出了这种事，她做母亲的不管，倒让我管，她不是脑子里有屎吗？

我看见一个放羊的穿黑棉袄的老人坐在草垛下，眯着眼睛打量大姑和新兰。我一眼就认出他是我本家的叔叔，我小时候他算是疼我的了，那年我在田里被蛇咬就是他救了我，把我的臭脚丫捧在嘴里又吸又吮地弄出了蛇毒。我看见他手里还抓着旱烟袋，心里就想要是他在村头遇见的是我，我早就从包里掏出一包香烟来了，不，不是一包，是一条前门牌的好烟，别人一包勇士牌就能打发，我的这位叔叔可不能随便打发，不仅给一条前门牌香烟，还要加上两瓶粮食白酒呢，还要送他两双尼龙袜子，不过我这位叔叔大概一辈子也没穿过尼龙袜子，你给了他，他不一定会穿，没准儿他会把尼龙袜子当花手套戴在手上呢。

我的九叔叔老眼昏花，他把大姑和新兰都当成姑娘了，他对她们说，两位姑娘从哪儿来呀？

大姑咯咯地笑起来，她扭着腰向九叔叔身边走，九叔呀，你可把我抬举到天上去了，大姑说，我都是半老太婆了，你还把我当姑娘呢，我不是姑娘，我是金枝呀。

哪个金枝？九叔叔将手搭在额上打量大姑，他说，你是老四家的三媳妇？你从娘家回来啦，回来就好，春生那小子混账，打老婆怎么能往死里打，你那鼻梁骨现在长好没有？

大姑对新兰挤着眼睛，她摸了摸自己的鼻梁说，我的鼻梁好好的，打我鼻梁的人还没生出来呢。大姑弯下身子凑到九叔面前，她说，九叔呀，你真的认不出我了？我是金枝，我是金斗的妹妹金枝呀。

提到我的名字九叔的眼睛顿时一亮,九叔一把抓住大姑的手,嘴里大叫起来,是老六家的闺女呀,你不是投奔金斗去了吗？你不是做了城里人？

做了城里人就不兴回来看看？大姑在九叔肩上拍了一下,然后她就把新兰朝九叔身边拉,你认识不认识她,见没见过这么水灵的姑娘？大姑对九叔说,她是金斗的闺女呀,我带她回来上祖坟来啦。

九叔正要去抓新兰的手,新兰就让两只手都派了用处,她挽住了大姑的胳膊,让九叔的手缩了回去。大姑说,这是你九叔公,快叫呀。新兰的声音像个闷屁一样没精神,她说,九叔公。眼睛却望着前面的村子。幸亏人家长辈不跟她计较,九叔看那姑侄俩就像看两个下凡的仙女一样,看得眉开眼笑的。九叔说,这姑娘长得还真是水灵呢,跟年画上画的一样,比金斗不知强到哪儿去了。

九叔领着大姑和新兰往村里走,把他的羊群就那么丢在村头。九叔一路走着一路嘿嘿地笑着,也不知道他笑什么呢。走过歪脖子的老榆树那里,他一定是想起了我在树上掏鸟窝的事,九叔就说起怪话来了,金斗怎么不回来？他是当书记还是当县长了,他就回不来？就是毛主席还要回家乡看看父老乡亲呢,他怎么就不能回来？

我看着大姑的脸色尴尬起来,大姑干笑了一声说,我哥在厂里忙工作呢,他倒是不敢忘本,就是没有闲空回来呀。

九叔又说,现在回来上什么祖坟?不过清明、不过鬼节的,你就是烧上满地纸钱也唤不来祖宗。有那孝心经常回来看看就行了。

大姑说,九叔你不知道我们的难处,城里不比乡下,城里虽说有汽车、有火车又有飞机的,虽说出门方便,可你不能上了火车就走呀,城里又没有农忙农闲的,每人一堆工作,你得请假调休什么的才能出门呀。

你也别把城里的事说得那么难,九叔说,我也不是没出过门的人,我闯码头时还没有你们呢。九叔走了几步,忽然站住了,我听见他擤了一把鼻涕,指着脚下的路说,就是这条路呀,金斗当年离村走的就是这条路,你们没见他出的洋相,一条新裤子大得能装他八条腿,他那天把肚子吃圆了,把裤带绷断了,我们看着他一路走一路提着裤子,屁股蛋好几次都露出来了。九叔说着嘿嘿地笑,他回头看看大姑和新兰,大姑陪着他笑,新兰却还是拉长着脸。九叔又叹起气来,他说,几十年光阴一眨眼就过去了,金斗的女儿都这么大了,金斗的头发也该白了吧,你别看他脾气顶死牛,他可是吉人天相,那年发大水他不是回来了吗,说来也怪,下了二十多天雨,金斗一回来天就放晴啦。

九叔还说我吉人天相呢,这真是应了华村人的谚语:"老婆是别人家的好，儿女都是自家的好。"我说九叔你饶了我吧，你夸我就是拿烙铁烙我的脸呢，你是要让我往地下钻呢。九叔不管我，只管夸我的耳朵长得大，夸我的额头宽阔印堂发亮，夸我双臂及膝、身长腿短可以稳坐中堂。我看见新兰的嘴边浮出了一丝冷笑，我真害怕她脱口说出我的下场，新兰新兰你千万不能说，你要是还有点良心，看在我们父女一场的分儿上，你千万不能说。我心如刀绞，我想要是有一种箱子能关住我的消息就好了，要是有一种锁能锁住我的消息就好了，只要有人能把它封锁起来，他让我舔他的脚我也干，让我叫他爷爷我也叫。我这么想着想着眼睛又潮了，我的上下眼皮和眼泪斗了半天，最后两片眼皮都没能斗过一滴眼泪，那该死的眼泪又掉下来了。不知道这是怎么回事，我华金斗从小到大是宁可流血不流泪，没想到回到华村我的眼泪就像屋檐上的雨水滴个不停了。

大姑毕竟是女人，心里装不下多少事，我看见她的眼睛眨呀眨呀，就猜到她要说正事了。果然她装作不经意地开口了，九叔，你家大牛是赤脚医生吧？我有个事要找他帮忙呢。

你病了？九叔说，要是小病小灾的找大牛管用，要是大病他可治不了，你先告诉我是个什么病。

也不算什么病，咳，九叔你就别打听了。大姑说，是妇道人家的病，等会儿让我跟大牛说。

九叔还算识趣，大姑这么一说他就不打听了。我看着那老少三代朝村里走去，九叔满面红光，嘴里吆喝着拦路的土狗。不准瞎叫，给我举起爪子，欢迎欢迎！几条狗都不听九叔的，倒是那些鸡呀、鸭呀自觉地站在村道两侧，夹道欢迎两个回乡的亲人。村里人都在打谷场上打谷，他们眼尖，隔老远就看见大姑、新兰她们了。不知是谁扯着嗓子大声问，九叔你领着谁家的亲戚？九叔只是向他们挥手，他在跟村里人卖关子呢。别理他们，九叔对大姑说，急死他们，你看着吧，一会儿就跑来看热闹了。

大姑正站在我家的旧屋前面，旧屋的断墙残垣勾起了她满腹辛酸的回忆。她的鼻孔"噗"的一声，眼圈接着就红了。新兰，好好看看你家的老屋呀。大姑抹着眼睛说，你爷爷生在这里，你爸爸生在这里，我也生在这间破屋子里呀，我们小时候的苦日子全堆在这间破屋子里呀。

新兰把头探进窗洞里向里面张望着，怎么破破烂烂的，她说，怎么屋顶也没了，东西也没了，怎么地上还长草了呢？

你不懂，这屋子死啦。大姑说，你不懂屋子跟人一样，它要是没盼头就没精神了，老是没精神就得病，得了病没人给它治，它不就死了吗？

这屋子不能住人，我们住哪儿呀？新兰问。

哪儿不能住？大姑用手帕在脸上抹了一把，所有的伤心事就被抹去了。她打了新兰一下，你这傻姑娘，这是华村呀，是你老家呀，虽说自家亲人没有了，可你在村里随便撞上个人，他就跟你不出五服，你还愁没地方住呢，就怕到时他们都来抢你，就怕你分不了身跟他们走呢。

正说着打谷场上的乡亲都拥来了。我听见一片熟悉的乡音此起彼伏地响起来，好像有人在给我掏耳朵似的，我的耳朵又疼又痒，说不出是个什么滋味。我听见我的名字在乡亲们嘴里滚来滚去的，他们的唾沫像蜜汁浸淹着我的名字，把我弄得醉醺醺的不知东南西北。我听见五奶奶在问大姑，你家金斗当大官了吧？他小时候哄我说当了大官就接我去城里玩呢，我可没忘，他人呢？当了大官就把五奶奶忘了吧。大姑赔着笑脸说，五奶奶，在城里当大官也不容易，当个小官还要拉关系走后门呢，我哥没靠山，干什么都比别人难，不过他也在努力呢。五奶奶听错了大姑的意思，她说，当个小官也行，小官也是官，派不了汽车派个拖拉机也行，我还不爱坐汽车，像个棺材似的闷死人，你就让金斗派个拖拉机来接我吧。

村里人都咧着嘴笑，五奶奶的话是逗人发笑，我却一点也笑不出来。我不记得以前对五奶奶的许诺了，只记得我们兄妹的鞋都是五奶奶做的。五奶奶纳的鞋底又厚又密，走上一千里路也磨不坏。乡村的孤儿孤女靠的就是乡里乡亲，我十五岁跟着二舅去城里做工人，脚上穿的就是五奶奶做的黑布鞋。听见五奶奶的话你能猜到我有多难过。我想我要是个知识分子那有多好，我要是知识分子就会有很多修养，凤凰死了我就给她开个追悼会，给亲戚朋友每人发个黑袖章，要是心里难过自己还能为她写篇纪念文章，那也是夫妻一场，我在想我怎么就像个疯子似的发了疯呢，我怎么会跑到燃料仓库去要人，怎么稀里糊涂就当了一个纵火犯呢？我想我要是没放那把火该有多好，要是法院的同志对我宽大处理那有多好，要是他们只判我三五年那有多好。那样我的命就打不上死结，我总还能活着回到华村，俗话说"留得青山在，不怕没柴烧"嘛。我虽然没本事用汽车把五奶奶接到城里，至少也能带她去城里玩上几天，就算不能带她走，至少也得把一堆奶粉、麦乳精什么的塞到她怀里，让她笑得合不拢嘴，让她知道我金斗不是个忘恩负义的没有良心的人，我要让她知道好人有好报，她没有白疼我华金斗。

可是你知道我现在两手空空，我要是神仙就好了，那样我就能开着一架直升机在华村上空盘旋，我要把全世界最好吃的食物空投在乡亲们中间，我要把全世界最先进的电视机、收音机、电风扇空投在华村，我还要把大捆大捆的人民币扔在乡亲们头上，让他们随便抓，想抓多少就抓多少。我想得真是美极了，可是你知道我只是个可怜的冤魂，只是像云一样在天上为儿女们飘飘荡荡的，时时刻刻还担心阎王爷发现我的行踪。我想我大概是世界上最没用的人了，活着没用，死了也没屁用。我现在对自己失望透顶，我想万一乡亲们知道了我的底细，我他妈的干脆就去向阎王爷自首，干脆就跟着他老人家走，干脆就从这世界的上空滚走吧。

新兰忸忸怩怩地站在乡亲们中间，许多妇女都伸手来拉她，她不知道怎么对付那么多的手，身子一躬就躲到她大姑身后去了。她躲到哪儿也躲不了那些热情的手，有的手要把她拉到自己家去，有的手只是要摸摸她身上的毛衣、围巾和手套。乡亲们大多没见过世面，看着什么都好奇，摸摸就摸摸嘛，又摸不坏。新兰偏偏就恼了，我看见她突然从人群里冲出去，站得远远的朝那群妇女翻白眼。我真是让她气死了，天知道她这种资产阶级娇小姐的作风是从哪儿学来的，我那些乡亲又不是傻瓜，他们看见她这种样子就不吱声了。大姑在旁边打了圆场，你别说我这妹妹的嘴真是比八哥还巧，你听她对五奶奶他们怎么说，她说，我侄女正跟我发脾气呢，她怪我没买什么东西回来，两手空空的见人，她觉得没面子。

我的乡亲们心眼儿实在，听大姑这么说他们倒过意不去了。几个妇女抢着去安慰新兰，她们不知道自己说得牛头不对马嘴，她们说情义花钱买不来，你不带东西说明你跟我们不见外，你空着手回来说明你把我们当自家人看，我们高兴还来不及呢，再说你就是带着大包小包回来也是白白糟蹋掉的，他们什么也不懂，上次谁谁谁回来送了好多电池给我们，结果孩子们把电池当糕点吃了，差点闹出人命来呀。妇女们七嘴八舌说了半天，新兰还是那副资产阶级臭小姐的嘴脸，她说，你们在说些什么呢？我怎么一句也听不懂，你们没人会说普通话吗？

我真是被新兰气死了，新兰你这个不识抬举的丫头，你以为自己是慈禧太后？别人哄着你、抬着你，你却还要他们跟你说什么普通话。你以为你是个知识青年、是个城里人就了不起了？就连中央首长还要下乡跟贫下中农打成一片，你算老几，你就这样把尾巴翘到天上去？新兰呀新兰，你还想入党呢，就冲你对乡亲们这态度，一辈子别做那梦了。就算你在农场耍两面派蒙蔽了领导，就算让你蒙混过关了，迟早也要被党从内部清除出来。人们都说养子不教父之过，新兰从小就是这讨厌的忸忸怩怩酸溜溜的性格，我是看不惯的，可是凤凰宠她，我骂她一句凤凰骂我十句，我打她一巴掌凤凰能跟我闹一夜，你让我怎么管教她？人们还说棒下出孝子，拳下出秀才。新兰从来没挨过棍棒和拳头，结果你们也都知道了，她稀里糊涂的让人把肚子弄大了。她肚子里埋了颗定时炸弹，它哪天爆炸了不仅会炸了新兰的前程，也把华家剩下的那点脸面也炸光了。新兰今年二十岁了，我知道她为自己的事也着急，可光着急顶个屁用。她明明知道这次回来是让乡亲们帮忙，可你看看她对乡亲们的态度，那算个什么态度！我真怕她把九叔惹恼了，九叔的脾气我知道，你要是把他惹恼了，他不拎着你的耳朵把你扔出村子才怪。

让我宽心的是九叔老了，人老了眼睛也花了，他看见的只是一个如花似玉的本家孙女，看不见那孙女有多别扭。九叔推开了一个个妇女，他说，你们这么围着她想把她闷死呀？你们这把年纪还发人来疯，没见过城里姑娘吗？你们要是看她看不够，晚上到我家来接着看，这会儿人家累了，该回家歇着去了。

九叔领着大姑和新兰往家走。九叔家有一间瓦房和两间草房，瓦房是新盖的，草房的年纪却比九叔还大几岁呢，那两间草房虽然披上了几层新茅草，它的往事却怎么也盖不住。我记得九婶刚过门时老是挨九叔的拳头，她娘家人教了她一个妙计对付九叔。有一次九叔打九婶她就直奔房顶而去，九婶从房顶上揪下一把茅草，挥着茅草对九叔嚷，你还打不打我了？你再打我就把你家的房顶掀了。九叔开始还嘴硬，他说，你掀你掀，茅草山上多的是，掀掉了我再铺上。九婶一计不成再来一计，她从怀里掏出一盒火柴来，取出一根向九叔摇晃着，我才懒得费这劲呢，她说，一把火最痛快，烧了你家的破房子，看你还打不打人！九婶这一手把九叔吓住了，他在下面到处找梯子，急得跟什么似的。他说，我的姑奶奶你可别犯糊涂，我打你打的是屁股，就算打昏了一盆凉水也能让你活过来，你要是在房顶上放了火没法救呀，我不打你了，你把火柴扔下来吧。九婶得寸进尺，她左手挥舞着茅草，右手挥舞着火柴棍，扯起嗓子对村里人喊，乡亲们你们都听见啦，我男人发誓一辈子不打我呢，他要是再打我他就不是人，是畜生、是王八；他要是再打我就不姓华姓狗啦！

我记得那一回九叔在村里人面前丢尽了脸面，为的就是这两间草房。我还记得我当年是怎么安慰九叔的，我说，九叔，要是草房换了瓦房就不怕九婶点火烧了，等我长大挣钱给你盖瓦房吧。几十年过去了，那两间草房睁大了它们的老眼看着我呢，看得我脸热心跳的。看见这两间草房我就抬不起头来，我想起那年九叔让大牛给我写信，要借三百块钱，说是有那三百块就能盖两间瓦房，就把草房都扒了，信上还说没有那三百块也没关系，那就盖一间瓦房，两间旧草房就不扒了。我知道九叔是跟我商量家里的大事呢，他跟我商量我就跟凤凰商量，这一商量就商量坏了。凤凰一听是三百块脸就变了，她说，我知道你这九叔对你好，可你数数我们家的积蓄去，一共五百块，给他三百块我们还过不过了？我们自家的房子还漏雨呢，你告诉九叔，就算我说的，等哪天我们家经济翻了身，别说是借三百块，就是借三千块也行。凤凰这话说了等于没说，但是我也不能怪她，只能怪自己，天生是个无产阶级的命，做了无产阶级就是拿不出三百块，一点办法也没有。我想起这事就脸热心跳，也不全为那三百块，我恨自己在这件事上缩头缩脑的，连回信都不敢写。后来九叔问起这事我还装糊涂，我还撒谎说没收到那封信呢。

我现在算是尝到了无脸见江东父老的滋味，老天让我的冤魂回乡是给我台阶下，对我来说是再好不过了。我把自己藏在云朵后面看着每一个乡亲，我看见九叔把大姑和新兰领进了那间瓦房里。我看见九叔的脸被时光的刀子划得像一张军事地图，他的裤子破了一个洞，里面的秋裤也有一个洞，大洞套着小洞，露出了一块活生生的膝盖骨。我看着九叔的膝盖骨眼泪又流了下来，我又不是铁石心肠怎么会不流泪。你知道我九岁死了爹，十岁娘改嫁，全靠九叔他们送衣送粮的长成个人，俗话说"滴水之恩当涌泉相报"，我报了屁恩呀。我看着九叔的膝盖骨泪如雨下，我替九叔打抱不平呢。九叔呀九叔，早知道金斗没心没肺，你当初不如把他卖给人贩子还能赚回点粮食、棉布呢，早知道金斗这么没出息，你当初何苦瞒着九婶把鞋帮里的两块银圆塞给他做盘缠，你这是肉包子打狗——有去无回呀。

我没脸进九叔的瓦房，就在草房上偷听瓦房里的动静。大姑这人心里装不下事，寒暄几句她就把新兰的事情说出来了。这样也好，对九叔拐弯抹角地说话他也听不明白，一是一二是二他就明白了。我听见他说，我以为什么大事呢，不就拿掉一块肉吗？这好办，等大牛回来跟他说，让他做个小手术。九叔这么说似乎太轻巧了，也难怪，他不懂这些妇女的事嘛。我很想进去和他们商量一下新兰的事，可我回到华村就像个知识分子了，斯斯文文的到处讲个面子，我就是没脸进九叔的瓦房。就在这时候我看见草房上的茅草婆娑地抖动起来，我本能地觉得是另一个幽魂来到了华村。然后我再次听到了凤凰嘶哑的凄凉的声音，新兰，快回家，快回家。我还是不敢相信自己的耳朵，不敢相信凤凰也风风火火地赶到女儿身边来了。我看见新兰突然来到窗口，她的眼睛惊恐地向外张望着，嘴里嘟囔着，谁？谁？谁在喊我？无疑新兰也听到了她母亲的声音，新兰，新兰，快回家，快回家。

我不知道凤凰这会儿赶来喊女儿回家是什么意思，我要问问她是什么意思。但是我仍然看不见她的影子，只听见她哭哭啼啼的声音，只能感觉到她带来了一股冷风。这次凤凰的行为真是惹我生气了，我想新兰都是让她宠坏的，活着宠她，死了还要千里迢迢地赶来宠她，现在是什么时候，她还让她回家，回家干什么去？让她肚子里的定时炸弹去爆炸吗？这不是在捣乱吗？我真的生凤凰的气了，我张开双臂在空中乱抓一气，企图抓到凤凰的幽魂。我抓来抓去的什么也没抓到，只是手上留下了几滴冰冷的露珠。而凤凰的声音更加焦急、更加悲切了，新兰新兰，快回家快回家！

我对凤凰越来越不满了，她做母亲的对女儿撒手不管，这会儿叫她回家，回家干什么？回家让新兰肚子里的定时炸弹去爆炸吗？这简直是在捣乱，我忍不住就对着空气大吼了一声，你来捣什么乱？她不能回家，你自己给我回家去！

## 10

夜里赤脚医生大牛回来了，大牛怎么看也不像个医生，倒像个杀猪宰牛的屠夫。想到新兰的事情要交给他办，我就有点不放心，但不放心你又有什么办法？交给别人你就更不放心了。我看见大牛笨手笨脚地把听诊器放在新兰的毛衣上，眨巴着眼睛听她肚子里的动静，我想隔着那么厚的毛衣能听出个什么动静来，可你替大牛想想，他也是没办法，新兰那么别别扭扭的，他总不能自己动手去掀她的毛衣。

大牛听了一会儿说，有两颗心在跳，她是怀孕了。

那还用你说？大姑说，都两个多月了，急死人的事情，我恨不得把那肉块一巴掌拍出来，可我又不懂医，这不是找你帮忙来了吗？

要把胎儿拿掉？大牛说，那要刮宫呢，刮宫可是伤身子的事，你们要慎重。

慎重个屁呀。大姑说，你真是站着说话不腰疼，你要是个大姑娘，把那块肉放在你肚子里试试？你就痛快点说吧，你到底会不会拿？

刮宫又不是什么大手术，十分钟就做完了。大牛起初说话气很粗，看见大姑的眼神他的口气慢慢就犹疑起来了，刮宫的理论我在学习班上学过，就是没有实践。他说，农村妇女满脑子封建思想，她们不肯给你实践的机会嘛，好像怕人占了她们的便宜，我在卫生院学习时她们谁也不肯给我刮。

也不怪她们封建，是有那么些医生不老实，浑水摸鱼的。大姑撇着嘴还想说什么，新兰在一边用胳膊肘捅了她一下，她说，说什么呢。大姑知道自己说话离题了，你看你都把话岔哪儿去了？大姑不怪自己，倒怪起大牛来了，她说，你做不了也不奇怪，赤脚的医生总不如穿鞋的医生嘛，我们现在是跟你讨主意呢，这手术到底怎么做？

去卫生院做呀。大牛说，我认识省城下来的王医生，他是卫生院的一把刀，男扎、女扎、割阑尾什么的都是他做，他医术高，妇女在他手上做手术就不闹，她们势利着呢。

是个男医生？大姑问。

当然是男的。大牛说，这你们就不懂了，男医生为什么手术做得好？男的手上劲大嘛。

又不是杀牛，要那么大劲干什么？大姑说，我就不爱听这话，这是男尊女卑呢。

大姑又被新兰捅了一下，大姑瞟一眼新兰就知道新兰想让她说什么，新兰怕羞，她不要男医生，大姑就说了，女的心细，虽说是小手术，万一碰上个马大哈拿了一半留下一半麻烦就大了。

女医生倒是有一个，小王医生我也认识，大牛沉吟了一会儿说，不过她刚从学校出来，就怕她没经验，就怕你们不放心。

没什么不放心的，这次新兰抢在大姑前面表态了，不要男的，我情愿死了也不要男的做。

这是什么话？大姑叫起来，你要脸面就不要命了？你怕什么？到时候大姑在一边陪着你呢，谅他也不敢占你的便宜，这事我做主了，不要那小王，我们要老王，生姜还是老的辣，男的就男的吧，你把他当个女的不就行了？

不要男的，我说不要就不要。新兰跺着脚喊道。

新兰一发火大姑就没有原则了，我看见她跟大牛两人面面相觑的，最后我听见她对大牛说，你看看这孩子，她这脾气随她爹，犟死牛呀。大牛吞吞吐吐地说，这种事别人也不

99

好说，让她自己拿主意好。大姑说，那还是随她自己的心愿吧，就要那女的，你不是说那是小手术吗，要是小手术也做不好，那她还算什么医生，我们就算做个贡献了，让她锻炼一下。

你看我这个妹妹，她就是大事糊涂小事精明，这种性命攸关的事她怎么能听孩子的？她还说让那小王医生锻炼锻炼呢，亏她说得出来，能把新兰的性命交给别人去锻炼吗？我恨我插不上嘴，我恨不得向他们喊，不要小王，我们要老王。我虽然没见过那两个医生，可凭我的经验就知道男的老的好，女的小的不安全，我没想到这件大事就让这些糊涂虫稀里糊涂地拍板了，这件事不拍板我不放心，拍板了我就更不放心了。我听见大姑和大牛后来一直嘁嘁喳喳地商量怎么去卫生院，大姑一定要等到卫生院关了门去，说这样就不会被人撞见，她还把一个红纸包拿出来给大牛看，说是给医生准备的好处费。他们商量半天无非就是要蒙住乡亲们的眼、堵住乡亲们的嘴，弄得像做贼似的，我听得真是不耐烦。怪不得别人说女人头发长见识短，她们的心眼儿多得不是地方嘛，你既然担心乡亲们会把事情传出去，何苦千里迢迢地回到老家来做这个手术？

那天黄昏，大姑和新兰挎着篮子在村头摘野菜，我知道她们摘野菜是假，等着上卫生院才是真呢。她们的样子让我想起哪部电影里的女游击队员，好像要去摸日本鬼子的岗哨呢。后来大牛就出现在公路上，她们一看见大牛就像见到信号弹一样冲上了公路。大牛不知从哪儿借来了两辆自行车，一辆新的交给新兰，那辆旧的他自己骑。大牛说，七点钟，我跟小王医生约好了，我们得抓紧时间。大牛让大姑上他的自行车，大姑一着急人就笨得出奇，绕着自行车忙了半天，最后总算像骑驴一样骑上去了，手里的篮子又掉在了地上，大姑还想去捡那破篮子呢，大牛一脚把它踢到沟里去了，大牛说，快走，去晚了人家不等我们。

然后我就跟着两辆自行车在公路上跑开了，我的路倒是好走，万里天空无遮无拦的，怎么走都顺畅。他们就受罪了，华村的这条公路哪儿配叫公路，到处坑坑洼洼的，你还能看见鸡在那些坑里孵蛋呢，车子一过它们就飞起来吓你一跳，这路存心跟你过不去。我听见大姑坐在大牛后面一路"哎呀哎呀"地叫着，一边叫一边还为新兰瞎操心，新兰，你骑慢点，新兰，你看着前面的拖拉机呀。新兰也不理她大姑，只顾拼命向前骑着。我看见她的围巾被风吹得呼呼有声的，好像是公路上的一面流动红旗，我知道她恨不得一下飞到卫生院去呢。她这么着急也不能怪她，她怎么能不着急？她知道自己肚子里埋着颗定时炸弹嘛。

我不知道凤凰跟来了没有，按理她不能不来，可我觉得她来不来都无所谓,你们也都知道了,她帮不上孩子,只会添乱子。我正这么想就听见一阵风在后面追赶我们,这会儿我没心思找她偏偏又听见了她的声音,她又来添乱了,她那个沙哑的哭哭啼啼的声音像讨厌的飞蛾一样在公路上空回响,新兰,别去,新兰,别去,别去。我不知道她这又是什么意思,她让新兰别去卫生院吗?不去卫生院去哪儿?难道让她在地上翻个跟斗能把胎儿翻出来吗?要不是急着赶路我真要把凤凰大骂一顿,我想与其让她在这儿添乱还不如让她回去看看独虎他们呢,出来这么久了,还不知道独虎他们过得怎么样呢。你给我回去,回去看看独虎他们吧。我对凤凰好言相劝,你别在这儿叫她了,你没看见孩子正抬头看呢,你这样弄得她心神不定的让她怎么骑车?你想让她出车祸吗?我不知道凤凰是否能听见我的声音,奇怪的是在我进行了一番威胁之后凤凰真的安静下来了,公路上的新兰也不再抬头东张西望了。我总算满意了,我的话还是管用的,不管什么时候,我都是华家的一家之主嘛。

卫生院在夹镇的西街上,虽然那房子翻盖扩大了,但我还是一眼认出来那就是大地主姚守山家从前的谷仓。我小时候跟着父亲来过这里,每年都是秋收过后来,父亲把一车谷子送到这里,一分钱也拿不到,账房先生在一个黑本子上那么画一下就完事了。我觉得我的阶级觉悟跟这个大谷仓有很大的关系，你想想你家的粮食一口大缸都装不满，而地主家的粮食堆成了山，你能不恨这可恶的地主阶级吗？所以当年批斗大地主姚守山时我冲到台上狠狠地打了他一个耳光，我记得正好打在他肉鼓鼓油光光的大鼻子上，他的鼻血溅出来，溅了我一手。我的这个耳光把姚守山打傻了，却打出了我们华家的威风，下了台子我还受到工作队的表扬呢。这个耳光当年曾使我在华村的孩子中间风光一时，但现在我隐隐地有点后悔了。不知怎的，卫生院建在这种地方让我横竖觉得别扭，我倒不怕地主一家在无产阶级专政下还敢兴风作浪，我就是觉得姚守山那大胖子的亡魂也不可小觑，他看着我们一定恨得咬牙切齿呢，他虽然翻不了天，可万一他躲在哪个阴暗角落里煽点阴风点把鬼火的，乡亲们受了暗害都不知道哇。

乡下的卫生院不比城里的医院，天一黑就关门了，整条西街黑灯瞎火的，只有两三条狗在吠叫。卫生院的门口亮着一盏路灯，照着台阶上的满地纸屑和小孩子随地大小便的痕迹。我看见大牛带着大姑和新兰像做贼似的上了卫生院的台阶，大牛敲了三下门，门就开了。我看见门缝里挤出一个年轻姑娘，梳着齐耳的短发，穿着一件又宽又大的白大褂，脸上还戴着一个大口罩。我想这一定就是那个小王医生了，今天新兰的事情只能交给她了。

他们穿过堆满纸箱杂物的走廊，向一间最亮的屋子走去。大牛和小王医生走在前面，大姑和新兰走在后面。大姑紧紧地拉住了新兰的手，一路走一路说，别怕，别怕，你还说你不怕呢，小手冷得像冰棍儿似的，你想想别的事，想想别的就不怕了。新兰一心想甩掉大姑的手，新兰说，求求你别说话了，你老这么说我真的害怕。我觉得新兰是真的有点害怕了，起初她还像刘胡兰奔赴铡刀那样大义凛然，走到那间最亮的屋子前，新兰朝窗子里瞟了一眼，看见里面雪白的手术床，还有那些寒光闪闪的刀子、镊子、夹子什么的，她的身子就开始哆嗦了。

一进手术间，大姑就从怀里摸出了那个红纸包，她满脸堆笑地对小王医生说，麻烦你给我们加了个夜班，这就算给你的加班费了，你要是不嫌少就收下吧。

小王医生的双手插在白大褂的口袋里，这倒有点城里医生的风度。我看见她的一双眼睛在口罩上半开半合的，显得又客气又傲慢。那种眼神我觉得似曾相识，一时却想不起那是谁的眼神。我听见她在口罩后面笑了笑，她对大牛说，这算什么，难道我是为了钱帮你们的忙吗？

大牛搓着手哼哼哈哈，他示意大姑说话。大姑就干笑起来，说，我们知道王医生是为人民服务，王医生觉悟高，大牛在路上还一个劲地表扬你呢。大姑嘴里说着话眼睛也不闲着，她一会儿看看新兰，一会儿又偷偷地扫描小王医生的脸，她是在判断她是否真的不要钱。从小王医生的眼睛里大姑感受到了某种轻蔑和厌恶，大姑就有点慌了。大姑一慌说话就显得没水平了，她说，为人民服务也不能白服务，你帮我们的忙也不能白帮，这钱是我们自愿给的，你怕什么？你怕我们过河拆桥向领导汇报？我们不是那样的人呀。

不管你们是什么样的人，钱我不能拿。小王医生摇着头说，你们要是一定要给钱，我就不做这手术了。

大姑终于把红纸包塞回到她的怀里，人家不肯收钱，大姑心里其实是满意的，只是嘴上还要不停地客套。大姑在手术间里眼观六路，耳听八方，突然就发现了那个问题。她跟大牛耳语道，怎么就她一个人？她一个人就能做手术了？不是还要有几个助手吗？大牛也跟个女人似的捏着嗓子跟她咬耳朵，他说，你不是要保密吗，人多嘴杂，我没敢找护士，我做她的助手了。大姑的眉毛一下就打了一个结，我知道她心里在嘀咕呢，你怎么能做助手，你是男的呀，就是新兰不害羞我还替她害羞呢。大姑窥伺新兰的眼神一下就变得鬼鬼祟祟的了，她审时度势了半天，最后我听见她对大牛说，也只好这样了，先把她哄上去再说，你也别嫌我说话不好听，这会儿呀，我真愿意你是个瞎子。

小王医生拿出一条绳子交给大牛，她对大牛说，等会儿她肯定要犟，为了安全，你得把她绑在手术台上。我一看见那绳子就晕了，你知道自凤凰死后我就跟绳子结下了深仇大恨，我真想抢下那条绳子扔在小王医生的脸上，我不能接受任何一条绳子缠到孩子们的身上，不管那条绳子有什么借口，我反对小王医生用绳子来对付新兰，让绳子见鬼去，让世界上所有的绳子都见鬼去吧，别人喜欢绳子我管不着，反正我们家再也不要绳子了。新兰不能要那条绳子，她已经是个大人了，她在农场锻炼了好几年，应该能够忍受那点疼痛的。

新兰也不要那绳子，我相信那绳子让她想起了她母亲的死。用不着它，她对小王医生说，我不怕疼，我会配合你的。

不全是对你不放心，小王医生说，我对自己也不是很放心，大牛应该告诉过你们，我经验不多，这是我第二次做刮宫手术。

你放心做吧，做坏了我也不怪你，新兰说，像我这样的人，死就死了，没什么可惜的，你就放心做吧。

大姑在一边呼呼地喘气，当她生气的时候就会这样呼呼地喘气，我看见她的眼睛向新兰愤怒地斜睨着，终于又原谅了新兰放纵的舌头。然后我看见我的宝贝女儿慢慢地爬到手术台上，她看上去脸色煞白，一双眼睛也泪汪汪的，我觉得苦难这会儿就像一车废铁倾泻到她的头上去了，她这种模样让我心疼得要命。也不怕你们笑话，我当时在想要是那个名叫计华的混账小子落到我手里，我不把他阉了才怪。

新兰上了手术台我就回避了。不回避不行，这就是做父亲不如做母亲的地方。我在卫生院的"回"字形的屋顶上徘徊，我的心情就像夹镇的天空一样乌黑一片，我就是一片乌黑的天空，我的那些亲人是唯一闪亮的月亮和星星。谁知道天空为什么年复一年地重复着黎明和黑夜？谁知道天空为什么而活着？你们不知道我知道，天空就是为了太阳、月亮和星星活着嘛，我就是为了孩子们活在他们看不见的地方嘛。夹镇深秋的夜晚冷风瑟瑟霜露浓重，刚过八点钟西街、东街就绝了人踪，除了谁家的收音机在说着大舌头的相声，四周静得出奇。我听了一会儿收音机里的相声，怎么听也听不懂他们的笑话，怪不得没人笑呢，他们这样胡乱地逗人发笑，也不想想别人有没有笑的心情，他们就是说得满嘴起泡也没人笑的。

因为寂静我听见了手术间里的每一种声音，其中大多数声音是新兰发出来的，我起码听见新兰发出了七八种呻吟声，还有七八种怨天尤人的话。她说，让我死吧，你们都活着去吧。她说，你们看我的笑话，看吧，好好看吧，这次不看以后就没机会看了。她还说，丢脸就丢这一回，我再也丢不起脸了，我怎么觉得我的脸没了，我的脸怎么没了呢？我听她这么说话真是心如刀绞，新兰她怎么能自暴自弃呢？她还年轻，犯的错也是年轻人常有的错，这次错了下次改正不就行了？谁没个错呢，犯了错难道就不活了吗？我听见大姑在一边劝她，但大姑劝得不在点子上。她说，你又来了，丢脸丢脸，丢什么脸了，你以为世界上就你一个人躺过这床？怀私胎的黄花闺女成千上万呢，人家都拿着喇叭告诉你？人家不就是瞒着掖着嘛。大姑说着还想让小王医生给她帮腔。她说，你让人家王医生说，人家是医生，见得肯定多，你让她说，是不是这个理？小王医生却不理大姑，她说，不要说话，你可以分散她的注意力，不要分散我的注意力。

小王医生左手一把刀，右手一把剪，那么个文静的姑娘，现在看起来却有了几分杀气。她冷冷地注视着手术台上的新兰，不知怎的，她的眼神让我倒吸了一口凉气。我怎么看她都像一个人，一个我认识的人，只是我想不起来那是什么人。就在她转身让大牛准备纱布的时候，她脸上的口罩松动了，我看见一个熟悉的圆鼓鼓的蒜形鼻子，我突然就想起来了，那是大地主姚守山的鼻子，她跟姚守山长得一模一样呀，她的眼神也跟姚守山一模一样呀！我不用打听也能肯定这小王医生和姚守山是一家人，我突然就想起姚守山的五个涂脂抹粉像妖怪似的女儿，那些小妖怪都长着姚守山的那种蒜头鼻子，我想这小王医生肯定是哪个小妖怪生出来的小小妖怪呀。我一下就慌了，这不是冤家路窄吗，我的女儿怎么落在姚家人手里做这个该死的手术呢？我知道我可能是多虑了，小王医生这些姚家后代应该是被改造好了的，可话虽这么说，让个地主的后代在这里拿着手术刀总让我不太放心，这公社领导的革命警惕性到哪儿去了？为什么偏偏让她穿上白大褂救死扶伤呢？不是说树欲静风不止吗？不是说要防微杜渐吗？你让个地主的后代给贫下中农开膛破肚的，出了事故谁能说得清？

新兰突然大叫了一声，那声音听着让人心惊肉跳的。她一叫小王医生手里的钳子当地掉到了地上。你看你这么怕疼，你这样让我怎么做下去？小王医生说，你看你把钳子也弄到地上去了，还要重新消毒，时间拖得越长你不是越要受罪吗？

我忍不住，新兰瞪大眼睛说，不是疼，我不怕疼，我看见我妈妈了，她来拽我呢，她想把我拽下去，她不让我做这个手术。

不做也可以，随便你自己。小王医生说，你这样我也没把握做，不做大家都轻松。

你别听她胡言乱语的。大姑在一边着急了，她对小王医生说，她这是急火攻心犯糊涂了，她妈妈死了好几年了，怎么会来拽她？她妈妈要是活着比她还着急，怎么会让她半途而废？

不说这些了，你负责把她的腿按住，她要是再乱踢乱蹬的会大出血，要是出了事我不负责任。小王医生的口气听上去很不客气了，她瞟了一边的大牛一眼，说，大牛，我们可是约定好了，万一出了事故我不负责。

我忽然就觉得这地主的后代露出了狐狸尾巴，她口口声声事故事故的是什么意思？难道她准备好要出事故的吗？我相信新兰是真的看见了她母亲的幽魂，直到此时我才理解了凤凰的忧虑，也许凤凰就是有这种先见之明呢？我承认一时间我乱了方寸，我只是努力想看清凤凰是怎么拽女儿的，我仍然看不见凤凰，只看见新兰疯狂地在手术台上扭着蹬踢着，雪白的垫褥上已经沾满了血。大姑比我更慌乱，她急得哭起来了，她哀求新兰说，我的姑奶奶你不能犟了，你妈妈没让你下来，她让你好好地躺在这儿呢。大姑一边哭一边骂着大牛，她说，你这么个大男人怎么就按不住她呢，别让她犟别让她犟呀，你这点力气都没有还做个屁男人。大姑骂了大牛又去数落小王医生，她说，医生你不能站在那儿看热闹，她不听我的听你的，你快告诉她，死人不能复生，她妈妈不在这儿，别让她犟，别让她出那么多血呀。

灾难就在一片混乱中"咣啷"一声落了下来。我的眼前突然一片漆黑，我以为自己晕过去了，耳朵里却听见大牛在喊，停电了，怎么停电了？然后就是手术间里令人恐怖的一分钟的死寂，一分钟过后大姑的哭声便响起来了，快来电，快来电，大姑一边哭一边尖叫着，哪个天杀的把电拉了，快把电闸合上呀。小王医生说，是供电站拉的电，你骂死了也没用，快用纱布给她止血吧。

灾难它像一块大铁板呀，它从高空中落下来，"咣啷"一声就砸到你头上了，由不得你做丝毫的准备。我听见小王医生、大姑和大牛三个人在黑暗的手术间里乱作一团，却听不见新兰的声音。新兰新兰你说话，你说说话，哪怕再叫一声也行，可是新兰却没有声音了。大姑说，新兰新兰你说话呀，你怎么不说话，你不说话我透不出气来，你不说话我的心在往下沉呢。小王医生厉声批评着大姑，她说，你别在这儿呼天抢地的，吵死人了，我告诉你她是休克，她是太紧张了，一会儿她自己会醒过来的。大姑呜呜地哭着，大姑说，这是什么鬼地方呀，说停电就停电，医院怎么能停电，他们这不是存心害人吗？

大牛也是个笨蛋，他在卫生院里像个没头苍蝇一样撞来撞去的，连一根蜡烛也没找到。他空着手回到手术间里，还故作镇静地安慰几个女人，说，不要慌，不要慌，马上就会来电的。我不要听大牛这种屁话，我在黑暗中屏息捕捉新兰的声音。你想想要是你女儿在黑暗中躺在手术台上，周围围着三个不中用的笨蛋，要是你女儿在这样的黑暗中像死人一样安静，你害不害怕？我害怕极了，我想我要是个百变神仙就好了，那样我可以立刻飞到供电站去把电闸合上，顺便再给供电站的值班人员两个耳光。但我没心思去想那些不着边际的事，我只是心急如焚地俯视着我可怜的女儿，我只是一遍遍地呼唤着她的名字，新兰，新兰，你醒醒，你快醒醒。

新兰总是听不见我的声音，孩子们都这样，他们有时会听见母亲的声音，却总是听不见我的声音。新兰仍然静静地躺在黑暗中，在一片死寂中我听到一个细若游丝的声音，妈—妈—妈妈。这是新兰的声音，她在喊妈妈呢，这可怜的孩子。她妈妈有什么好，她妈妈还不如我疼他们呢，可这会儿她不叫爸爸，叫的还是妈妈。可怜的孩子，这会儿她还把她妈妈当救星呢。我猜凤凰现在就在手术间里，我想她要是在这儿不能光是哭哭啼啼的，也许女儿能听见她的声音，她该对女儿说点有用的话，让新兰挺住，让她等着那盏无影灯再次亮起来，让她配合小王医生做完这倒霉的手术。我忍不住就叫起来了，让她挺住，让她挺住呀。就在这时候我看见了一个奇怪的幻影，我看见一个熟悉的瘦小的女人在抱新兰，她正在把新兰一点点地抱下手术台，那女人不是别人，她就是凤凰呀！

然后手术间里的灯光就亮了。灯光一亮我几乎就失去了知觉，你们不相信一个鬼魂也会昏迷，那是因为你们不知道他看见了什么。我看见了什么？灯光一亮我看见的都是血呀，我看见我的女儿躺在血泊中，她身下的白褥单已经是红色的了。我看见大姑满手血污，她举着那双手，像一个傻子似的瞪着那双手，她的眼神比一个傻子还要傻一百倍。我看见大牛张大嘴巴嗷嗷地叫着，而那个地主的后代在慌乱中扒掉了她的口罩，露出了那张与老地主一模一样令人憎厌的冬瓜脸。我看见了什么？我看见的是普天下父母不能看见的事呀，我的女儿睁着眼睛躺在血泊中，她的那双眼睛多么美丽，它们像宝石一样闪着光亮，可是我知道它们已经不在这里了，我的女儿已经不在这里了，她被她母亲抱走了。我听见灾难的大铁板"哐啷"一声落下来，把这个世界砸出了一个洞，然后我就失去了知觉，我觉得我掉到那个洞里去了。

## 11

这个女人坐在车窗边哭，她已经哭了一夜了，从上车开始哭到现在，她的眼睛已经肿得比核桃还大，她的喉咙里像是灌满了沙子，再这么哭下去，她的核桃眼睛就要爆裂了，她喉咙里的沙子就要倒流出来泻到别人身上了，可她还在哭。车上的旅客起初都很同情她，他们知道这个女人一定是遇到了最不幸的事情，起初还有人劝她，还有人给她递手帕，起初她的哭声是别人旅途上的一种消遣，他们权且当是听广播了，但这广播一旦失控别人就讨厌了，他们没想到这女人从白天哭到黑夜，看那架势还要一直哭下去，他们就烦了。有人说，你什么时候下车，你怎么还不下车呢？有人更不客气，他们说，你这人是什么病呀？你哭了一路，我们听了一路，这会儿别人要睡觉了，你也该发发慈悲让我们睡一会儿，你要哭到厕所哭去。这女人的哭声停止了几秒钟，也不过就几秒钟，车上的旅客看见她捂着脸跌跌撞撞地跑到厕所去了。

这女人是我那扫帚星妹妹，假如你也在那辆火车上，我倒要让你们发发慈悲，让她去哭，让她哭得死去活来，让她哭得天昏地暗，你们就当是听广播还不行吗？你们让她哭，你们最好还能耐住性子听听她为什么哭，你们最好再问问她，你那美如天仙的侄女不是随你一起回乡的吗，她怎么不见了？

大姑后来就站在厕所里哭，她的嗓子终于哭哑了，嗓子哑了她还不肯饶了自己。她挥手打了自己一个耳光，一个耳光不解恨，又打了自己一个嘴巴。大姑忘了关上厕所的门，有个小男孩提着裤子撞进去，正好看见大姑在打自己的嘴巴，小男孩就嘿嘿地笑起来了，说，自己打自己呀？你是个大傻瓜呀？

大姑给小男孩腾出了地方,她摸着脸颊说,是呀,我是天下最傻最傻的大傻瓜,我把自己打死了也不解气。

小男孩说,你要打出去打,别在这里打,你是女的,不能看我大便。

大姑顺从地挤出了厕所,她站在厕所的门外,对着里面说,我不是傻瓜,我比傻瓜还傻,我是个扫帚星呀。

小男孩在厕所里说,什么是扫帚星?

大姑说,扫帚星就是我呀,我好心办坏事,我尽给人出坏主意,我把我的亲侄女害死了,我婆婆说得对,我就是一颗扫帚星呀。

小男孩说,你说你把谁害死了?你给她下毒药了,还是用电线勒死了她?你要真是个凶手,赶紧去公安局自首吧,坦白从宽抗拒从严,你懂不懂?

大姑说,我是要自首的,我该向我哥我嫂自首,可是自首有什么用?用我三条命也换不回我侄女一条命,我侄女才二十岁,她像一朵花还没来得及开就落下枝头了,她死得太冤了。我没法向我哥一家人交代,我没脸回去,孩子呀,你快点出来,我要用厕所呢,我不知道从那窗子里能不能跳出去,要是跳出去了能不能死得了。

小男孩在里面吭哧吭哧地屏气,他大概抽空检查了一番窗子,不行,你跳不出去,他说,你太胖了,你就是挤出去了也不会死，最多摔断一条腿。

我也没说一定要跳，大姑沉默了一会儿说，我要死了独虎怎么办？新菊她们怎么办？我要死了就更没法向我哥嫂交代了，他们就指望我把独虎他们拉扯大呢。

你这人说话怎么前言不搭后语的？小男孩说，你的脑筋有问题吧，你是不是从精神病院逃出来的？

孩子，你的眼睛比大人还尖呢，你一眼就看出我的脑筋有问题。大姑说，我的脑筋就是有问题，我的脑筋不如你拉的屎呀，屎还能肥田呢，我的脑筋只会害人呀。

小男孩终于走出厕所，他偷偷地瞄了大姑一眼，然后飞一样地跑开了。他大概真的怀疑大姑是从精神病院逃出来的。大姑的脑筋有没有问题，这会儿我也糊涂了，我想人的脑筋有时候很像孩子们玩的绷线线游戏，万一弄错了一个指法线头就乱了，人的脑筋为什么不会乱呢？它不会比棉线粗多少，不会比棉线结实多少，它为什么就不会乱？乱就乱一阵吧，我不怕大姑脑筋乱，就怕她也像我们似的钻牛角尖，所以我听见她提到独虎就松了一口气，这时候她能想到独虎，说明她的手指还绷着我们丢下的那堆乱线头，她的脑筋还没乱到不可收拾的地步呢。

我从来不是个宽宏大量的人，要是大姑跪在我面前乞求我的原谅，我会让她跪一会儿的，我不知道凤凰会怎样，反正我是不会拉她起来的，让她跪一会儿她心里好受一些，我也会好受一些。新兰的死，我已经记了一笔账，八成的罪责在那个地主的外孙女名下，一成的罪责记在大牛那蠢货头上，还有一成必须记在大姑名下，她不跪就行了吗？她要不是患了关节炎我让她跪个三天三夜也不过分，你替我想想，我能不生她的气吗？她是个扫帚星，她婆婆没说错，我这妹妹是世界第一的扫帚星呀。

夜行火车隆隆地驶过荒凉的原野，大地一片黑暗，风吹散了车轮下的白色蒸汽，它们很快被浓重的夜色吞噬了。黑夜是世界上最大的黑衣服，而车窗里透出的灯光像一块一块补丁缝那件黑衣服，怎么缝也缝不上去，怎么缝得上去呢，黑夜太大啦。我看见我妹妹坐在窗口，怀里抱着我的二女儿的骨灰盒，大约是午夜了，车上的旅客都睡了，她却瞪大了眼睛看着窗外的夜色，她这么看呀看呀能看见什么？什么也看不见，除了黑夜还是黑夜呀。我知道我妹妹的心沉在黑暗里，她现在需要安慰，我做兄长的应该安慰她，可是你替我想想吧，我安慰她谁来安慰我呢？你们无法想象一个亡魂也会感到疲惫和哀伤，我看着大姑手里的骨灰盒，隐隐约约就看见一个美丽而白皙的女婴从那里面跳出来，她的模样像出水的荷花人见人爱，她的两只小手各抓一块红绸子，她在一张桌子上扭呀跳呀。香椿树街的街坊邻居都围过来看了，那是谁家的女儿？那是我华金斗的女儿。我为我的女儿拍手叫好，我对邻居们说，拍手啊，鼓掌啊！我听见了热烈的响亮的掌声，那样的掌声仍然在我的耳边回荡，为我的美丽的能歌善舞的女儿鼓掌呀，我想为她鼓掌，可是你们想象不到我疲惫和哀伤的程度，我现在连鼓掌的力气也没有了，我再也追不上那列夜行火车了，你们想象不出我是如何错失了我的亲人的，只是闭了一会儿眼睛呀，我只是闭了一会儿眼睛，那列夜行火车就消失了；只是闭了一会儿眼睛，我忽然就迷失了回家的路，你们知道在天界没有地图，没有人告诉你回家的方向。你们当然也知道天上一天地上十年的区别，就因为闭了一会儿眼睛，我在回家的路上整整花费了十年的时间。

我找不到第八区了。我知道我应该回到那个莫名其妙的第八区去，可是我不记得该怎么走。这不怪我笨，你想想天上的路算是什么路，你想不出云水铺就的路有多难走，尤其是对我这个心如死灰的苦命人来说，那不是路，那是一大片苦海呀。我不是赶路的人，我是在苦海里挣扎！那天夜里我昏昏沉沉，不知怎么就走到了一个漆黑的城市外面，我听见那个城市上空萦绕着一种奇怪的声音，就像人们在临刑时发出的哀号和哭叫，那种声音听上去像风声，更像一台大型的杀人机床运转的轰鸣声。我看见那个城市亮着淡如鱼鳞的灯光，却不见街道和房屋的影子，我不知道这是什么地方，这个城市看来比第八区更荒凉、更古怪。我当时不知道我来到了地狱的门口，正在东张西望的时候，一个黑布蒙脸的人骑着马来到了我的面前，不容分说地把我往马背上拉，这事说起来还让人后怕，你知道那是什么人？那是地狱巡逻队的关队长呀！要不是我闪得快，要不是我临危不乱，关队长就把我弄到地狱去啦！

**审讯**

关队长：你被捕啦。你这个自作聪明的家伙，你以为你能从地狱逃出去？不用说你这么个笨头笨脑的家伙，就是一只鸟也飞不出我们地狱巡逻队的天罗地网！

华金斗：为什么抓我？你抓错人了。我不是逃犯，我不是你们地狱的人，我是第八区的，我们第八区不归你们管。

关队长：好个泼皮无赖，你竟敢这么对我说话，我看你这模样就是个打砸抢分子，做了鬼魂还杀气腾腾呢，你给我从实招来，什么时候逃出来的？

华金斗：我没逃，我是自愿到这个鬼地方来的，我不怕死，为什么要逃？逃也没用，逃到哪儿也还是一样，回不到人间嘛。

关队长：知道就好，知道了为什么还要逃？把你的后背转过来，让我看看你的编号，你肯定是十二组的，你们十二组的人最不老实。

华金斗：你耳朵聋了？我告诉过你了，我没逃，我不是你们的人，我没你们的什么狗屁编号。我是人，又不是屠宰场的猪，要什么编号？我们第八区没有编号。

关队长：你骗谁，不管你是第八区还是八十区，后背都有编号，我知道第八区的编号，你要真是第八区的，我看一眼就知道了。

华金斗：你别拽我，你听我说，我真的没有编号，我是迷了路才走到你们这个鬼地方来的，你别拽我呀，我一点力气也没有，我女儿刚刚二十岁，她还没开始活，就让那老地主的孙女害死啦，我这口气还没缓过来呢。

关队长：你少跟我耍花招，让我看你的后背，咦，怎么没有？真的没有编号。

华金斗：我说没有就是没有，你眼睛瞪那么大干什么？编号编号，什么狗屁编号。你们的编号本来就是胡乱排的，你们胡乱排编号害死了多少人。要不是你们乱排一气，凤凰不会死，凤凰不死我也不会死，我不死新兰也不会死，你就别提什么编号了，你一提它我的气就不打一处来。

关队长：咦，这真是怪了，真的没有编号，我还是第一次遇见没有编号的人。这是三局的失职，三局还是模范单位呢，出这么大的娄子，模范个屁！我一定要向上面反映。

华金斗：你就别忙反映了，你要知道我怎么死的就明白了，我死得冤哪，编什么号也编不下我华金斗的苦和冤，告诉你我为什么没有编号吧，我本来不该死，阎王爷没让我死，是我自己要死的。

关队长：谁都说自己不该死，这没有什么奇怪的，奇怪的是你怎么没有编号呢？

华金斗：我是伤透了心才把自己这条命了结了，我想去追我爱人呢，谁知道她像老鼠躲猫一样躲着我。我是上了监狱里老唐的当了，他让我做一个冤魂，他说做了冤魂就能找到老天爷去申诉，老天爷相信冤魂的话，他会帮我的忙。可是我做了好长时间的冤魂了，连老天爷的影子也没见到呀，我连我爱人也见不到，他帮我什么忙了？我真是后悔死了，早知道是这样我就不死了，我是偷鸡不着蚀了米呀！

关队长：像你这种鬼魂还想见玉皇大帝？他老人家要是知道了这事，不知道会气成什么样子呢。

华金斗：同志你帮帮我的忙吧，替我去玉皇大帝那里反映一下，我们华家的事是千古奇冤呀。我们华家一家八口，都是好人，怎么让阎王爷追着不放？一定是你们弄错了，一定是你们的什么编号编错了，我们一家八口人，活得好好的，突然就死了三口人，这是怎么回事？我们香椿树街上多少人家是逃亡地主出身，是资本家出身，是小业主出身，他们都活得美滋滋的，怎么让我们华家家破人亡呢？同志我可以提着脑袋向你发誓，我们一家人从来没做过什么坏事呀！

关队长：照理说我该把你送到三局去，让他们看看自己配不配当模范，可是这不是我的职责。我根据编号决定怎么处置逃犯，你没有编号，让我怎么处置你？这是三局的失职造成的，我们不管，我们只管反映情况，让三局的人来处置你吧。

华金斗：你先别忙走呀，你要是不愿替我去反映，干脆就把我带到三局去，让他们在我背上加盖五个编号。我们家还剩五口人，给我一个人盖了吧，你们千万别再朝他们身上乱盖章了，别盖了，我求求你啦。

关队长：这不是我的职责范围，我不管你们这些鸡毛蒜皮的事。我整天忙得焦头烂额，从来也评不上先进模范，人家三局是模范，你自己去找他们吧。

华金斗：大好人呀，我还有一件事要求你呢！我的二女儿死了，她刚过二十岁就死了，你要是见到那可怜的孩子，千万别吓着她。她不会来你们这地方的，我猜她应该在天堂第一区吧，你在那儿能说上话吗？请你向上面美言几句，让她在图书馆待着吧，她喜欢看书，心又细，她管图书馆一定是标兵。

关队长：你走后门走到这里来了？天界没有后门可走，就是有也不是你这种人走的。别跟我拉拉扯扯的，快滚快滚，你要再胡搅蛮缠我就把你送到地狱去!

华金斗:你这位同志态度不好哩,我是信任你才跟你说这些呢,看来我是瞎眼了。你让我去地狱呢,你们地狱好,就让你们受用吧,我不去。不见玉皇大帝我哪儿也不去。你有事我也有事呢,咦,怎么看不见我妹妹人影了呢?我迷路啦,你这位同志你说你有多害人,你不肯帮忙就别帮,你害我迷了路,这是你的责任呀。你得告诉我,去香椿树街怎么走啊!

# 第二章

我在香椿树街上来来往往又不是为了别人,只是为了我的留在人间的亲人。

## 1

你看看我儿子,他已经十八岁了。男孩子长大成人的过程让做父亲的感到惶恐,你做父亲的不就是路边的柳树桩吗,你被人锯断了,儿子却悄悄地斜刺里长出来了,你被锯断了,他却疯长一气,比你十八岁时精神多了。

我儿子十八岁了。大姑喂孩子喂出了经验,粗茶淡饭地把独虎喂得仪表堂堂,他可不像我那么傻大黑粗的,他简直就是个美男子。唯一美中不足的是一双耳朵,我明明记得他小时候的耳朵又肥又大,大了耳朵怎么缩小了呢?我觉得男人有双大耳朵才够威风,耳朵大福气大,才会有前途。我就是对独虎的耳朵不太满意,不过这是没办法了,你要让一个没爹没娘的孩子长一双大耳朵也不容易。其实我最不满意的是独虎穿的裤子，我就是见不得他穿那条裤子在街上走，一条油腻腻的兜紧屁股的劳动布裤子，我看见它就生气，现在时兴穿工作服了，满街的年轻人都穿着这种包屁股工作裤，他们的屁股都快被勒碎了，他们不觉得难受我替他们难受呀。

这就是我的儿子。他在郁勇家门口敲门，他敲了半天了，郁勇家的门仍然紧闭着，郁勇肯定不在家，我不知道我儿子为什么像个傻瓜一样在那儿敲门，他还扯着公鸭似的嗓子喊，郁勇，郁勇，你开门，你再不开门我就踹啦。独虎这么一嚷门真的开了。郁勇穿着条短裤衩出来了，这混账东西挥舞着一双袜子在独虎脸上乱抽一气，他说，你他妈的瞎眼了，没看见我在睡觉吗，敲什么敲，敲你妈个×。

郁勇这混账东西的嘴比茅坑还臭，你就是用钢丝刷刷三遍也刷不干净。遇见这种人，最好的办法是以牙还牙，他骂你妈你就骂他奶奶，他骂你祖宗三代你就骂他祖宗八代。可是独虎就不会骂，白白让人占了便宜。独虎躲闪着那两只袜子，他还嘻嘻地笑呢，他说，你睡觉，睡的什么觉，我知道你睡的什么觉。

郁勇说，你知道还敲，存心来捣乱是不是？看我不拍死你。

独虎毫不理会郁勇的怒气，他从郁勇的腋下钻进去了，我不知道他为什么非要觍着脸进那户人家。独虎一进屋就发出一串怪叫，他阴阳怪气地说，舒服，舒服呀，睡得好舒服。你大概猜到独虎看到的那种情景了。有什么大不了的，不过就是床上有个女孩，独虎没出息，这种事情有什么大惊小怪的呢。

那女孩躲在被窝里，只露出一个乱蓬蓬的烫得像草堆一样的脑袋，看她的模样长得很像街道医院的邹医生，也不知道是不是她的女儿多多。她看见独虎立刻把被子拉起来蒙住脑袋，在被子里说，郁勇，快把他赶走！快把他赶走！

独虎捏着嗓子学女孩的腔调，快把他赶走，赶走谁呀？你也不看看我是谁，我是公安局的，给我起来，要查户口了。独虎的脑袋和半个身子从虚掩的门里挤了进去，他看见了椅子上的一堆女孩的衣物，还有女孩的"丁"字形皮鞋，一只在床下，一只就在门边，独虎突然尖厉地笑了一声，他捡起了那只皮鞋，用一根手指钩着鞋襻左右摇晃着皮鞋，说，卖皮鞋啦，五毛钱一只，削价处理啦。独虎正这么没脸没皮地闹呢，郁勇那混账小子冲过来就给了他一拳，一拳打在独虎的肩膀上，把他手里的鞋也打飞了。

郁勇说，你再闹，看我不拍死你。

独虎的一只手举了起来，我以为他要还给郁勇一拳，可他只是举起手揉了揉肩膀，我听见他仍然在嘿嘿地怪笑，他朝郁勇挤了挤眼睛，弯腰去捡地上的那只鞋，于是我看见郁勇又在独虎的屁股上踢了一脚。

郁勇说，让你别闹你还闹，看我一脚踢死你。

独虎终于被激怒了，他摸着屁股跳到一边，抬腿朝郁勇那儿踢了一脚。但是我注意到这只是装装样子罢了，我注意到我儿子不敢踢郁勇，我注意到我儿子在郁勇面前是个不折不扣的儿子。

独虎说，我操你妈，你真踢，疼死我了。你们搭上才几天呀，弄得跟真的似的，小心公安来查户口。

郁勇说，你少来这套，要是公安来了，我找你算账。

郁勇把短裤往上拉了拉，推开独虎，自己闪进了房间，"砰"的一声，郁勇在里面把门锁上了。我听见多多的声音，我最讨厌他了，你把他赶走了吗？我还听见郁勇这混账小子的回答，他说，赶走了，赶他比赶苍蝇还容易。

我气得浑身颤抖，你替我想想吧，别人像对待苍蝇一样对待我儿子，而我儿子真的像一只苍蝇一样又讨厌又不中用，我能不生气吗？我生郁勇的气，生多多的气，更生独虎的气。你要是认识我华金斗就知道我为什么生气了，我华金斗活着时香椿树街谁敢欺负我？谁敢欺负我的孩子？就连三霸这种流氓司令在路上遇见我都不敢正眼看我呢。我真的气坏了，我华金斗怎么会有这么个没出息的包儿子，他的裆里空长了那坨肉啦!

独虎站在门边抠鼻孔,我不知道他这会儿为什么要抠鼻孔,我不知道他心里在想什么,看他的样子像是在动脑筋,我不知道他守在门边动什么脑筋,多半是没出息的坏脑筋吧。我对他吼,还不快滚,快给我滚回家去,你还要在这里丢人现眼?独虎不听我的,不仅不听我的,他简直就是跟我对着干呢,你猜他接下去干了什么?他搬了张椅子轻轻地放在门边,他爬到椅子上透过气窗偷看房间里的人,他一边偷窥一边还捂着嘴嘿嘿地笑。你看看我这个儿子,我要是活着就饶不了他,我要用擀面杖揍他的屁股,我要用眼药水清洗他的眼睛,我要是活着就不能让我儿子这么不成体统,我要把他绑在家里,让他学习马列著作,让他学习毛选,我一定会用马恩列斯毛的思想武装他的头脑。

房间里的人同时发现了独虎,那小贱货多多失声尖叫起来。郁勇则像猛虎下山似的跳下了床,说,我不拍死你我就不姓郁!然后我看见独虎仓皇地从椅子上滚下来,我听见他一边跑一边骂郁勇。你听听他是怎么骂郁勇的,郁勇你他妈的傻×,睡个烂女孩有什么了不起?约好去溜冰你不去,傻×,你不去我带小五去。

我伤心地看着我儿子的背影,十八岁的男孩,他的个子已经追上我了,但他光长个子没长骨头呀。我十八岁时哪儿是这种样子，我十八岁时已经跟凤凰订下了婚事，我十八岁时已经是个堂堂男子汉，我在农具厂当翻砂工，手上、身上被烫得到处起泡，我连眉头都不皱一下，往伤处抹了点酱油就接着干活，我一个人顶三个人，领导差点提拔我当工段长。我伤心地看着我儿子的背影，他长这么高有个屁用，你没看见他一路走一路踢路边的电线杆吗？走路就走路，他踢电线杆干什么？郁勇那小子骑在他头上拉屎他一声不吭，他就会跟电线杆耍脾气嘛。

秋天的太阳照着香椿树街，虽然街上的麻石路改成了水泥路面了，在我看来这条街道还是像一段猪肠子一样油腻腻地挂在城市的腹腔里，街道上一年四季堆积着垃圾，环卫站的工人就是累得吐血也打扫不干净，他们干脆就扫着玩了。你看那些人是怎么扫街的，他们推着大竹帚一路小跑，就像开拖拉机似的，这能把街道打扫干净吗？最脏的地方就是化工厂旁边的公共小便池了，大半条街的男人、孩子都在那儿小便，居委会的人在墙上写了那么大的字——小便请入池，他们偏偏就不入池，他们离得老远就掏出来了，弄得那地方臭气熏天的。我看见独虎站在小便池那里撒尿，嘴里还哼着歌，这没出息的孩子，你别看他没出息，他那泡尿倒是雄赳赳气昂昂的，又长又急，一直冲到了墙上，他那泡尿看得我高兴，不为别的，尿好说明他身体好。

我跟着独虎在香椿树街上走，讨厌的是我的视线常常被一些床单、尿布和内衣、裤衩所遮挡，你知道每逢有太阳的日子，妇女们总是会当街挂起这些万国旗，好像我是联合国的特使，她们总是用这些湿漉漉的万国旗欢迎我。我才不要她们欢迎我呢，我在香椿树街上来来往往又不是为了别人，只是为了我的留在人间的亲人。

现在我看见了我家的屋顶，我看见屋顶上的三只竹匾就知道那是我家的屋顶，我看见竹匾里晾晒着整整齐齐的腌菜就知道我的家还是个好好的家，我看见三匾腌菜就放心了。大姑在门口挥着手拍被子，她的嘴角上生了一个热疮，也不知是怎么搞的，她每年秋天嘴角上都会长热疮，我猜她是阴阳不调吧。大姑看上去胖了一点，我不明白她这么辛苦怎么还会胖，要不就是五个孩子少了一个，少操一份心，人就胖一点？我看见大姑双手拍被子的动作很有劲很灵活，心里就更放心了，只要大姑身体好，只要大姑守着我这个家，我这家就是个家呀。

独虎看见大姑就站住了，他躲在谁家的门洞里，等到大姑进了屋，他一阵风似的跑过自家的家门，就这样独虎从香椿树街的东端来到西侧，我看着他像电影里的特务一样鬼鬼祟祟地爬上了小三家的窗子，他竟然从窗子里进了小三的家。

小三家里烟雾腾腾的，四五个愣头青坐在一张草席上打扑克牌。我敢打赌那帮孩子肚脐眼下面还没长出毛来，可他们每人嘴里都叼着一支香烟，煞有介事地在那儿吞云吐雾。我一时看不清那都是谁家的孩子，只知道他们聚在一起不干好事，这些孩子聚在一起能干出什么好事来？他们是在赌博嘛，我看见草席上有四堆钱，四堆钱还没有毛票分币，都是五元、十元的大票子。好家伙，他们是真在赌哇，一个个赌得脸色铁青的。独虎从窗子里进去，他们只是抬头扫了一眼，他们都顾不上搭理独虎。

我看着独虎呢，我真怕他挤进去跟他们一起赌。别人家的孩子拿钱赌博，那是别人家的事，我管不着，要是独虎拿了家里的钱出来赌博，那我饶不了他，谁要是敢在赌桌上拿我家的钱，我就敢掰断他的手。我睁大眼睛看着独虎呢，独虎绕着四个愣头青转了一圈，把每个人手里的牌看了一遍，然后莫名其妙地大笑了一声，幸好他没有挤进去，他也没钱挤进去。我看见他把下巴枕在小三的肩膀上，对陈科长的儿子挤眉弄眼的，小三恶狠狠地把他推开了，于是独虎只好退到屋角，坐到一个大纸箱上去了。

大纸箱上还坐着一个戴眼镜的青年，我不认识他，大概不是我们街上的人。不过他那副眼镜让我凭空对他增添了一些好感。根据我的经验，戴眼镜的青年多半是喜欢学习、喜欢读书的，再怎么没出息也比郁勇、小三他们强，所以我看见独虎挨着那人坐下，一颗悬着的心就放下了。

我是百货批发站的，我是李方呀。那青年说。

哪个李方？独虎说，你不是庙巷的李得发吧，看你的模样也不像李得发。李得发上个月把三霸捅了一刀你知道吧？

我不是李得发，我是李方，那青年说，我是小三的表兄。

三霸的胳膊也骨折了，嘿，那杂种也有今天。独虎"嘻"地一笑，说，那杂种打了绷带上了石膏，像《红灯记》里的王连举。

我是小三的表兄，李方说，小三的妈妈是我的姑妈，我家老头子是她的亲哥哥。

谁家没姑妈呀？要姑妈有什么用？独虎说，你怎么不玩牌？

我也玩牌，不是这么玩，李方说，这么玩是玩钱，不是玩牌，这哪是玩牌？

你没钱吧？独虎说，你不玩钱玩牌干什么？

我用牌算命。李方说，我用牌算命很准，你去百货站问一问就知道了，我的同事都相信我给他们算的命。上个月有个同事去外地出差，我说他会碰到小偷，我让他小心钱包，他不信，结果你猜怎么着，公款、私款全让小偷扒了。我让他把钱放在鞋垫里，他不听，非要放在上衣暗袋里，暗袋有个屁用，小偷的手是一阵风嘛，他不听我的自己倒霉。

我才不信命能算出来呢。独虎说，就算你能算出别人的命，也算不出我的命，这不是有副扑克牌吗，你给我算一算。

什么人的命都能算，你的更好算，李方说，你长得天庭饱满、地阁方圆，你算这条街上的美男子了。

李方在纸箱上弄牌的时候，我就觉得他的眼神有点怪，只是说不出怪在哪儿，他还抓住独虎的手，翻来覆去地看，我就知道他算命是什么水平了。他的一双眼睛在厚厚的镜片后闪着热辣辣的光，这家伙热辣辣地盯着独虎看，独虎不以为然。我却被他的这种目光看得心里发毛，我就觉得他心怀鬼胎，就是不知道他怀的是什么鬼胎。

你的命不错。李方说，你的寿命很长，就是小时候经常生病，你以后会很有前途。

谁管小时候的事？谁管什么前途呀？独虎说，你再说，说别的方面的事。

你是独生子，从小就娇生惯养吧？李方试探着说。

狗屁。独虎说。

你父母的命也不错，他们也很长寿。李方又抓住了独虎的手，他用手指在独虎的手心上轻轻地画着，他说，你家老头子能活到八十岁，你家老娘活得更长，她能活到九十岁。

我听见独虎咯咯地大笑起来，独虎甩开了李方的手，他指着李方的鼻子想说什么，最后却又捂住肚子笑起来。这也不怪独虎，这确实是一件让人笑疼肚子的事情。你想想，竟然有人说独虎命好，竟然有人说独虎的父母命好，还他妈的很长寿，这不是在讽刺人吗？世界上最背运的家庭就是我华家，偏偏这个四眼狗就说我们家人命好，还说我能活到八十岁，我真想一把揪住这蠢货，让他把我变到八十岁去，让他说清楚，我们华家人的命好在哪里？

那蠢货还不知道独虎在笑什么呢，嗨，你笑什么？他拍着独虎的脑袋说，我还没说完呢，虽说你的命很好，可这几天你有一劫呀，你得先躲过这一劫。

你还满嘴跑火车，独虎终于止住了笑声，他说，你说什么劫？我要躲什么劫？什么叫劫？

现在还说不清楚，得慢慢给你算。李方煞有介事地用手扒开独虎的眼皮，嘴里喷喷地响着，他就这么扒着独虎的眼皮扒了好一会儿，然后说，你得出去躲几天，你得离开香椿树街几天，过几天再回来劫就过了。

你他妈满嘴跑火车，独虎说，我根本不信你的。

信不信我随便你，反正要倒霉的是你。李方说，我劝你还是出去躲几天吧，躲过这一劫就没事了。

我为什么要躲？公安局又没通缉我。独虎说，你他妈的别来吓我，我不怕吓。

我凭什么要来吓你？李方说，你要不信就算了，不过我提醒你，不是今天就是明天，有人会来找你麻烦，不是小麻烦，而是大麻烦。

谁来找我麻烦？我又没有什么仇人和冤家。独虎说，是谁，你说是谁？

你怎么知道你没有仇人冤家？不过你自己不知道罢了。李方说，我们单位的一个司机开车得罪了一个骑自行车的，他的汽车把那人的自行车挡泥板刮坏了，他一点都不知道，那天他刚从汽车里出来，后脑勺就挨了一下，那人用链条锁打了三下，他的脑袋上开了三个洞。

我发现我儿子就是从这时开始坐立不安了，很明显李方最终还是吓着了他。是谁？到底是谁要找我麻烦？他盯着李方这么问。你想想李方能告诉他吗？李方这家伙是心怀鬼胎呀，谁来找我儿子的麻烦？谁敢来找我儿子的麻烦？有我守在他头顶上呢。我看见李方在那儿卖关子，独虎认真了就上了他的钩，他这会儿抱着双臂跷着二郎腿呢，他眯着眼睛欣赏着独虎的面部表情，阴阳怪气地说，你不是不信我吗？

我看见我儿子站在李方面前抓耳挠腮的，他的眼神里终于有了一丝哀求。我这儿子毕竟还嫩，他经不住别人的坑蒙拐骗，现在他真的相信自己有一劫了，他真的相信自己有一个凶险的仇人冤家啦。你说我要出去躲几天？躲几天？三天？五天？他颓丧地捏着自己的鼻子，眼睛盯着李方手里的扑克牌，他问李方道，躲到哪里去呢？操他妈的，我没地方躲呀。

我不知道李方那混账小子存的是什么心。我就觉得这家伙心怀鬼胎，他像勾引女孩似的勾引我儿子，后来独虎就跟着李方跳出了小三家的窗子，独虎像一个吃了败仗的俘虏跟着李方走，他们走过香椿树街，来到大桥那边的公共汽车站，汽车来了，我看见李方抓着独虎的衣袖上了车。

你猜李方那混账小子把独虎带到哪里去了？带到他家里去了！独虎又不是女孩，他这么挖空心思把他骗回家想干什么？我真是被他弄糊涂了。看李方那样子也不像人贩子，更不像搞杀人越货勾当的人，但是万一他是个教唆犯呢，万一他是个间谍特务呢，我放不下心来，就跟着独虎到李方家去做客了。

我所担心的事后来并没有发生，但李方对待我儿子的行为使我耿耿于怀。那天夜里他竟然死皮赖脸地把独虎拉进了他的被窝，这我也不计较了，他家里只有那么一张床嘛，我不能原谅的是李方下流无耻的动作，他在我儿子身上乱摸一气呀，摸得我儿子哇哇大叫，好几次逃下了床。这混账小子他不是瞎了眼吗，我儿子是堂堂男子汉，他不是女孩子呀，他怎么能这样调戏他？我急红了眼，我对独虎嚷道，揍他，揍这个下流无耻的东西，但独虎大概把李方当救命恩人了，他就会说那句废话,别开玩笑,别开玩笑。我可看出来李方不是开玩笑,他真是把我儿子当女孩了,他喉咙里还在呼哧呼哧地喘气呢。我让独虎离开李方的狗窝,我骂他道,你这没出息的东西,你就让他把你当女孩看,还不快滚,还不快滚回家去?可我这儿子也真叫没出息呀,他经不住李方的哄骗,又钻进了那个被窝,你替我想想吧,我又不能伸手把儿子从里面拉出来,我只能在一边干着急。这件事情我也没脸再说了,反正那天夜里我的嘴里像是被人塞满了苍蝇,你想想被人塞了满嘴的苍蝇是什么滋味吧,恶心,肉麻,气愤,绝望,对,就是那种乱糟糟的滋味呀。

## 2

大姑拿着手电筒照香椿树街的每一个黑暗的角落,大姑一路走着一路高喊独虎的名字,独虎哎,独虎哎,天都快亮了,该回家啦!大姑这个人就是容易犯主观主义的毛病,她也不调查研究就认定独虎是躲在香椿树街谁的家里,故意不答应她。大姑拿着手电筒照了好几户人家的窗子,有人就不客气,在窗户后面骂起来,你瞎照什么,照你的鬼魂呀?

新梅和新竹起初陪着大姑,新梅说,你别这么喊了,人家都睡了，你把人家吵醒了，多招人恨。大姑说，我不这么喊他怎么听得见？你沉得住气，你倒是把独虎找出来呀。新梅说，找独虎也不能影响别人休息，你看让你喊的，多少窗子亮了，他们肯定在骂我们家呢。大姑说，我管他们窗子亮不亮，他们家里好好的，睡不睡的伤着几根毫毛？是我们家的人不见了，我喊儿嗓子就伤天害理啦？新梅说不过大姑，一赌气就掉脸走了，你们去喊吧，去找吧！新梅说，告诉你们是白费功夫，他都那么大的人了，还能让人贩子拐走吗？你们去找吧，等你们回家他早就在床上了。

别听她的，大姑对新竹说，她是图省心呢，你让她回去，看她能不能睡得着。

找是该找的，可我们不能这样盲目呀，新竹说，大姑你回去吧，我到郁勇家问问，没准儿他知道独虎的下落。

我为什么回去？郁勇家又不是狼窝，我不跟裘来弟说话，还不能跟郁勇说话？大姑说，我是不要见裘来弟那张脸，可人家孩子又没什么错。

看你说到哪儿去了。新竹不耐烦地丢下大姑，径直跑到郁勇家的门前去敲门，不巧的是开门的恰恰就是裘来弟。

裘来弟穿着棉毛衫和棉毛裤站在门缝里，别怪大姑见不得她，这女人确实够讨厌的，你还没开口呢，她先把你的话堵回去了，她说，独虎不在我家，上别处找去。

郁勇在家吗？新竹说，问问郁勇，他知不知道独虎去哪儿了？

郁勇，你又跟独虎在一起玩了？裘来弟对着身后恶声恶气地喊起来，郁勇不知道在里面说了些什么，那女人就拿了羽毛当令箭，很自豪地说，郁勇不知道，他早不跟独虎一起玩了，你们去别处找吧。

我知道大姑会忍不住，大姑果然就忍不住了，她在新竹身后突然嚷起来，咦，你这人怎么说话的，听上去你家儿子是皇太子嘛，别人怎么都这么贱，非要缠着你儿子玩？

我家儿子不是皇太子，可他就是比你家的强。裘来弟这么回敬了一句就用力把门撞上了。

我看见大姑冲过去朝郁勇家的大门上吐了一口唾沫，吐了一口还不解气，她还想吐第二口时新竹把她拽走了，然后姑侄俩一路走着一路就拌起口舌来了。

新竹说，我就知道你会坏事，一句话不对就翻脸，是你半夜敲人家的门，你让她说几句能怎么样？

大姑说，你不听听她那口气，那是什么口气呀？她男人复员了，她现在连军属都不是了，凭什么耀武扬威的？

新竹说，人家没有耀武扬威，是你先对她翻白眼的，我看见了。

大姑说，我翻我的眼睛碍她什么事了？我的眼睛，我爱翻就翻，这个狗眼看人低的女人，我见了她就没好气。

新竹说，你看你这种脾气，你快把一条街的人得罪光了，我们也跟着受罪。

大姑忽然就站住了，她的鼻孔里又开始呼呼地响起来。很明显新竹那句话伤了她的心。新竹自己也意识到了，她去抓大姑的手，试图安慰大姑，可是大姑不吃新竹这一套。大姑说，你别碰我，你也给我回家去，我不要你们陪着，我是一堆臭狗屎，千人嫌万人躲，你们陪着我身上不怕染了臭气？

新竹赶紧赔上笑脸说，谁说你是臭狗屎了？谁说你是臭狗屎自己就是臭狗屎。

少跟我耍贫嘴，我没心思听你耍贫嘴。大姑说，我看你们的良心是让狗吃了，独虎是死是活都不知道，你还有心思耍贫嘴。

哪儿有你说得这么严重，你这是在瞎操心，新竹说，不信你等着，明天他回来了说什么，你听他会说什么。

说什么？你是他肚子里的蛔虫？大姑说，你说他会说什么？

我不说了，说了你又生气。新竹说。

你不说我也知道，说我神经病对吧？大姑在路灯昏暗的光线下逼视着新竹，她大概从新竹的表情中得到了肯定的答案，于是她的声音又变得怒气冲冲的了，我就是神经病，你跟着个神经病干什么？大姑猛地推了新竹一把，回家去，你别像跟屁虫似的跟着我，我自己去找独虎，你看我一个人能不能把他找回来！

你知道新竹那孩子也是个偏脾气，她一赌气真的就拔腿走了。她一路走一路抹眼泪，可就是不肯回一下头。孩子们毕竟不懂事，大姑这人天不怕地不怕，偏偏就怕黑，她们怎么能把她一个人扔在黑漆漆的街上呢。大姑一个人站在黑漆漆的街上，我看见她拿着手电筒朝前后左右照了一番，照到街边卖豆腐的架子，一只该死的猫蹲在架子上，妈呀，大姑就叫了一声。然后我看见大姑一手捂着胸口一手拿着手电筒在午夜的香椿树街疾步如飞，走得那么快，我知道她这是在跟自己的胆子比赛呢。独虎哎，独虎哎，该回家啦，我听见大姑的声音在夜空中哆嗦，心里忍不住地把独虎臭骂了一顿，独虎，独虎，你这孩子真该死呀，你要夜不归宿拉不住你，可你至少得跟大姑说一声呀。

大姑走到铁路桥的桥洞里，遇见了一个拾破烂的，那家伙睡在一个麻袋里，大姑就用手电筒照他的脸，这一照就把他照醒了。他揉着眼睛坐起来，问大姑，大姐，现在几点了？大姑也不回答，急着用手电筒照他身边的那些破烂，她说，你看见一个男孩从这儿过了吗？你看见我侄子了吗？拾破烂的那家伙脑子里只有破烂，他说，你别照我的东西，都是我捡来的，不是偷的。正在这时夜里的那辆货车轰隆隆地朝铁路桥驶过来了，大姑"哇"地叫了一声，她忙着去捂耳朵，那只手电筒就扔在地上了。

那辆货车也真是该死，它把大姑吓得不轻，大姑后来一直捂着耳朵朝前走，她竟然把手电筒忘在桥洞里了。大姑走到石码头那里才定下神来，码头上灯光很亮，上夜班的装卸工人刚刚卸下了最后一船货。大姑一眼看见了李义泰的身影，她绝望的眼睛倏地一亮，这会儿她也顾不上这个那个了，就像遇到救兵一样，大姑高声喊叫起来，李义泰，李义泰，你快来呀！

在装卸工人不怀好意的哄笑声中，李义泰走到大姑面前，他嘴里大口地嚼着一个馒头，腮帮子鼓得很高，看上去像另一个馒头。李义泰说，这会儿怎么跑到码头上来，你来给我送吃的？

你想得美呢，大姑说，我没心思跟你说话，我有事求你帮忙。

奇怪，李义泰说，你不跟我说话怎么让我帮忙？深更半夜的，到底出什么事了？

是独虎，独虎，大姑说着就抹开了眼睛，独虎不见了，他失踪了，大姑说，李义泰你是好人呀，你得帮我去找找他。

这有什么好哭的？李义泰扑哧一笑，他说，告诉我他去哪儿了，看我不把他捆回来。

我要知道还找你干什么？大姑跺着脚说，急死我了，你得帮我去找呀，你不是想认独虎做干儿子的吗，你得去找呀。

屁大一件事，你就急成这样。李义泰说，男孩子夜不归宿怕什么，睡哪儿都行，怎么睡都行，反正吃不了亏。

你胡说些什么呀？人命关天的事，你这么说就不怕天打雷劈？大姑怒视着李义泰，她突然醒悟到求助于李义泰是个错误，我找你帮忙算是瞎了眼，大姑挥挥手说，离我远一点，算我刚才的话都是放屁。

你知道李义泰这家伙其实是个热心肠的人，这家伙就是一张嘴气人，他怎么会放弃这个讨好大姑的机会呢。我看见他后来推了大姑一把，对她说，你给我回家去，这事交给我了，我要是不把他找回来我就不姓李。

然后香椿树街的夜空中就响起李义泰的洪亮粗哑的铜锣嗓，华独虎，华独虎，你这小杂种跑哪儿去了，华独虎，华独虎，你要再不出来我就抽你的筋、扒你的皮！

我不怪李义泰在大街上这么糟蹋我儿子的名声。不过我对李义泰的猪脑子失望透顶，这家伙倒是不惜脚力，他还跑到铁路上去喊叫，他还跑到河边用手电筒在河面上照了个遍，可他就是不动脑筋想一想，找一头牛还得先找它的蹄印呢，找人怎么能这样找？

说来说去都是独虎害人，可怜的大姑后来披着我那件棉大衣守在家门口，她一边打着新菊的毛衣一边眼巴巴地等着李义泰的消息呢。你说她能等来什么消息？天快亮的时候，李义泰来了。李义泰靠在墙上，脱下他的解放鞋，不知怎么倒出了许多水来，这家伙大概掉进河里去了。李义泰说，独虎不在香椿树街上，他肯定是到外面谁家去住了，你别急，他只要没出这个城，他就是变成了孙悟空，我也替你找出来。大姑没说话，大姑说不出话来。李义泰又弯下腰拧他的裤腿，又拧出许多水来，他说，你看你的脸，像死了人似的，告诉你，你那宝贝侄子死不了，他比谁都机灵，你自己倒是要小心，整天为别人操心活不长的。

李义泰话音未落就拾起他的鞋逃了，这倒霉蛋做了一夜的好事，不仅没有受到一句表扬，大姑手里的竹针差点刺到他的脸上。李义泰还是不了解大姑，他不知道大姑最忌恨的就是别人嘴里那个"死"字。

我看见大姑悲愤交加地站在我家门口，一夜之间她嘴上又冒出了几颗新的热疮，我知道那都是急出来的。我真是心疼我妹妹，我越是心疼我妹妹就越是不放心我儿子，不知道那没出息的东西在别人的床上睡得怎么样了？在秋天的晨雾中我匆匆地赶到李方家，没想到独虎早早地就起床了，我看见他和李方两个人在楼梯上拦着一个拿牛奶瓶的小男孩，他们要小男孩把一封信送到香椿树街17号去。我看见那封信了，信封里露出了三根鸡毛。独虎对那个小男孩说，这是一封鸡毛信，紧急情况，限你一个小时之内送到香椿树街17号，要是延误军机，格杀勿论。独虎说着把手架在小男孩脖子上做了一个杀头的动作。十八岁的人了，还玩小孩子的把戏，我看得又好气又好笑。那小男孩却被吓着了，他扔下牛奶瓶接过鸡毛信就往外面冲。我跟着小男孩走，想看清那信上写了什么，好不容易看清了收信人的名字，却是不伦不类的"华大姑"这三个字，你说独虎这小子有多混账，他连大姑叫个什么名字都不知道呀，华大姑，华大姑，有叫这个名字的吗？

3

秋天的阳光照耀着我的家，阳光在中午时分还是暖热的黄色，到了午后它们看上去几乎就是白色的了。阳光是活的，它们像一群鱼，从窗外的河水里纷纷跳到我家的窗台上、门板上，跳到孩子们的床上，跳到脸盆里，跳到锅里。多少次我在家中无人的时候降临，看见的就是那些像鱼一样游动的阳光。午后两点，有线广播里准时响起说书艺人自说自话的声音，说来说去就是什么包公呀、李娘娘呀、陈琳呀、寇珠呀，说来说去说的都是古人的事，还不一定是真的。我是不信那些东西的，可大姑她却不一样，她坐在广播下面拣蚕豆，恨不得把两只耳朵变成两片嘴吞下那些故事。她听得泪汪汪的，哪儿分得清好蚕豆和坏蚕豆呢，我看见她拣了半天，最后好蚕豆和坏蚕豆全都混到一起去了。我看见她为那个忠心的宫女寇珠哭红了眼睛，她竖起巴掌拍打着墙，口口声声地说，寇珠，寇珠，你这是何苦呀，寇珠，寇珠，你太可怜了。

那个有线广播挂在西墙上，西墙是我家所有墙壁中最平整、最干净的墙面，因此我们家该挂的东西全挂在西墙上，西墙上挂着我双亲的画像，可怜我的双亲大人，他们辛苦一辈子连张照片都没留下，是我请了中学里的美术老师替他们画了像，也不知道那老师是怎么回事，他不听我的描绘，只顾把他们画得浓眉大眼的，看上去一点也不像我爹我娘，倒是很像样板戏里的两个英雄人物。西墙上挂着我和凤凰的所有奖状，还有孩子们的奖状。我们夫妻的奖状当然都是先进工作者、先进生产者什么的，孩子们中间就数新兰得的奖状多，她当学生每年不是三好就是五好，她当知识青年不是积极分子就是青年标兵，你看看我的儿女们给我带回了多少奖状！差不多快把半面墙盖住了，那都是荣誉的标志，那些奖状都是向看不起我华家的人脸上打去的耳光呀。只有儿子不争气，你别指望在西墙上找到他的名字。我记得他上一年级的时候曾经带回来一张奖状，但他还没来得及把奖状往西墙上贴，老师就追来了，老师对我们说，刚刚有同学报告说华独虎在他课桌洞里小便，既然有这种行为，那奖状就只好收回了。我问老师，是哪个孩子打这种小报告的？我觉得我这句话问得也没什么大错，可那个女老师却大惊小怪地瞪着我，好像我喊了一句反动口号似的，我至今还记得那个女老师的表情呢，她瞪着我说，你这种家长，真少见！

你可能已经猜到我在西墙上还会看到什么。我在西墙上还看见了我自己，那是摄于1958年"大跃进"年代的照片，我的脸上也是一种"大跃进"的乐观豪迈的笑容。那时候我还只有三十来岁，那时候还没有新竹、新菊，还没有独虎呢，少三张嘴吃饭，人就容易笑一些。我在西墙上看见了凤凰，照片上的凤凰比我更年轻，那张照片是她生新梅那年在昌隆照相馆照的，摄影师有一套，他把凤凰照得像桃花一样美丽而灿烂，比电影明星还美呀。那时候的凤凰哪儿像后来那样整天愁眉苦脸呢，记得我们小夫妻一起上街，总有一些人用不三不四的目光盯着我们看，他们的目光加在一起大概就是那种意思：鲜花插在牛粪上嘛。你能想到我是多么讨厌那种下流的目光，它们就像剪刀从四面八方伸过来，伸过来干什么？想剪凤凰的衣服呀。你要是见过那些下流坯的目光，你就会明白我年轻时候为什么总在大街上跟陌生人干仗了。我甚至想过我要有办法把凤凰变成一朵花就好了，那样我就可以把她装在口袋里，不让那些家伙看见她。年轻的时候我是把凤凰当花那样小心呵护的，可是孩子越生越多，家务越来越重，她这朵花就渐渐枯萎了。再后来她自己离开了枝头，到我家的西墙上去了。她这一去把我也带走了，把新兰也带走了。这个家被分成两半，一半在天上，一半在人间。如今我已经没有什么怨言，我能有什么怨言呢？这个家本来就是我们两个人的，她带走半个家也是公平合理的。我没有怨言，可是我注视着她年轻时的照片，一时却想不起她四十岁以后的脸来了。我们离别得太久啦，你怎么能够相信我跟着她走，却连她的影子也看不见呢。

你们知道我面对西墙时为什么总是热泪滂沱，我看见凤凰的遗像便伤心，看见新兰的遗像就心如刀绞呀。新兰，我们家最美丽、最聪明的孩子，她在哪儿都会出人头地，她不该在西墙上陪着我们，我情愿世世代代待在墙上，也不愿让她来陪我们。你看看我这个苦命的二女儿，她头戴黄军帽，身穿绿军装，像她那个年纪的女孩去照相馆都是这种装扮，可新兰穿什么都比别人好，你就是用破麻袋片裹住她的全身，你只要让她露出一双眼睛，我们就能认出她来，因为新兰的眼睛会说话呀，什么时候她都脉脉含情地看着这世界，你告诉她这世界不值得留恋，她不听呢，她在西墙上还是这么含情脉脉地看着这世界。

我的眼泪像雨点似的落在简陋的油漆剥落的家具上，落在潮湿的刚刚打扫过的水泥地上。大姑突然抬起头朝我看了看，我怀疑是我的眼泪滴到她脸上去了，我不知道她面颊上的湿痕是我的还是她的眼泪。我看着大姑的短发里闪着几丝刺眼的白光，而去年冬天的冻疮至今牢固地守在她的手背上，我不由得伸手去揪她的白发，我说，好妹妹，真是辛苦你了，我下辈子不挑夫妻，不挑儿女，可我要挑妹妹，下辈子我还要挑你做我的妹妹呀。大姑抬着头朝我看，一只手在头发间抓着什么，我怀疑她是在寻找我的手，我真的怀疑她察觉了我的幽魂。我听见她说，哥，哥呀，我怎么闻到你身上的机油味了呢？我怎么看见你的影子在家里晃来晃去的呢？我看见她突然把一张椅子搬到西墙边，她站在椅子上用湿抹布一遍遍地擦我的相片，说，哥呀，你放心在那边过吧，有我在你还有什么不放心的？有我在你这个家就在，你要是有空就照顾新兰去吧。大姑这么一说我还真不好意思赖在家里了，我正想走呢，大姑对着照片又说开了，她说，你是不是不放心独虎呀？独虎没什么事，他给我来信啦，说是跟他的朋友去旅游了，你别看他不懂事，他知道家里人着急，还知道写个鸡毛信回来，你还不能说他不懂事呢。我听见她这么夸独虎，一腔怒火又冒上了头顶，我说，你还有脸夸他，他要懂了事狗就不吃屎啦！

说曹操曹操就到了，大姑听到锅灶那边有动静，回头一看是独虎那混账东西回家了，他正在揭锅盖抓冷饭吃呢。大姑"哎呀"叫了一声，差点就从椅子上摔下来，冷饭不能吃！大姑挥着抹布一声声地喊着，我给你热饭，我给你热饭！

那个李方也来了，他探头探脑地站在门口，嘴里还甜甜地叫了一声，大姑姑。我听见他的声音浑身别扭，谁要他来叫什么大姑姑？谁要他上我家的门？这两个混账东西这会儿倒像一对新婚夫妻回娘家来了，我看得清清楚楚的，我儿子的脚上穿着一双亮晶晶的黑皮鞋，那不是我儿子的鞋，那是李方的鞋。

你就是独虎的朋友？大姑端详着李方，她的眼神里流露出一丝警惕之色，你不是香椿树街的吧，我怎么没见过你？

李方没来得及说什么，独虎先替他回答了，独虎说，像你这种家庭妇女能见过谁？人家是上海人，你当然没见过他。

我不知道独虎撒这个谎有什么好处，上海人，上海人有什么了不起的？上海人欠揍的话一样得揍。可是大姑对李方肃然起敬，上海人？上海人好啊，她眨巴着眼睛研究着李方的衣服、鞋子，说，这么说是你带独虎去旅游了？是去上海旅游了？上海的毛线质量好，那种粗的纯羊毛毛线现在多少钱一斤?

我不清楚,我不是卖毛线的。李方看了看独虎。

人家不是卖毛线的,他是造船厂的。独虎朝李方挤着眼睛说,上海造船厂,造远洋货轮的,你懂不懂?

我怎么不懂?造船工人了不起吗?大姑说,不过上海的毛线是不错,质量好,价钱也不算贵,早知道你们去上海,我就让你们捎几斤毛线回来了。

大姑这个人常常上别人的当,她就这么相信了他们的鬼话。独虎离家的几天她天天赌咒发誓,说是等他回家要如何如何收拾他,独虎一回家她就把自己那些话忘光了,她只顾忙着给他们做饭了。我看见她从米缸里挖出了四个鸡蛋,很明显这是她偷偷地藏着专门给独虎留着的,大姑就是偏心,你拿她没办法,她说起来还有一套呢,男孩要长身体,营养要跟上。你若是问她,女孩就不长身体就不要营养吗?她会反问你,女孩不该吃得少一些?吃多了把脸吃成个大铜盆好看吗?把身材吃成个柴油桶嫁给谁去?

你知道大姑做饭是最麻利的了,一眨眼工夫她就把饭菜端到桌上了。她对独虎说,吃吧,吃吧,自己要多吃点,也别忘了招呼你的朋友。然后我听见她对李方说,你不知道独虎多爱吃鸡蛋呀,他一口气能吃四个鸡蛋,不过你别跟他客气,你也吃,反正也没什么菜,随便吃吧。李方那家伙也不客气，他也不管大姑话里的意思，他说，我不太爱吃鸡蛋，我最多能吃两个。

就在这时候新梅回来了，我一看她那副横眉竖目的样子就知道这饭局要被她搅了，果不其然新梅骂起来了，你还回家？你还有脸回家就吃？你还有脸带个人回来吃？新梅扔下手里的尼龙网兜，走到桌边首先就端起了那碗水泡鸡蛋，不准吃，不准吃，你还有脸吃什么水泡鸡蛋？新梅把碗放到了碗柜里，碗里的汤溅了出来。大姑在一边心疼地叫起来，都溅出来啦！新梅说，我情愿把这碗鸡蛋端给讨饭花子也不给你吃。大姑慌忙过来开碗柜的门，新梅却堵着她，大姑说，你神经病呀，千错万错他的肚子没有错，你要饿死他呀？

独虎坐在桌前冷冷地看着大姑和新梅，桌上虽然没有什么可吃的，但他的筷子始终没有停下来，炒萝卜条在他的嘴里发出一种夸张的被咀嚼的声音。那个李方终于坐不住了，他站了起来，他弯着腰在独虎的耳边说了句什么，他大概是要走，他也应该走了，他要再不走就是脑子有问题了。独虎没有起身，他的意思也很清楚，你想走就走，我也不留你。可是奇怪的是李方一直站在独虎身旁，好像在等着独虎站起来，他们就这样互相瞪着对方，李方突然"嘻"地一笑，然后我看见他做了那个偷偷摸摸的动作，我看见他在独虎的耳垂上捏了一下，不知为什么，我的身上顿时起了一层鸡皮疙瘩。

李方一走我家里就闹起来了。先是大姑和新梅吵,大姑说,你神经病,当着客人的面你这样,你也不给人家一点面子。新梅说,我们家不稀罕客人,那算什么客人,不三不四的,不男不女的。大姑咂着嘴说,你看你这张嘴哟,人家得罪你了?你就这么说人家,我看他就是不错,知书达理的,再说他还是独虎的朋友呀。新梅说,他能交什么狗屁朋友?他这种人,就是被人家捆在麻袋里卖了也不知道。我知道新梅那天太过分了,她从小就喜欢像大人一样训斥弟妹们,她在我们这个家庭里一直扮演着父亲的角色,你让她对弟妹们笑一笑比登天还难。新梅忘了独虎已经十八岁了,俗话说狗急了还跳墙呢,何况是独虎,新梅只顾由着性子骂,她就没注意到独虎的脸色,独虎脑门儿上的青筋像一群蚯蚓似的快跳出来了。我看见独虎抓过一只菜碗,连菜带碗地朝新梅砸去,新梅来不及躲闪,她"咦呀"叫了一声,摸着胸前的菜汁愣在那儿了。

家里安静了几秒钟,几秒钟过后就乱成一团了。新梅呜呜地哭起来,新梅一边哭一边把身子扭来扭去的,躲避着大姑手里的抹布。大姑起初一心想擦去新梅衣服上的污渍,但她绕着新梅转了半天,新梅就是不让她擦,大姑气得扔下了抹布,随手抓起一把扫帚朝独虎冲过去,你反了天啦,大姑挥起扫帚在独虎的屁股上打了一下,又打了一下。大姑说,你敢打你大姐，你就不怕天打雷轰呀，你嘴里吃的、身上穿的都是谁的？你的良心让狗吃了？独虎被大姑撵到了厨房里，他拿过一只锅盖挡着大姑手里的扫帚，他说，什么凉心热心，我不懂！大姑的扫帚乒乒乓乓地打在那锅盖上，大姑说，打死你这个没良心的东西，你敢用那么大的碗砸你大姐，她是你大姐，她不能说你几句？她打你也是应该的呀！独虎说，谁要她管我，她在家里放屁都不自由，让她出嫁去，人家女孩都会滚蛋，她都三十岁的人了，怎么还不滚蛋？大姑的喉咙里"嗝"地响了一声，大姑一着急气就上不来，她扔掉扫帚拍打着自己的胸部，双脚在地上急促地跺着，跺了好几下她才回过气来，她扑过去抓独虎的耳朵，耳朵没抓住，却从他脖子上抓下一条围巾来，独虎一闪身就从大姑身边逃出去了。

独虎在门边说，你们不要我回来我就不回来，我外面朋友多的是，哪儿不能睡觉，哪儿不能吃饭？

大姑追到了门口，哪儿来的丝巾？大姑挥着那条围巾喊道，这是谁的丝巾呀？这是女人的丝巾呀。

你懂个屁，那是男式丝巾，现在外面流行的。

独虎一眨眼又不见了。大姑捏了捏手里的那条可疑的丝织围巾，现在她的脸上除了刚才的余怒又多了一分疑虑。她捏着围巾走到新梅房间里去，说，这围巾到底是男式的还是女式的？

新梅不理睬大姑，新梅只顾像山洪暴发那样哭着，你替她想想她怎么能不伤心，独虎这混账东西狗嘴里吐不出象牙，他没别的本事，他就会在家里伤亲人们的心，郁勇、小三他们怎么骂他，怎么侮辱他，他连屁都不敢放一个，这混账东西没出息，他就会在家里耍威风，他就会对姐姐耍威风，这他妈的算什么本事？

我知道大姑劝不住新梅，大姑陪着她掉上一坛子眼泪也没用，这种时候新梅总是迁怒于大姑，她一直认为独虎是被大姑宠坏的，你也别怪她对大姑没什么好脸色。走，走，走，别来管我，你再去给他做一碗鸡蛋！新梅"砰"地撞上门，把大姑关在外面，她在门那边边哭边叫道，从今往后，这个家我不管了，我明天就嫁人，随便什么人，我明天就嫁！

新梅伤透了心，人要是伤透了心说什么也不过分，我不满意的是她把大姑当成了出气筒，她不该把大姑当出气筒，说起嫁人不嫁人的事，被耽搁的不仅是她新梅呀，她是为了这个家，那大姑又是为了什么而耽搁了自己的婚事呢？我看见大姑蹲在门边，用那条围巾掩着脸低声呜咽起来，你想象不到我的感受，一个亲人哭我的头上像是落满了胡蜂，两个亲人那么哭起来我的头脑像是要炸开了，我总不能陪着她们抹眼泪，遇到这样的场面我能干什么呢？我只能一声声地叹气嘛，我叹气的时候听见另一种熟悉的叹气声，那当然是凤凰在西墙上叹气的声音，我们两个幽魂的叹息加在一起也不抵大姑一个人的呜咽声，后来我就听见凤凰沙哑的低语，她说，小心独虎，小心独虎。我觉得她是对我说的，可是我不知道她到底想让我干什么，独虎不管怎样都是我的独生儿子，我时刻小心着呢。我就是不明白为什么看不见凤凰的影子，按理说孩子们大了，许多事我们该面对面好好商量一下，可是她好像跟我捉迷藏一样，让我们商量个屁呀！

4

"女大十八变。"这句话用在新竹身上是最贴切的了。你知道新竹小时候不好看，人人都说她最像我，你知道像了我天生就好看不到哪里去，新竹小时候大家都叫她黄毛丫头，她的头发总是最黄、最乱的，还容易长虱子。说起来也怪，新梅、新兰她们从来不长虱子，就是新竹爱长虱子，凤凰是个爱干净的人，所以她一有空就为新竹洗头，为了她头上那些来历不明的虱子，凤凰没少操心，有一年夏天她自己动手给新竹剃了个男孩头，结果新竹哭了整整一夜。

你想不到新竹现在成了香椿树街最时髦、最引人注目的女孩,每次我看见她从街角那间发廊出来,看见她的头发被那个小广东佬弄得像铁丝卷一样披在肩上,我就会想起她小时候剃着男孩头坐在地上哇哇大哭的情景。女大十八变呀,我说不出新竹现在变成了什么样,关于她的头发我没什么发言权,我从来就赶不上潮流嘛,不过当我看着她把钱交给那个小广东佬的时候,那真是心疼了,我就是不敢相信,把头发弄成铁丝卷,怎么要花十块钱!

新竹做好了头发,扭扭摆摆地在街上走,走到路口那儿她从口袋里掏出一面小镜子,又掏出一支口红在嘴上涂了两下。坐在三轮车上的几个小青年就朝她吹起口哨来,新竹也不理睬他们,她对着镜子里自己的脸研究了一会儿,又用手帕把口红抹去了。我看见她径直走到三轮车前面,对那几个青年说,你们想小便到厕所去,这么大的人了,还随地大小便?我忍不住笑起来,毕竟是我的女儿呀,她大概一直记着我的话呢,人不犯我,我不犯人,人若犯我,我必犯人嘛。

我看见新竹在午后的街道上走,她的脸上天生就有一种傲慢的不可一世的神色,好像这个世界是属于她的。我觉得我们家的人不该有这样的表情,也许新竹不一样,凡事她不往心里去呀,再说她又是在恋爱,你知道恋爱的人很容易轻飘飘的,不知天高地厚。

我看见我女儿走进了一家油漆店，油漆店的门面很小，墙上贴满了毫不相干的穿泳装的美人照。新竹一走进去就对着一个美人吐出舌头，扮了一个轻蔑的鬼脸。店里无人，新竹握着拳头用力敲柜台，她这么一敲就把人敲来了，来了一个穿西装的大胖子，这大胖子穿了一件很小的西装，腆着肚子从里面冲出来，看见新竹他就说，刚才你干什么去了？这大胖子是谁，我不说你大概也能猜到了，他就是小杭，是新竹的男朋友。你问我对这个毛脚女婿印象怎么样，那我就不好说了，天底下有几个做父亲的对女婿印象好的？不过除了胖，我一时说不出来小杭到底不好在哪儿，当然话说回来，人胖一点瘦一点是个营养问题，心肠好不好，对女儿好不好才是个关键问题。我现在怎么知道小杭好不好呢，不是说日久见人心吗？不管是同志关系还是夫妻关系，一男一女在一起，日子久了才见人心呀。

新竹能压得住小杭，你一听她对待小杭的口气就知道了，她冲着小杭说，你胖糊涂啦？还问我干什么去了，你干什么去了？让你到发廊来陪我，你死到哪儿去了？

你不是让我陪你去燃料仓库的吗？小杭说，怎么又去做头发了？

你真是胖糊涂了，做头发跟去燃料仓库有什么矛盾？新竹说，我不能做好头发去仓库吗？

那现在就去燃料仓库？小杭说。

现在去，你还傻站在那儿干什么？去推摩托车呀。新竹说。

到燃料仓库去干什么？你妈死了十几年了，怎么还有工资在那儿？

我们家的事你不懂，你也别问。

能领多少钱？

领多少钱关你屁事，告诉你了，我们家的事你不懂，不是多少钱的事，是一口气的事。新竹突然就发脾气了，她将一只手套朝小杭扔过去，什么多少钱，多少钱，哪来这么多废话，你到底去不去？你不去我自己去，你以为你那辆破摩托车是德国轿车呀，你以为我稀罕坐呀？

新竹发脾气的时候小杭很惶恐，他吸溜着鼻子不知说了句什么，然后就赶紧去推他的摩托车了，这个细节令我满意。当然我觉得我女儿也有点过分，上了摩托车她还在小杭脖颈上掐了一把，掐得小杭叫了起来。我女儿那张嘴不饶人，她说，你看你胖得，摩托车都快让你压散架了！

那辆红色摩托车在1984年的街道上飞驰而过，我的女儿抱着她男朋友的腰坐在摩托车的后座上，她的那些像铁丝卷一样的头发迎着风飞起来了。这是摩托车的年代，这是像铁丝卷一样的头发迎风飞舞的年代，这是我女儿的年代，我想即使我活到现在,我也跟不上时代的脚步,更何况鬼魂是没有脚步的,你让我怎么跟得上他们的脚步呢?你可能不相信鬼魂也是会老的,我就觉得我老了,这些日子我常常有力不从心的感觉,我想要是儿女们都像大姑一样天天待在家里,我也就不用追着他们四处奔波了,我就可以歇口气了,可惜儿女们中间除了新梅,他们在家里都待不住。

我知道新竹去燃料仓库干什么,正因为是去那儿我才放心不下。十多年前新梅怒斥刘沛良的情景还历历在目,如今轮到新竹去了,前赴后继,这是我们家的好传统。你可能已经知道了,那是为了凤凰临死前的工资的事,说穿了就是四十块钱,可是你们别误会,那不光是四十块钱的事,我们家再穷也不指望四十块钱来过日子,新竹说得对,那是一口气,这口气出不来一辈子都会打嗝。你说句公道话吧,凤凰的一条人命丢在燃料仓库里,刘沛良他凭什么扣住一个月的工资不给?凡事都要讲个道理,刘沛良这么做于情于理都说不通!

孩子们中间就数新竹鬼点子最多,她对仓库门卫说她是刘沛良的女儿,门卫真的信了,不由得他不信,新竹撒谎连眼睛都不眨一下的。她嘴里嚼着口香糖,拉着小杭往里面走,我听见她又在训斥小杭,她说,没见过你这样的笨蛋,你刚才咧着嘴笑什么?害得我差点穿帮,等会儿不准你再笑,听见没有？

刘沛良也老了，他的手伸进茶叶罐里，五根手指不停地哆嗦，最后就抓出了几丝茶叶出来。他的肺部好像也出了问题，从新竹他们走进办公室起一直在咳嗽。我想他大概意识到新竹他们来者不善，你别看他笑眯眯的，那是皮笑肉不笑，你别看他又是沏茶又是敬烟的，他心里正在盘算怎样打发两个孩子呢。

还是为了那件事？刘沛良说，我真是想不到，隔了这么多年，你们家还记着那几十块钱。

我们家穷，别说是几十块钱，就是几毛钱也记得。新竹说。

我不欠你们家的钱。刘沛良说，燃料仓库也不欠余凤凰的钱，你们家的人为了这几十块钱像搞接力赛跑一样来找我，又不讲理，我看见你们头就晕了。

你说谁不讲理？新竹说，你说话给我注意点，想跟我打官腔？他妈的，我可不吃这一套。

咦，你这个小姑娘，怎么满嘴脏话呢？

我就满嘴脏话，你能把我怎么样？新竹示威似的向刘沛良吹出一个大泡泡，她冷笑了一声说，他妈的，你要不老实我还揍你呢。

你揍我？你揍我？你们要揍我？刘沛良突然轻蔑地笑

起来,年轻人呀,不要火气太大,我刘沛良上过朝鲜战场,枪林弹雨里穿来穿去的都不害怕,我还怕你们两个流氓阿飞?

你说谁是流氓?谁是阿飞?新竹站起来,隔着办公桌去抓刘沛良的衣领,没有抓住,新竹就高声对小杭喊,揍他,揍了他我出医药费。

小杭犹豫了一下,他从椅子上站起来,很快又坐下了。我看得出来,他的头脑比新竹清醒,这使我松了一口气。虽然新竹继承了我的作风,但是我现在最反对的就是这种作风,不管什么时候,拳头是解决不了任何问题的。我所担心的局面并没有出现,但刘沛良却发作了,你替他想想,他那把年纪的人受两个年轻人的羞辱,确实是受不了,我看见他像一颗炮仗似的突然蹦起来,他指着办公室的门大吼道,滚出去,给我滚出去!

刘沛良这么一嚷就把仓库里的人都引来了,他们围在门口朝里面张望。有人认出了新竹,说,是余凤凰的三女儿,又来要钱了。还有人咂着嘴说,这个三女儿是最凶的。我恨透了这些多嘴多舌自以为是的人,你听听他们说的是些什么屁话!他们没有调查有什么发言权?

新竹毕竟是个聪明的孩子,她没有蛮干,也给自己留下了面子,她当着仓库里的一群人的面说,刘沛良,今天饶了你，不过你躲得了初一躲不过十五，这笔账迟早要算清楚。新竹说着忽然压低声音，逼视着刘沛良，你下班回家路上小心点，你夜里睡觉窗户关紧点，懂了吗，你这个老浑蛋！

我也警告你，不要学你父亲的样，刘沛良愤怒地指着新竹的鼻子说，你们这种家庭呀，迟早要在监狱里团圆！

我必须承认刘沛良最后那句话像刀子一样刺穿了我的心，多少年来人们就是这样在门缝里看待我华金斗一家，只不过别人用眼神说那句话，而刘沛良却明明白白说了出来。我不知道这是怎么回事，我是世界上脾气最暴躁的人了吧？我是世界上最渴望道理而又最不会讲道理的人了吧？可你看看我的女儿新竹，她跟我是一路货色呀，人们都说"上梁不正下梁歪"，照理说上梁不能埋怨下梁，问题是我这根上梁不希望下梁像我一样歪呀，我希望她不要到哪儿都张嘴骂架动手打人，我希望她能有个女孩子的样子，又贤淑又大方的，我希望她能跟刘沛良坐下来，好好解决我们家的那些遗留问题，可她简直是个小母老虎，凭她这样怎么能解决问题？

我看见新竹和小杭在众人谴责的目光下离开了燃料仓库，新竹对自己的失败满不在乎，她嘴里还嚼着泡泡糖，她还说，躲得了初一躲不了十五，这口气不出不行，我们走着瞧。小杭在一边赔着笑脸，但你能看出他很窘迫，他大概被我女儿吓着了。两个人一前一后走着，小杭突然说，你的脾气像你爹吧？你的脾气肯定不像你妈。新竹说，我像我妈？像了她我不也死了？像了她这世界上哪儿还有我？小杭又说，你二姐的性格倒是不错，一说话就笑，你跟她一点也不像。新竹冷冷地扫了小杭一眼，她说，你要我像她？像她有什么好的？像她死得更快！

我没想到事隔多年新竹会以这样的方式谈论她母亲和二姐的死，也许往事已经太远了，活着的亲人已经不习惯用眼泪来回答那些伤心的问题。可我无论如何不能接受新竹那种冷淡的甚至带有嘲弄的语气，这孩子是钻了牛角尖啦，她怎么能这样看待死去的亲人？她怎么能这样看待自己？我假如是小杭，我就要问她，你不要像你妈，不要像新兰，你不就要像你爹吗？你爹现在在哪里？在哪里？他在哪里呢？

5

孩子们围着桌子吃晚饭，四个人的脑袋簇拥着一锅白菜肉丝和一碗炒青菜，四双或大或小的手捧着相同的白底蓝边的饭碗，每只饭碗上盖着白菜或青菜，他们的筷子很有秩序，他们的嘴里也绝对没有任何难听的咀嚼的声音。这就是我的孩子们，别的方面我不敢夸他们，可是你看看他们吃饭的样子你就知道了，他们是有家教的孩子。这是我立下的规矩，从小我就让他们这样吃饭，长大了他们还是这样吃饭，是我的孩子一上饭桌就看出来了，女孩把肉丝让给男孩吃，从小就这样，长大了还这样，新梅她们都把肉丝让给独虎吃。

大姑不在桌上，大姑站在炉子前吃一碗面条粥，所谓的面条粥是她自己发明的食物，就是把剩粥和干面条混在一起煮。大姑吃面条粥有许多年历史了，也不见她营养不良，她吃什么东西都能吃得又白又胖的，面色还很红润，你有什么办法？

这是我少有的心平气和的时刻，不知从什么时候开始的，我特别喜欢看孩子们吃饭的样子，我甚至能数出独虎的鼻子上冒出了多少滴汗珠，我甚至能知道独虎今天吃了多少根肉丝，我甚至有点后悔当初给他们立下的规矩，为什么不让他们说话呢？吃饭时说说话其实也不错，听听新竹和新菊议论别人家的女儿也没什么不好，听听新梅在饭桌上如何教训弟弟妹妹有什么不好？可他们就是光吃不说话，他们坐在一起静静地吃，吃得我忍不住发笑，我想这会儿他们倒讲起组织性、纪律性来了，好不容易凑在一起吃饭，为什么没人说说话逗个乐子呢？可他们就是不说话，我只听见新菊打了个嗝，说，白菜咸了，青菜淡了。新梅对她翻了个白眼。你也别怪新菊的胃口娇贵，一年四季青菜、白菜是会把人胃口吃坏的，我虽然不吃，但我也嫌大姑做的菜，为什么总是白菜、青菜呢？现在三个女儿都挣工资了，手头宽绰多了，为什么不买点鱼、买点大排骨做给他们吃？吃一顿吃不穷，天天吃三两肉也没问题嘛，我就是反对大姑在肚子里抠钱的做法，她这个人，你就是给她开来一卡车钞票她也舍不得用，她是穷怕啦。

一家人正吃着饭呢，那个佩生来了，他像个小偷一样从门里挤进来，一双小眼睛朝饭桌上扫了一眼，然后将目光就固定在大姑身上了，他对大姑点头哈腰地说，刚吃晚饭呀？

孩子们都从饭桌上抬起头朝佩生看，只有新梅不看，她仍然埋着头吃。孩子们其实不该这么看佩生，可他们偏偏要看他，而且新菊还莫名其妙地捂着嘴笑起来，新菊一笑新梅就用筷子敲碗，新梅沉着脸说，吃你们的饭，吃完了新菊洗碗！

你要是聪明一眼就能看出佩生为谁而来了。你要是有眼力，也能看出佩生的腿不好，不是瘸子，但他的两条腿不一样长，左腿比右腿长，因此他走在路上就像一条船走在水上一样晃晃悠悠的。说起这个佩生，我是看着他长大的，我还记得他的腿是怎么坏的，他小时候扒火车把腿摔骨折了，医生大概没把骨头接好，等伤好了一条腿就短了一截，短一截本来也没什么大不了的，可以重新再接一次，偏偏他的父母都是运动的对象,一个死了,一个去了农村改造,佩生就跟着他外婆过,他外婆是个老糊涂,说孩子怕疼,不让他再挨刀了,还说孩子的骨头是玉米苗,说长就长好了,用不着再去医院。就这样佩生的残疾就落下了,当年他走在上山下乡的知识青年中间,旁边有人悄悄地说,那两条腿就在街上走走吧,还到山上去呢,还到乡下去呢。他爬到光荣车上的情景还在我眼前呢,别人都是跳上车的,只有他是爬上车的,他好不容易爬上去,邻居都拼命地拍手,邻居是好心,他们心里想你这个长短腿是瞎积极呢,你要再锻炼就把两条胳膊也弄得一长一短啦。就是这个佩生,在乡下肯定是吃够了苦,政策一下来他第一个回了城。你怎么能想得到呢,就是这个佩生,现在他男大当婚了,他猜我家新梅也女大当嫁了,他拖着一长一短的腿走到我家里来了。

这不是癞蛤蟆想吃天鹅肉吗?你们自己看看,佩生和新梅般配不般配?他们不般配呀,新梅若不是年龄大一点,她就是嫁个将军也不过分,佩生他怎么配?我要是活着我会打开窗户说亮话,让他死了这条心,让他去找裁缝店里那个哑巴姑娘,让他去找在浴室卖票的瘸姑娘小桑,让他去找酒鬼老赵的斗鸡眼女儿彩彩,找谁都行,就是别来找我家新梅。

这几天没看见你嘛,大姑话一说出口就意识到说错了,昨天佩生来过,前天他也来过,大姑就赶紧改口说,吃过了吗，你要是没吃过我盛一碗面条粥你尝尝？

佩生摆了摆手，他的目光飞快地扫过新梅的脸，最后落在大姑的碗里。你看他那样子会以为他在馋那碗面条粥呢，其实他心里在打腹稿，他正在盘算怎么让新梅他们对他另眼看待呢。过了一会儿，他终于说出了他要说的那句话，他突然说，我们家落实政策了。

大姑没有听清他的意思，她说，什么？你们家有什么政策了？

佩生又说了一遍，我们家落实政策了。

什么？你们家落实什么了？大姑其实是不懂那四个字的意思，她说，你这孩子，说话说清楚一点嘛。

新竹在那边叫起来，落实政策落实的就是钱呀，我们单位的总工程师刚落实的政策，补发了一万多块钱，佩生，你也要发财啦！独虎一听怪叫了一声，捧着饭碗走近佩生问，佩生，你家能拿多少钱？

佩生犹豫了一会儿，说，我今天刚领过钱，全部存到银行里去了，不瞒你们说，营业员数钱数了半个多小时。

那有多少钱？独虎追问道。

人家的钱，关你们屁事。新梅在饭桌上阻止了弟弟妹妹的好奇心，然后我发现她的举动有点反常，她端着饭碗跑到房间里去了。

你能想象当时的情景，佩生站在我家里的样子不再是鬼头鬼脑的了，他的表情看上去像是在卖关子，在好几双眼睛的热切注视下，佩生抓耳挠腮的。过了一会儿，他用一种轻描淡写的语气说，也不是很多，不过够我过一辈子的了。

你这个人怎么搞的，拉屎拉半截，你告诉我们又不会抢你的，新竹说，你到底拿了多少钱呀？

不多不多，佩生摆着手说，反正够我过一辈子了。

到底是多少钱？独虎拽着佩生的衣袖说，什么叫够过一辈子？有个三五千块的，天天蘸盐吃白饭，也能过一辈子嘛，我看你最多也就能拿个三五千块吧？

那可不止。佩生笑了笑说。

八千块？独虎说，总不会超过一万块吧，你要有一万块不就成万元户了？

包括大姑在内，他们一齐瞪着大眼琢磨佩生脸上的表情，我简直不能容忍他们这种眼神，这不是见钱眼开吗？这不是势利眼吗？刚才都还对他爱理不理呢，怎么一下子就像葵花向阳似的围着他转呢？我尤其不满大姑的表现，你看她激动得跟什么似的，她的眼睛竟然湿润了，好像是她落实了政策，好像是她刚在银行里存了一大笔钱。我听见她一个劲地说，好呀好呀好呀，佩生你这下苦出头啦。大姑替佩生整了整衣领，突然又想起什么，她说，我听说你爸爸给你娶了个后妈，他们要跟你分这笔钱的吧?

分个屁,佩生说,这笔钱全归我,他同意的,他让我自己成家立业嘛。

佩生说这话的时候眼睛朝新梅的房间那里瞄了一下,其实他不瞄这一眼大家也知道他葫芦里卖什么药,我嫌弃佩生主要就是嫌弃他这种黏糊糊的脾气,男子汉大丈夫的,说话做事为什么不痛快一点,为什么跟个妇女似的拐弯抹角、含沙射影的?

佩生一走大姑的神色一点点地严峻起来,我看见她搓着两只手在家里走来走去,最后走到新梅房间里去了。你猜新梅躲在房间里干什么,她在里面掷硬币呢,她把一枚五分钱硬币掷了好几遍了,大姑一进来她慌忙把硬币捡了起来。

你在干什么?大姑审视着新梅的脸,她说,你对佩生到底是什么态度?人家来干什么你心里该是知道的吧?你到底是什么态度?

没有态度。新梅说。

我知道你是没态度。大姑说,没态度也好办,你不是在掷硬币吗,硬币上怎么说?

我都忘了。新梅说,哪面朝上,哪面朝下我都忘了。

我就知道你会忘了,你对自己的事从来不上心嘛。大姑沉吟了一会儿,说,我觉得佩生不错,我就看重他吃过苦,人也本分，就是走路样子难看，那也不怨他，他的腿有毛病嘛。

你老是说他的腿他的腿，我嫁人又不是嫁腿！新梅突然不耐烦了，她说，他的腿不好，我的腿也不好，我的关节炎是风湿性的你知道不知道？

说得对呀，大姑说，嫁的是人不是腿，再说腿又不是手，有两只手你怕什么？有两只手就能劳动，就能过日子呀。

嫁人又不是嫁手！新梅又嚷起来。

我没说嫁人就是嫁手，你跟我打什么岔？大姑说，我在问你呢，你到底嫌弃佩生什么？

我说不上来。新梅犹豫着说，我就是觉得他不像我要找的人。

那你到底想找个什么样的人呢？大姑说，你真是急死人了，我起码问过你一百遍了，这个不像，那个不像，到底谁像呀？

谁也不像！新梅尖声叫起来，她怒视着大姑说，你烦死人了，你们要是嫌我在家里讨厌我有地方去，我可以住宿舍去，我为什么要像赶火车那样去嫁人？

每逢这种时候认输的总是大姑，大姑识趣地走到窗前，拿起抹布擦窗子，擦了几下她又忍不住了，她像是自言自语地说，你别看佩生，孙玉珠的女儿对他很有意思呢，双胞胎她妈也想为他说亲,你还别说人家是为了钱,他们都还不知道佩生拿了政策的钱呢。

你凭什么说她们不知道? 新梅鼻孔里响起"哧"的一声,按你这么说佩生倒成了王心刚了。谁没个算盘? 不就是图他家里清净、房子大吗? 不就是图个娘家夫家挨得近有照顾吗?

说得对呀。大姑听出了新梅的一点态度,马上就喜形于色了,大姑说,你要是嫁过去,几步路就回家了,等于没嫁出去啊,你能照顾到家,我也能照顾到你,要是碰到个刮风下雨天,我跑过去就能替你把窗子关了、把衣服收了。

我看见新梅的脸上浮起一丝若有若无的笑意,你不知道让我这个女儿笑一笑有多么不容易,我对大姑所热衷的这门婚事存有许多疑问,但新梅一笑我的疑问也就烟消云散了,我也想通了,尽管我看着佩生不怎么顺眼,尽管我平生最痛恨势利眼和马屁精,尽管我内心不想让新梅离开这个家,但具体情况还要具体分析,谁也别来说我们家的闲话,谁要敢说新梅的闲话就丧了大德,我让他发烧三天三夜,让他烧成个哑巴!

6

我想换一件衣服,从婚礼的前一天起我一直在想这件事。

这件事想得我好苦。我女儿要结婚了，可我没有新衣服穿，别说是新衣服，我连一件干净的旧衣服也没有呀。这件事情想得我好苦，差点想出眼泪。我破衣烂衫地在天上游荡了十年，从来没计较过自己的穿着，我想反正也没人看见我穿什么，穿不穿都没关系嘛，可是我女儿要结婚了，你知道这是华家第一次操办婚嫁这么大的事，我不想这么破衣烂衫地去，虽然别人看不见我，可我还是觉得丢脸，我不敢去想现在流行的那种黑色、灰色或者藏青色的西装，可我想至少得穿上我那件蓝呢子的中山装呀。

我就在我的家里，就在那口掉了油漆的大衣柜前，我看着大姑打开衣柜的门，她把两条刚刚缝好的绸面被子放进去，把一件红色的陌生的呢子大衣拿出来，对着窗户外面的阳光仔细搜寻着什么，我知道那是新梅的嫁衣，香椿树街的女孩出嫁时兴穿红大衣。大姑在红大衣上搜寻了半天，只是找到一根细线头，她把细线头择去了。我看见了我那件蓝呢子中山装，我对大姑说，好妹妹呀，你要是能想个办法把它穿到我身上就好了，你自己为婚礼做了新衣服，可我的衣服连肚脐眼都遮不住啦。我这么一说大姑就回过头，看了眼我那件中山装，她说，哥，你记得来啊，记得喝新梅的喜酒，我替你和嫂子留着座呢。我想她真是糊涂，我们要什么座呢，我们在哪儿都不占地方嘛，她要是真想得周到就该替我们想想衣服的事。我正在埋怨她呢，大姑的喉咙里突然咔嗒一响，眼睛里一颗黄豆大的泪珠滚到了脸上。说时迟那时快，我赶紧伸手去接大姑那滴泪珠，小心大衣，小心弄脏大衣！可惜的是我白费了力气，我看着大姑那滴可恶的泪珠穿过我的手，滴落在红大衣的衣领上。你看你做的好事，好好的你哭什么？我训斥了大姑几句，训了几句就不忍心了，大姑脸色惨白地瞪着红大衣上的泪迹，怔了一会儿她大声叫起来，新竹快拿水来，新菊快拿块手帕来！大姑一边叫着一边手忙脚乱地想擦去那摊泪迹，大姑这个人你知道，一慌就什么事也做不好，她用手指去擦，越擦越坏，你怎么阻止她也听不见，那天我亲眼看着她把新梅的红大衣领子弄得皱巴巴的，看上去像是被猫爪抓过的。

为了这件红大衣的领子，新梅一直在跟大姑怄气。新梅不能原谅的是大姑为什么这么笨，眼泪掉哪儿自己都会干的，为什么要去擦它，不擦一点事也没有，这一擦就把大衣毁了。大姑也不能原谅自己，她坐在床上呜呜地哭，哭得孩子们都心烦意乱。独虎这混账东西在外面说，我们家到底是要办喜事还是丧事？他这么胡说八道的惹怒了大姑，大姑跳起来抓过一把扫帚把他打出了门。新竹对这件事的看法也让大姑生气，新竹说，这事不是很好办吗，这件不行换一件，你们不舍得花钱我来买，买一件更好的。大姑立刻骂起来，你有钱，你摆阔，你的钱还是留着自己胡吃海花吧。只有新菊的主意使大姑暗淡的眼睛重放光明，新菊说，你真是太笨了，新娘子不是要戴红花吗，红花戴在哪儿？不就是戴在领子上吗，到时候谁会注意那点小毛病？大姑破涕而笑，她不能掩饰这份意外的喜悦，我看见她在新菊的脸上拧了一把，她说，我们家还是数四丫头聪明呀，你们三个人的脑子堆一起也不及她！

他们最后还是把问题解决了，他们人多，人多力量大，什么事情都容易解决，我不得不说这是活人最大的好处。说到我的处境，不由得让人伤心，你看我的亲人们为了红大衣领子上的一点污渍吵了一天，他们有谁想到我的衣服呢？也许他们自以为是地觉得我的衣服该由凤凰管，他们哪里知道凤凰与我早成了陌路人，这些年我连她的模样都快忘啦。

你们想不到在婚礼的前夕我的心里是多么辛酸，我听见秋天的风吹动我的破衣烂衫，吹出许多类似人的呜咽的声音，我没有哭，是我的半截袖子哭起来了，是我衣服上的最后一粒纽扣哭起来了，是我裤腿上的许多破洞一起张大嘴哭起来了。我没有哭，可是我的蓬乱的肮脏的头发哭了，我的积满灰尘污垢的十颗指甲一起哭了，我的乌黑的像煤炭一样的双脚哭了，我的十年不合的眼睛哭了。我说，你们别哭，你们他妈的别再哭了，谁要你们为我鸣冤叫屈，我这是心甘情愿的呀。它们不听，它们还在哭，它们的眼泪打湿了我的全身，我的心快碎了，我怎么也抹不去那些眼泪。别哭了，我说，我不去参加婚礼了，我也不想像个乞丐似的去喝新梅的喜酒，他们不给我干净的衣服，我他妈的就不去啦！

我不知道我这是在跟谁赌气呢，我觉得我的满腹苦水好像煮沸了，它们在"噗噗"地冒着热气，烧得我浑身难受。我不知道这是为什么，就因为一件衣服，我伤心成这种孬样，就像一个中弹的士兵一样捂着胸口逃出了家。我想我这是何苦呢，为什么不分黑夜白日地死守这个家，我就不能自己疼一回自己？我要在天界找到百货公司，我一定要为自己买一套合身而时髦的西装！我要穿着西装去找点心店，我要吃一碗芝麻汤圆、两碗三鲜馄饨、四个肉包、八根春卷、十只锅贴！从此以后我要胡吃海花，把我活着时没吃过的东西都吃了，把我活着时没穿过的东西都穿了，我华金斗现在终于想通啦！

我不知道是谁把我气糊涂了，气成这种孬样，后来我回忆起那天被杂货店的杭素玉撞见时的情景差点没羞死。我一路高喊着，买东西买东西啦，突然听见一个女人的声音，金斗你疯了？我听说你疯了，我还不相信呢，眼见为实，看来你真是疯了。我没想到会在荒凉的天界里遇见杭素玉。那个风骚而饶舌的女人不知是怎么离开的人世，她好像藏在云里躲什么人，看见我她就露出了一张涂脂抹粉的脸，对我亲热地笑着说，金斗，没想到在这里遇到你了，你不是死了好多年了吗？怎么不过桥去，是不是阎王爷也嫌弃你，要把你打到十八层地狱去呀？这杭素玉活着时我就不爱搭理她，死了还是那么讨厌，我不想搭理她。杭素玉又说，你刚才嚷嚷着要买什么东西？活着时没见过你买什么东西呀，连买酱油都是买半瓶，现在想通了？现在想通了也来不及啦，这天界里没你花钱的地方嘛。我不敢搭理杭素玉，还因为以前凤凰不准我跟她说话，凤凰认为她是香椿树街最腥、最骚的狐狸精，也正因为凤凰的原因，我后来还是跟杭素玉说话了，你知道我这是故意的，好像故意惹凤凰生气，也不管凤凰是否能够听见我们的谈话。

我说，你怎么也来了？你还不到四十岁吧？杭素玉咯咯地笑起来，说，金斗你拍我马屁呢，什么四十岁？我都快五十岁啦！我不懂这怎么叫拍她马屁，我说，五十岁也不该死呀，看你在杂货店那样子还以为你长生不死呢，你是得癌症啦？杭素玉说，你他妈的才得癌症呢，我是让老宋那狗日东西捅死的，这王八蛋，他拿着螺丝刀捅我呀，他是想吓唬我，谁想到就捅到了我的心脏上，我也以为他是吓唬我，我还朝他吐口水呢，谁想到一口吐出来的全是血，再想吐一口就没力气了。我听得发怔，我说，老宋是你男人呀，他怎么会对你下毒手？杭素玉的表情变得有点扭捏起来，她说，他要不是我男人还不会下那个毒手呢。咳，这会儿我也不要什么面子了，告诉你吧，就是为了我和孙汉周那个事嘛。杭素玉这么一说我就想起了香椿树街上流传的关于那对狗男女偷鸡摸狗的事，我差点脱口而出，你是该死。不过我不忍心说，我就问杭素玉，你是在等人吧，你在等谁呀？杭素玉的回答让我摸不着头脑，她说，还能等谁？等老宋那狗日东西，他不是挨枪子儿了吗，我在等他来呢。我说，他捅死了你，你还在等他？等他干什么？杭素玉说，不干什么呀，我们都做了鬼魂了，还有什么可计较的呢？说起来他也是为我送了命，他对我是真心的，现在我也想通了，还是自家男人好，活着时我们不是一条心，死了倒能做一对好夫妻了，夫妻就是夫妻，一日夫妻百日恩嘛。杭素玉絮絮叨叨的，突然想起了什么，说，咦，你怎么一个人，余凤凰呢？我摇了摇头，我不想跟她说这些事，就跟她打了个岔，我说，老宋什么时候来？他要不来我们做个伴算了。我不过是开个玩笑，没想到杭素玉却当真了，她立刻骂起来，你这个不要脸的东西，做了鬼魂还想搞腐化呀？做你的梦去，我再也不会上你们这些男人的当了！

杭素玉横眉竖目的样子让我感到很震惊，你要知道她以前整天就在柜台里跟男人调情，我想是不是死一次就把人变好了，做了鬼魂连杭素玉都变成了贞女节妇？看来死是能改变许多事情的。我讪讪地离去了，你知道在天界遇见一个熟人是多么不容易，可我无心跟杭素玉多说几句话，甚至没有和她道别。我也不知道自己是怎么了，突然就变得万念俱灰。就连杭素玉这样的破鞋都瞧不上我呀，她把我当流氓看呢，我想我华金斗怎么落到了这一步，就连杭素玉也有个盼头，我天天风里来雨里去地守望这个家，图个什么呢？独虎不学好让他不学好去，他就是学好了变成雷锋王杰，我也没有什么好处。新梅结婚让她结婚去，反正我也喝不到一口喜酒，我干吗非要穿什么新衣服呢？我是天上人间最傻的傻瓜，但我不想做傻瓜了。我的恶毒的话语像一群马蜂从嘴里飞出来，四个儿女，让我一个一个骂了过来，骂完了孩子我又骂大姑，我骂大姑花言巧语，总是说要给我烧这个带那个的，结果呢，屁也没有。什么儿子，什么女儿，什么妹妹，全是假的，你舍不下他们，他们却把你忘啦！

我一路西行，向记忆中的第八区而去，我记不清走了多少路，只记得路上白云流转霜露袭人，偶尔可以看见一些新生的悲悲切切的亡魂。他们一步三回头，还舍不得人世呢。我对他们喊道，别回头，痛痛快快去吧。我对他们喊道，你们看看我吧，别像我一样，落得个孤魂野鬼的下场。我对他们喊道，不公平，太不公平了，你心疼他们，他们却不心疼你呀，他们吃香的喝辣的，你只能喝西北风；他们穿羊毛衫、呢子大衣，你却连劳动布、口罩布也穿不上，什么妻子儿女，什么哥哥妹妹，统统他妈的见鬼去！我正骂得痛快呢，突然觉得黑天驴不听使唤了，黑天驴大概是被我骂糊涂了，我让它向前走，它却在往后退，它好像不愿意回到第八区去，我不知道它是怎么回事，一气之下就给了它几个巴掌，我说你们把我当成受气包了，连你这个畜生也来跟我作对？我打黑天驴它当然不会犟嘴，它不会说话嘛，我说让你回家你不回，你是想去哪儿？哪儿都不是你的家，你这个畜生还不是跟我一样，你的家在第八区嘛。黑天驴站在我身边，它只是看着我，它不犟嘴，也不肯听我的命令，我又给了它一巴掌，就是这时候我看见了黑天驴眼睛里的泪水，我简直惊呆了，你能相信这种事情吗？我的黑天驴，它会像人一样流泪呀！它这是流的什么泪，难道它比我更伤心吗？难道它家的老驴、小驴也是这么对待它的吗？我受不了它的泪，不准哭，我都没哭，你这个畜生倒哭起来了。我说，你怎么哭也是个畜生，也变不成个人，你怎么哭也是头天驴，去不了地上，畜生到哪儿都是给人使唤的，你不听我的使唤想干什么？想造反呀，造了反又能怎么样？最多是我变驴，你变人，可那又怎么样呢？我们还是回不去，我们只能回到第八区去呀！

驴子总归是驴子，你跟它掏心窝没个屁用，驴子有时候会犯牛脾气，你指东它偏偏奔西，后来的事情就滑稽了，后来黑天驴像个妇女似的哭哭啼啼地往回走，我却像头驴子一样老老实实跟着它，你知道我离开它寸步难行，我只能老老实实跟着它嘛。就这样我们回到了香椿树街的上空，到了街口恰好看见一串红炮仗冲上天际，一群人正在佩生家门口放炮仗点烟火呢，我知道那是我女儿的喜庆鞭炮。我也是没出息，听见那声音就忘了自己的誓言，后来我捂着耳朵在那儿乐滋滋地听呢，我还嫌鞭炮动静不够大，蹿得不够高，我这么听我女儿的喜庆鞭炮天经地义，没想到那黑天驴听得比我还入神呢，那黑天驴听得眼泪汪汪的，可它的两只长耳朵快乐地抖动起来，差点就跳起舞来了。我这才想起来我这头黑天驴是最喜欢热闹的，它不爱回第八区，它跟我一样喜欢在香椿树街瞎逛，它跟我一样看我的孩子看顺眼了，看不见就跟缺了什么似的，它跟我一样，它不是什么驴子，它也成了我们华家的一条看家狗啦！


7


星期天的上午，独虎带着个人去了新梅的洞房。带了个什么人，我不说你也能猜到了，就是李方那不男不女的东西嘛。只要独虎和他在一起,我眼里的儿子也就变成了个不男不女的东西,这真是件怪事。只要他俩走在一起,我就觉得独虎走路的样子不对,像个女的,独虎说话的腔调不对,像个女的,就连他抽烟的姿势也不对,是电影里那种女特务抽烟的姿势,还他妈的跷着兰花指呢。不知怎的,我看见独虎和李方在一起就浑身别扭,不只是别扭,而且还有点害怕。我想我就这么一个儿子,他要再这么女里女气下去,男人瞧不上他,女人更瞧不上他,那我这个儿子不是白养了吗?所以他们两个踏进洞房我就对新梅叫道,赶他们出去,你不看看你弟弟交的是什么朋友,你不看看那人是怎么看你弟弟的,那眼神不对劲嘛。

我喊破嗓子也是白搭,新梅把他们当贵客款待,又抓糖果又沏茶的,还从抽屉里拿出一盒外国香烟给他们抽。也难怪,李方那家伙表面上斯斯文文、知书达理的,很能蒙蔽一些人的眼睛呢。新梅那么个眼里揉不得沙子的人,现在眼睛里嵌的是一块大石头,她却一点也不知道,她还在独虎耳边悄悄夸李方好呢。她说,你这个朋友还不错,像个知识分子,不像地痞流氓。我在一边叫道,他这种人比地痞流氓还坏呀,你怎么就不看看他的动作,他抽烟还跷个兰花指呢!新梅不听我的,她给李方又递了一支烟,说,我弟弟不太懂事,你们在一起你凡事让着他点,你们一起玩点有意义的事:看看电影呀，听听音乐呀，读点书呀，就是别去赌博，别去打架。李方说，我从来不打架，我喜欢看书，什么书我都看过，音乐更喜欢，我家有音响，你问独虎，邓丽君的歌每一首我都会唱。我心想你不打架就算好人了？不打架的人多着呢，不打架的人就应该女里女气吗？你不打架就能把我儿子拉进你的被窝搞鬼吗？我看着他俩在新梅的洞房里抽烟，一盒外国烟很快就剩下半盒了，你知道那种香烟要七八块钱一盒，新梅不心疼我还心疼呢。我就嚷嚷起来，不准抽，不准抽了，你要抽回家抽你自己的烟去。

我这么一嚷，不知怎么把佩生召回家来了。佩生已经换掉了新郎的西装，他就穿着他们肉联厂的油腻腻的白色工作服冲进来，带来一股生猪特有的气味。佩生看上去心急火燎的，根本没有留意独虎和李方，他说，快，快，我们领导马上要来，快收拾一下！佩生说着就把那盒外国香烟塞到了自己的口袋里。这个举动让我松了一口气，新梅却朝佩生翻了个白眼，她说，看你这模样，不就是你们肉联厂的领导吗，要是来个市长、省长的你还喘不喘气？

其实我也见不得来个领导就不会走路的人，可是佩生这一来正好赶走那两个混账东西，那盒外国香烟也获救了，所以我还是比较满意的，没想到走到门口独虎把新梅叫出来了，独虎先不说话，他抬起脚让新梅看他的皮鞋，那双皮鞋的鞋面和鞋帮分了家。他不说话我也知道他的意思了。新梅当然也知道他的意思,她皱着眉头说,你怎么穿鞋的,这鞋买了才半年呀。独虎说,便宜货,穿这么久就不错了,你看李方的鞋,是名牌,穿多久也穿不坏。新梅看了看独虎,又看了看李方的鞋,她仍然皱着眉头,她问李方,你这鞋多少钱?李方忸怩着说,我这鞋可贵了,是我亲戚从广州买来的,大概得要一百多块吧。新梅的眉头皱得更紧了,我以为她这下不会理睬他们了,一百多块钱买双鞋,这不是败家子吗?我以为新梅会说,太贵了,我们家买不起,我给你拿到皮匠老王那儿粘一下吧。我没想到新梅犹豫了半天最后竟然听信了那两个混账东西的鬼话,她说,给你两百块钱去买双好鞋,两年之内不准再买新鞋。

他们姐弟俩说话的时候我注意到佩生在竖着耳朵听呢,我就料到会惹出什么事来,新梅转身去拿钱的时候,佩生果然跟在她身后,铁青着脸,怒气冲冲地盯着新梅的手。你拿两百块钱给他买鞋?他说,你有神经病?新梅说,你才有神经病呢。佩生说,你又不是资本家,就是资本家也不能这样,亲兄弟明算账,这钱是借是给先说清楚呀。新梅就不耐烦了,她提高嗓门儿说,这是我的钱,不是你的钱,男子汉大丈夫整天盯着钱,多没出息,什么亲兄弟明算账,告诉你,我们家没有这一套!佩生说,你有神经病呀?你跟我结了婚,我们现在是一家,你们家兄弟姐妹一大帮,今天这个两百块,明天那个三百块,我们家开银行吗？新梅推开佩生,说,没出息。佩生追着新梅说,你这样往娘家搞运输,我们还过什么日子？新梅冷笑了一声说,想过就过,不过就散伙,没见过你这种男人,没出息！新梅走过去把钱重重地拍到独虎手上,这事本来也就完了,佩生毕竟是男人,他没再说什么不中听的话,偏偏李方那混账东西突然发出一种尖厉的笑声,他一笑独虎也跟着傻笑起来,他们这一笑就把佩生惹怒了。佩生嘴里骂着脏话,人像一头豹子似的冲上来,从独虎手中抢下了那两百块钱,佩生大吼道,她的钱就是我的钱,我说不给就不给！

转眼之间新梅和佩生就扭打起来了,他们结婚刚刚一个星期就打起来了。先是新梅给了佩生一个耳光,佩生也是个男人,他怎么能当众吃老婆的耳光呢,就咬着牙给了新梅两个耳光。新梅的脾气你是知道的,就是我都不敢对她动手,她怎么能忍受佩生的耳光呢？她就尖叫着在佩生脸上左右开弓打了四个耳光,这么耳光来耳光去的,他们很快就扭打在一起了。独虎起初要去帮新梅,李方把他拉住了,他说,人家夫妻打架,你搅在里面算什么？我们不能动手。独虎说,我们不动我大姐就吃亏了。李方说,她吃不了亏,夫妻打架最后总是女的得胜,你连这都不懂？李方的话对独虎就像是圣旨，他真的就不动了，他和李方站在一边看。看了一会儿，李方说，我们不能在这儿看，越看他们越不肯罢休，我们还是走吧。李方一走独虎就跟着出去了，这混账东西从小就习惯听别人指使，你拿他没办法，到了门外他还把门反锁上了，那意思好像是让姐姐姐夫在里面慢慢来呢。

我被他们气坏了，我的脸都被他们丢尽了，这种事情张扬出去会让全世界的人笑掉大牙。我不知道骂谁好，儿子、女儿、女婿，还有那个女里女气的李方，他们都不好，他们每个人都有责任。最让我痛心的还是新梅和佩生，他们是新婚呀，人家新婚夫妻都在男欢女爱，他们却为了一点小事大打出手，这事让邻居知道了不是又给他们一个话柄？你没听见那些好管闲事的妇女是怎么劝佩生的，她们说，佩生你现在有了点钱，挑媳妇可要睁大眼睛，宁愿要相貌丑一点的，千万别娶个泼妇回家，宁愿要个缺心眼儿的，也不能要心眼儿多的，华家的女孩子都不是省油的灯，你斗不过她们呀。好了，好了，现在好了，算是让她们说对了，她们的臭嘴里吐出的全是大象牙，明天她们就会拉住佩生说，佩生，不听老人言，吃亏在眼前呀。

新梅的体格从小就弱，她怎么能打过佩生呢？女人跟男人打架就像芦苇跟树桩打架嘛，能占到什么便宜？况且新梅不是新竹，她不是这块料，我看见她一次次徒劳地挥起手去抓佩生的脸，结果什么也没抓着，却把蚊帐扯下来了，蚊帐正好罩住她的脸，那佩生够混账的，他乘机隔着蚊帐打了新梅一个耳光。新梅就哭起来了，一边哭一边骂，我瞎了眼睛，我千挑万拣到头来嫁了你这么个死瘸子。新梅说，死瘸子，死瘸子，明天我们就离婚！你知道佩生从小最恨别人骂他瘸子，新梅这一骂把他惹恼了，我看见他的眼睛里透出了杀气，我知道他要动真格的了，我大喝一声，佩生你敢动！但佩生已经扑上去按住了新梅，他说，让你骂人，看我不打死你，打死你到棺材里去跟我离婚！我急得没办法，我说，佩生你敢动她我饶不了你！但佩生的拳头已经落到我女儿的身上，我想揪住他的双手，可你知道我一点用也没有，我就听见我女儿一声声地尖叫着，叫得我的心都碎了，可我就是没办法呀，在刹那间我很后悔自己做了死人，我要是早知道有人在我眼皮底下打我女儿，就不会走那条绝路了。告诉你我当时在干什么你大概会笑话我的，我没办法，我当时只好闭着眼睛打自己的脑袋呀。

幸亏大姑和新竹及时赶来了。说起来那佩生也他妈的没出息，她们一来他就撒手了，也不知道他是怕大姑还是怕新竹，他装得像个没事人似的跑到厨房里倒了一杯水，一边喝着水一边偷窥着女人们。新梅大概是气糊涂了，她的脸还被蚊帐蒙着，大姑把蚊帐掀开，新梅朝她翻了个白眼，人就一下子晕过去了。

关于那天新梅昏厥的事情，后来有人说她是装的，这些人大多数是站在佩生一边的，有的是他的亲戚，有的天生就是我们华家的仇人，不管是谁，他们的舌头都是让毒药泡过的。后来有人对大姑和新竹的做法说三道四的，说两个女人一个拿着棍子，一个拿着菜刀撵得佩生逃出了家门，撵得他在街上到处乱窜，可怜佩生手里还捧着一只水杯，他不舍得扔杯子，只好捧着那杯子在街上到处乱窜。这种怪话听得人怒火万丈，佩生这个王八蛋，对付他不用棍子、菜刀用什么？不撵他撵谁？还有人说我的三女儿的怪话，说她可以参加世界泼妇锦标赛，说她只要参加一定会拿冠军。他们大概是听见了新竹在街上骂佩生的那些脏话，那些话是脏了一些，女孩子家不该说这些脏话，可是对佩生这个王八蛋，不骂他骂谁？骂他个狗血喷头，稍稍解了我的气，可那也解不了我大女儿的心头之气呀！你知道新梅从小身体弱，事情过后她就病倒了。

让我生气的不只是佩生和那些饶舌的女邻居，我也生我儿子的气，是他惹出来的事情，他却不知道，新梅回家来住，他还不耐烦，他说，你怎么回来住了？那么大的房子不住，非要回这鸽子笼来，那么大的新房，那么大的床，你不睡让我去睡。这还不算，大姑给新梅熬的红枣莲子汤，新梅还没来得及喝一口，都让他吞到肚子里去啦。

新梅病得不轻，你从她蜡黄的脸色上就看得出来，她该去医院看医生的，但她就是不去，她还骑着自行车去袜厂上班呢。我看她踩自行车比踩水车还费劲，我就担心她会从车上摔下来，儿女们中间数她的体质最差，数她营养不良，这不怪我们偏心，就怪她生不逢时，赶上了三年自然灾害，吃糠咽菜长大的孩子，你说体质能好到哪里去？也不能全都怪到三年自然灾害上，也要怪新梅她自己，她从小就是大人样，从小就心疼大人，烧一碗红烧肉，她让弟弟妹妹每人吃一块，自己不吃，就舀一勺汤拌饭吃，剩下的都留着给大人吃嘛。这样的孩子，你说她的营养能好吗，她能不生病吗？

大姑说她脸色不好，让她去看病。新梅说，看什么病？我从小病到现在，从来不进医院，不也活得好好的吗？新竹说她的脸这么黄会不会得了肝炎，劝她去医院检查。新梅说，我的脸黄，你的脸就白到哪儿去了？检查检查，说得轻巧，我还指望厂里的全勤奖呢，我去检查，你给我发奖金？新梅就是这种怪脾气，你就是跟她说今天天气不错，她也会问你天气究竟好在什么地方，她还会怀疑你的话里有没有别的意思。这种脾气的孩子，她天生就比别人爱生病，自己身上也有内因的。

可这回是大病，是肝炎！你说新竹那丫头的嘴有多臭，让她说着啦。肝炎这病可不是好惹的，中国人最爱生这个病，中国人多，就像击鼓传花似的生这个病，不知怎么就传到新梅这儿来了。那天我看见袜厂的几个工人用三轮车把新梅往传染病医院送，新梅躺在车上，整个身子埋在一件肮脏的棉大衣里，我看见她的脸烧得通红的，她的眼睛怨恨地瞪着我，好像是我害她得了这病。我想她怨我就怨我吧，厄运在我家就像一株万年青，长盛不衰呀，这万年青不是我栽的是谁栽的？我想这肝炎怎么不生到我身上来呢，我反正什么病都不怕，为什么不让我替孩子们把病生光了，只要孩子们好好的，让我把全世界的病都得了我也心甘情愿呀。

就这样新梅住进了传染病医院，那医院我看是跟一般的医院不同，一般的医院像集市一样热闹，那医院却冷冷清清的，走廊上连个鬼影子都看不见。不能怨那些病人家属无情无义，是医生、护士太凶了，他们不让你随便进去嘛。大姑去给新梅送饭，医生一定要大姑戴上个口罩，大姑说，我不戴口罩，要是能把肝炎从她身上传到我身上，那我还巴不得呢。大姑提着篮子走进新梅的病房，新梅看见她连眼皮都不抬一下，她说，让你别来你偏要来，这是传染病医院！大姑眨巴着眼睛说，传染病医院怎么啦？我不来你吃什么？新梅说，告诉过你了，这里送病号饭，用不着从家里送来，你送什么来我都不吃，我没胃口。大姑说，不吃不吃，你成神仙了？你没胃口也得吃，不吃就没有抵抗力，病怎么好？我告诉你，人只要能吃能拉，什么病都熬得过去，对了，我还没问你呢，大便好不好？新梅不理大姑，她把一块手帕折成一只老鼠的形状，然后再拆开它。大姑说，你的手怎么就不肯闲着，这手帕脏了，我拿去洗洗。新梅立刻就把手帕抽走了，她说，你别碰我的东西，告诉过你多少遍了，上面都是细菌。大姑只当没听见，她顺势坐到新梅身边，但她被新梅的叫声吓得跳了起来，新梅说，别坐我的床，你不知道床上都是细菌呀！

我看见大姑手足无措地站在新梅的病房里，她疑惑地看着新梅，嘴巴张得大大的。过了一会儿，我听见她的喉咙里又响起呼啦呼啦的声音，她说，细菌，细菌怎么啦？我看见我妹妹的眼圈泛红了，她说，新梅，你在伤我的心呢，你们姐妹几个长这么大，哪一个的屎尿我没沾过，你们的屎尿我都不嫌，我还嫌你们的细菌？新梅扭过脸对着墙壁，她怎么不知道她伤了大姑的心？她知道，就是不知道去哄大姑，她知道大姑生多大的气，哄一哄就没事了，可她就是不知道怎么去哄她，她不会这一套，她就会说，我是肝炎，你们离我远一点。大姑学着她的腔调说，远一点远一点，好啊，我明天就回老家去，我走得远远的，你们省心，我也省心。

大姑把篮子里的饭菜乒乒乓乓地放到窗台上，爱吃就吃，不爱吃倒垃圾桶里，我不心疼。她这么说着人就往门边挪，是慢慢地挪，我知道她的心思，她等着新梅叫住她跟她认错呢。你知道我那大女儿，她哪是这个脾气，她眼泪汪汪的，双手绞着那块手帕，她心里后悔嘴上就是不认错呀。大姑只好走了出去，到了外面她贴着门听病房里的动静，正好听见一个病人在问新梅，是你妈？里面的新梅迟疑了一会儿，说，是，是我妈。

这下不好了，我妹妹站在医院的走廊里呜呜地哭开了，她怕新梅听见，捂紧了嘴一边哭着一边往外面跑。我看见她一直跑到医院的大门外，她拿了张手纸出来抹眼泪，抹了眼泪又擤鼻涕，然后她抬起头看了看天，我想她大概是又发现我了。她的嘴角挂着一丝满足的笑容，她说，哥呀，你听见没有，我是他们的妈，我就是他们的妈，我只有一颗心，一颗心分成四块，他们一人拿一块，我怎么不是他们的妈呢？

# 8

这么多年了，我带着黑天驴往返于天上人间，我没有自己的事，我就是放不下孩子们呀。我到现在也不知道自己为什么如此自由,人与庄稼是差不多的吧,活人是青苗,该长在地上,根须该埋在土里,死人就像割下的稻秆,该堆成一堆让人当柴烧了,烧成灰变成烟也算个去处。我算什么呢,我就像风一样自由自在,我就像风一样不着边际,我就像一根稻草在风中飘来飘去,落不下去。有人说那是因为我的背上没有编号,我就不相信什么编号不编号的,我们第八区的人大概都是没有编号的吧。这么多年了,我一直记得我们第八区那位好心的区长,你就是在人间也很难遇到这么好心的区长呀。我骑上黑天驴就会想起他的好处,虽说是头驴子,还是黑色的,虽说它比不上大人物的金天马、银天牛,可它归我用呀。你想想吧,我在世上除了辛苦能有什么待遇?死了却有了头专驴,我对区长能不感激吗?这么多年了,我快忘了第八区是什么样子了,有时候不免心慌。我想别人对你好,你也不能光是顺杆子爬,你也得尊敬领导,在外游荡这么多年,总得向领导汇报一下吧。说起来你可能不相信,等到我想起这件事情时已经迟了,我怎么也找不到第八区了,说起来你不会相信的,第八区从天界消失得无影无踪了。

我也不相信这件事呀,那天我站在第八区的遗址上,只看见满天的云朵在夕阳下燃烧,原来的锅状小城现在是一片火红色的云海,那些满脸愁容、怨气冲天的鬼魂不知到哪里去了,我的那位好心的区长不知到哪里去了。我只看见一条天狗咬着一面旗幡在云海里穿行，天狗的身后跟着一个黑衣骑兵。我看清了那面紫黑相间的旗幡，那是我们第八区的区旗，它原来立在区广场的中央，我曾经听区长说那面旗的色泽和网格图形代表了第八区的特殊意义，这里的鬼魂不能归属天堂，也不能归属地狱。我不知道那条天狗要把我们的旗幡带到哪里去，我只是觉得那个黑衣骑兵浑身透出一种肃杀之气，他的骑马姿势看上去显得飞扬跋扈，更让我吃惊的是骑兵的马刀上挂着一个骷髅头做的饰物。

我壮着胆子向骑兵打听第八区的情况，他在马上打量了我好久，说，你不知道？第八区撤销了，第八区迁到地狱去了，现在是地狱第九区了。我当时是吓坏了，我的脸色一定很可怕。那骑兵起了疑心，他拦着我不让我走，说，你是不是那天逃走的逃犯？给我看看你的编号。

那骑兵凑过来的时候我闻到了地狱的气味，那是一种冰冷的带着霉味的寒气。他伸手来抓我的时候我想逃，可是不知怎的我无法动弹，最后还是我的奇妙的光洁无瑕的后背救了我。他没有发现我的编号，我听见他失望地嘀咕道，怎么没有编号，没有编号你怎么到这儿来了？

是呀，编号的事把我自己也搞糊涂了。骑兵和天狗远去之后我一直在摸我的后背，我想既然他们都这么说，看来编号确实是鬼魂们的必备之物，我知道我是鬼魂，那我为什么没有编号呢？我不知道是不是那个什么三局的人失职，我不知道那是什么人，反正不管是谁，我都得谢谢他，是他的失职让我在天界过得如此自在。

我不是傻瓜，我不去地狱。我不去地狱，当然也意味着从此我将无处可去，就是这个问题后来使我心慌意乱，我不知道我以后怎么办，这么多年我守望着我的亲人，从来没有想我自己的事，那是因为哪天我不管他们的事了就准备回第八区，我以为我除了地上的家，还有天上的第八区，可现在第八区竟然搬迁到地狱去了。我想我怎么又开始倒霉了呢，为什么第八区不迁到天堂偏偏迁到地狱了呢？我不去地狱，即使再让我死十次我也不去地狱，可这算怎么回事，不去地狱你就无处可去，难道让我这么在天上漂泊一万年吗？难道让我在这里等着我的儿女百年后的那一天吗？我就是再死一百次也不愿意看见那一天呀！

我心慌意乱，也不怕你笑话，后来我在黑天驴背上呜呜地哭了。我的眼泪落在驴背上，那可怜的驴子也咴咴地哭开了。我不知道它是不是觉得自己跟着我委屈了，它跟着我整天就是围着我的儿女瞎跑，它跟着我没去过名山大川，也没有出国旅游，它跟着我风餐露宿，它的皮毛已经积满尘垢，它已经瘦骨伶仃，它每天驮着我东奔西走，它真的是一头好心的笨驴呀！

那天大风浩荡，风把我和黑天驴吹得东倒西歪的，风把太阳光吹得又薄又脆，手一碰就碎了。我想，该死的风呀，你就吹吧，你把我这个人吹碎了我也不怨你，只要不把我吹到地狱去，你带我去哪儿我就去哪儿。我闭上眼让风带着我走，我听见沿途的云朵都在为我叹气，金斗金斗，你好命苦。破碎的阳光也在为我诉怨，金斗金斗，你好命苦。我心想我是命苦呀，可是我不知道命好的滋味是什么，我从来就没尝过命好的滋味呀。世上的药有千万种，就是没有后悔药卖，我也不相信吃了后悔药我的命会变好，我就知道爹妈生我出来就是为了让我受苦，活着受苦，死了也要受苦，不受苦他们就不生我啦。我想起我这辈子受的苦，我怀疑我不是一个人，我是一棵黄连草呀，就是黄连草也不一定比我苦，你们都说苦味是闻不出来的，可我的苦味狗和猫能闻出来，所以那些狗儿猫儿看见我就跑得远远的，连狗和猫都嫌弃我，你说我还算是个人吗？

我对风说，风呀，我再也走不动了，你带我去吧，带到哪儿是哪儿。我说，风呀，谁都嫌弃我，连我自己都嫌弃自己，你就发发善心吹我一程，就当是吹一根鸡毛，就当是吹一粒灰尘吧，你把我吹到哪儿我就落在哪儿，我再也不会像一条狗似的跟着我的儿女们了，你就是把我吹到三局去我也不怕，让他们在我的背上编号码好了，我就不信他们会把我分配到地狱去，只要是个去处我就去了，我再也不管儿女们的事情了。不怕你们笑话，我像个妇女一样絮絮叨叨地哀求着风神，风就伸出一只手拉着我走，你猜风最后把我拉到哪儿去了？风把我拉回到香椿树街来了，风把我放在我家的屋顶上，然后就撒手不管啦！

## 9

你看看我的儿子，他在一家点心店里吃小笼包子，才吃了两个，他就站起来走了，蒸笼里还有三个呢，他就站起来走了。你看看我的儿子，他要百万富翁的派头呢，他向大姑要钱，向他的三个姐姐要钱，要了钱出门耍百万富翁的派头，华家怎么会出这么个败家子呢？我要是有办法变成活人，一定要把他的头摁到那个蒸笼上，一定要让他把剩下的三个小笼包子吃下去，吃不下也要吃，我就不信吃下三个包子他的肚子就会撑破了。

我儿子在布市街的服装市场上走了几个来回了，他在人群中挤来挤去的，看上去很忙，其实屁事没有，他就是闲得发慌，挑人多的地方挤着玩呗。闲逛就闲逛吧，他的嘴却不肯闲着，他嘴里骂骂咧咧的，骂什么？骂人家贩子挂在架子上的衣服土气，骂人家的皮带不好，袜子不好，裤衩不好，他在一个卖皮带的摊位前抽下一条皮带，左看右看的，还系了两次，还问小贩价钱，那小贩以为他想买，结果独虎把皮带往他怀里一扔，说，这种皮带是老农系的。也不怪那个小贩气得吹胡子瞪眼睛的，说是要揍他。

你看看我儿子的德行，我怎么会生出这么个儿子？我怎么也想不通，我不怕你说我拉不出屎怪茅坑，我就觉得独虎是受了李方那家伙的不良影响，不说别的，就说独虎脖子上那条花丝巾吧，要不是学李方的样，他怎么会把那玩意儿一圈一圈围在脖子上？他把自己弄得女里女气的，还自以为很有派头呢。他哪里知道我在为他担心呢，我担心他这样发展下去，慢慢就收拾不了他了，我担心他这样下去没有姑娘能看上他，我担心他这样下去娶不了媳妇生不出儿子，娶了媳妇也生不出儿子，他要是这样下去我不是竹篮打水一场空吗？我只有这一个儿子呀，我华家的香火就靠独虎来承接，我要早知道这儿子靠不住，当年怎么也不会让凤凰做那绝育手术，至少再生一个儿子出来才保险嘛。

独虎终于离开了布市街，我看见他在文化馆的橱窗前站着，仰着头看橱窗里陈列的书法和照片，我看那书法写得很好，照片拍得也很清楚，你说它们要是不好能放在橱窗里展览吗？可独虎偏偏就不服气，他"哼"了一声，阴阳怪气地说，写的什么烂字，还好意思挂这儿让别人看？旁边有人看了眼独虎，独虎就更来精神了，他指着一张照片说，这种东西也算摄影？光都不会用，给我一架理光，我闭着眼睛拍都比这强。

你看看我儿子，他什么狗屁本事也没有，就有批评别人的本事，他就是不懂得谦虚，他不知道天高地厚，这样的孩子，你不让他吃几次苦头他懂不了事。这样个儿子，你跟在他身后走一段路试试，你会忍不住地摇头，你的脑袋会摇得像宾努亲王一样呀。

独虎在文化馆门口停留了很长时间，文化馆的墙上张贴了许多广告启事，有摄影培训班的，还有烹饪学习班、服装裁剪学习班。我想独虎他要是去报名参加学习班倒也不错，怎么说那都是一技之长嘛，学了总归有用，有件正事做，总比在家里吃闲饭强。可独虎就是不谦虚，他对着人家的广告说，什么学习班？骗钱班，跟我学，我免费。我想谁要是跟你学算是倒了大霉，你开吊儿郎当学习班去吧，你开不男不女学习班去吧，你开气死父母学习班去吧。

我看见我儿子在市中心地区游荡，最后他走进一家新开张的商店里，然后他就不动了。那家商店卖彩电，十几台彩电一齐开着，一帮穿古装的人舞刀弄枪的，在屏幕上打来打去，怎么也打不出结果，独虎就张大嘴站在那里看，一边看一边嘿嘿地傻笑，我知道是彩电这东西把他迷住了，说老实话，彩电也把我迷住了，我和我儿子一起看彩电，我心想这活人和死人就是不一样，活人还是比死人聪明，活人每天都在搞科技发明，死人什么也做不了啦。

然后我就听见有人在喊我儿子的名字，是个胖乎乎的脸如铜盆的女孩子，我认出她是财政局老金的女儿小燕。小燕向独虎招着手说，华独虎，帮我来搬电视。我记得这个女孩，她跟独虎是同学，我听新竹说她对独虎一直有点那个意思呢。也巧了，我们父子在这里白看彩电，人家母女却要把彩电搬回家去。小燕她妈白白胖胖的，守着刚买来的彩电，显得就更有富贵相了，她踮着脚看我儿子，突然笑了，说，他就是华独虎呀？你要是个明白人一听就明白了，看来新竹不是胡说的，那小燕对我儿子是有点那个意思呀。我看着小燕的脸羞得通红的，不知怎么心里涌过一股暖流，我看着小燕胖乎乎的红脸蛋，一点也没觉得她胖，我觉得她比天仙还美丽、还可爱，我就对独虎大叫起来，快去呀，快去帮她们搬呀！

我儿子却站着不动，我发誓他听见了小燕的喊声，他只当没有听见，他用眼角的余光朝金家母女扫了一眼，只当没看见人家，我还听见他鼻孔里"哼"了一声，好像很瞧不起人家的样子，好像很瞧不起那台彩电的样子。我怀疑我儿子的脑袋出了毛病,这是多好的机会呀,他怎么还不上前帮她们?要知道世上多少婚姻是从男方帮女方搬东西开始的,这样的好机会千载难逢,独虎他怎么就不懂呢?独虎不动,我在后面拼命地推他,没想到却把他推到门外去了,独虎把手插在口袋里,若无其事地走出去,他嘴里嘀咕道,丑八怪,让我帮你搬彩电?我又不是你家的用人。

我简直让我儿子气坏了,你不帮人家搬也罢了,怎么还出口伤人,骂人家是丑八怪?你瞧不上人家,人家还瞧不上你呢,人家小燕她爸是财政局的,她妈也是干部,人家小燕是金枝玉叶的独生女,她看得上你是你的福气,你骂人家就不怕闪了舌头,就不怕明天变成个歪嘴子?人家小燕是胖,那是富态,胖一点力气也大,日后生养就比瘦的省力,人家眼不斜脸不麻,怎么就是丑八怪了?她再丑也是个女的,男追女、女追男都是天经地义,总比你跟李方不三不四的男追男强一百倍。

我用最恶毒的话咒骂着儿子,那是因为我儿子伤透了我的心。我这个儿子,我这个儿子,这个儿子,儿子,他用盐撒我的伤口,他用大粪涂我的脸,他用刀子捅我的心窝呀。我就这么一个儿子,这儿子跟你儿子一样,穿着衣服是七尺须眉,脱下裤头有一把好端端的茶壶,可为什么我老是害怕,到底害怕什么,说出来你们肯定会笑话我的,我怕儿子裤头里那把珍贵的茶壶有一天会打碎、会掉下来呀！我老是害怕，害怕我儿子和李方在一起，你们会说两个男孩在一起有什么可怕的，那是你们不知道内情，你们是被李方文质彬彬的外表给骗了，那家伙在我眼里就像一个妖怪，我怕他给我儿子灌迷魂汤，我怕他把我唯一的儿子变成第五个女儿，变成他的女朋友。

我看见我儿子朝工人新村走去，我说，独虎，你再往他家跑我就打断你的腿，你再跟他鬼混我就不认你这个儿子。独虎走到李方家楼下，正好看见李方和一个男孩勾肩搭背地下楼。我听见独虎"嘿"地一笑，他闪进了另一个门洞，我不知道他笑什么，他像一个侦探一样监视着那两个人，他像一个侦探一样跟踪那两个人。我吼起来，独虎你他妈的在干什么？你是吃饱了撑的吗？你这样跟踪人家算是怎么回事？独虎一直尾随他们来到了一个街心公园，李方凑近椅子吹着上面的灰尘，然后他和那个男孩一起坐了下来，他们仍然勾肩搭背的。我又听见了独虎傻笑的声音，他朝他们做了一个莫名其妙的手势，他说，嘿，像谈恋爱似的，你们靠紧一点呀，再靠紧一点，你们他妈的干脆拥抱一次，干脆开斯（kiss）一下嘛。我看见我儿子躲在一丛冬青后面，对着那张长椅嘿嘿地傻笑，他说，你们的手怎么回事，男的握女的手嘛，男的怎么握男的手？操他妈的，也不嫌恶心。你们到底谁是男的，谁是女的，你们大概都是女的吧？我儿子这番自言自语倒是还像个人，我说，儿子，你说对了，这种事谁看了谁恶心，你既然知道恶心以后就别跟李方鬼混啦。你现在总算看清李方的嘴脸了吧？你看他盯着那男孩的眼神，他不是人，他是一个披着人皮的妖怪呀。这回我儿子真的被我说红了脸，我看见他的脸红了，他的眼睛里渐渐地出现了一种明显的厌恶之色，最后他扭过了脑袋，仰起脸对着我叹了口气，说，操他妈的，这家伙不对头，以后不跟他玩了。我差点大叫起来，儿子，你总算明白啦，悬崖勒马还来得及，儿子呀，好儿子，现在回家吃饭吧，你就吃两个小笼包子怎么行？男孩子饿不起，你还在长身体，回家去吧，让大姑给你煮一碗鸡汤面去吃。

## 10

新梅出院那天下着毛毛细雨，大姑去向李义泰借了辆三轮车。李义泰把三轮车从装卸队推出来，人就坐到垫子上不肯下来了，他非要去医院接新梅。大姑说，不用你去，新竹早跟小杭说好了，让小杭骑三轮车。李义泰说，小杭小杭，我骑三轮车时他还在他娘肚子里，不，他还在他姥姥肚子里呢。大姑说，你这个人说什么话都不中听。她上前去拉李义泰，李义泰就火了，他说，你要不要三轮车了？你不让我骑三轮车也不借你。大姑被这驴脾气的人弄得没办法，结果李义泰也去了。所以那天去接新梅的人不少，一堆人欢欢喜喜地把新梅扶上三轮车。新梅却阴沉着脸，大姑看她的脸色知道是怎么回事，她悄悄问新竹，佩生怎么还没来？他不是说要来的吗？新竹那丫头一点涵养也没有，她冲着大姑说，我怎么知道？你问我我问谁去？

半路上碰到了佩生。佩生穿了一件破雨衣，自行车后架上绑着一只鸡，是一只活鸡，车一停它就咯咯地叫起来了。佩生看见这一群人，一时没了主意，他好像是对自己说，接出来了？我就知道佩生今天要倒霉，他不张嘴还没什么，一张嘴就被新竹骂了一顿。新竹说，你以为你不来她就出不了院了？这会儿还来干什么？你回家睡觉去。佩生一向有点怕新竹，他讪讪地跟着三轮车，他对大姑说，我去大庙巷买鸡了。大姑说，你也不看看什么日子，今天怎么去那儿买鸡？佩生说，不是你让我去买只鸡吗？大姑说，我是让你买鸡，可谁让你跑大庙巷去买了？多耽误工夫。你这孩子看上去不傻不笨，怎么做点事情总是牛头不对马嘴的。佩生说，现在鸡很贵，那帮鸡贩子乱敲竹杠，只有大庙巷便宜一点。佩生不说清楚还没什么，他一说清楚就又被新竹骂了一顿。新竹说，杨佩生，你也算个男人？这儿贵那儿便宜的，你还好意思说，告诉你，这只鸡我回去就扔掉，我非要让你买一只贵的给我姐吃！佩生的眼睛瞪得像铜铃那么大，他想骂脏话，但这次他算聪明，脏话没出口就咽回去了。他说，你有神经病呀？我们家的事不要你管。新竹说，谁跟你是一家？我姐跟你是一家？那我问你，她在医院里这么多天你来过几次？我给你记着呢，三次，就他妈三次，我知道你的心思，你怕传染，你算什么男人？自己老婆，你还怕传染，你还戴了个大口罩！新竹骂得来了精神，要不是新梅突然哭起来，她还会骂下去。但是新梅突然哭起来了，她不想让别人听见她的哭声，她用毯子蒙住头。可她怎么不想想，你用毯子蒙着头哭，别人就会更注意你嘛。

好端端的一件事情就让佩生那只鸡搞坏了。那只鸡还在佩生的自行车上咯咯地叫，李义泰腾出一只手去打鸡，他说，你还叫，你还叫，都是你弄出来的事，你还不老实点。李义泰朝小杭挤着眼睛，小杭想笑又不敢笑，他捂着嘴说，判它五年徒刑。小杭这句话又把新竹惹怒了，她狠狠地瞪着小杭说，要什么贫嘴？你不说话会把你当哑巴卖了？

大姑满面绯红，一路上我看就数她手忙脚乱的，她要让所有的人闭上嘴巴。她的手指一会儿去戳新竹，一会儿去捅佩生，她说，不准在大街上闹，你们这么大的人了，怎么就不怕别人笑话？可是她自己的嘴巴也不肯闲着，我听她一路上说了一箩筐废话。她说，新竹，你不该对小杭这么说话。她说，小杭，你也不该乱开玩笑呀。她说，李义泰你蹬你的车行不行？她说，佩生，新梅哭成这样你也不管她？等佩生往新梅靠近时，她又一把拉住他，她说，你别管她，这会儿她在气头上，你别给她火上浇油。最后她把斗争大方向转移到鸡贩子身上去了，她说，那贩子缺德呀，佩生，你不看看他给你的什么鸡，这不是草鸡，是三黄鸡呀，三黄鸡烧汤一点鲜味也没有！

毛毛细雨淋湿了佩生脑门儿上的一圈稀疏的头发，他鼻尖上的水滴不知是雨水还是汗珠，出汗不奇怪，他走在我家人里面就像一个犯罪分子要接受批判嘛。我看见他的雨衣裂了一个口子，露出里面的油腻的蓝色工作服，我突然就觉得新梅他们对佩生太过分了，不管怎样，佩生至少是把鸡的事当大事办的，你看他连工作服都没来得及换嘛。你们别以为我是个糊涂父母，是有那种糊涂父母，自己的孩子偷了别人的东西他们还管销赃，我不是那种父母，我实事求是，谁错就骂谁，我不给自己的孩子护短。可在今天这件事情上我就觉得佩生三分错，我家里人却是七分错，所以一路上我很不耐烦新梅的哭声，她把毯子蒙在头上的行为我尤其不能原谅，她怎么不知道你不看别人别人要看你呀，你看一路上行人都回头盯着她看，人家才不管你家一只鸡的事，人家以为你得了天花、得了麻风病见不得人。

到了香椿树街，大姑猛地揭掉了新梅头上的毯子，说，绍兴奶奶看着你呢，不能哭了，她跟美仙在咬耳朵呢，明天不知编出什么话来呢。我看见新梅眼泪汪汪的样子又不耐烦了，为个什么屁事你就哭成这样？你要是碰到我那些委屈事，那些伤心事，你的眼睛不哭瞎了才怪！药店门口确实站着几个妇女，绍兴奶奶这个人，也不是我说她，这把年纪她不在家里待着，偏偏要出来像一棵消息树一样站在街上，也没看见她抓到几个特务间谍什么的，她尽管别人的闲事了，你听她问佩生的那话就知道她有多糊涂、多讨厌了。她大声问，佩生呀，你媳妇生啦？生个男的还是女的？她也不管大姑他们朝她翻眼睛，她只管说她的，佩生呀，现在是新社会了，男女各占半边天，你可不能嫌弃女儿呀。绍兴奶奶跟大多数香椿树街人一样，不主动与我家人搭话，可你知道佩生当时正没好气，他就把气撒到绍兴奶奶头上，他恶狠狠地对她说，你眼睛呢？她什么时候大肚子了？肚子不大怎么生孩子？绍兴奶奶被抢白了一顿，照理说也该罢休了，她偏偏还要给自己找台阶下，她说，佩生，这你就不懂了，有人是扁肚子，八个月你都看不出来呀。这下佩生的话就混账了，他竟然对绍兴奶奶说，你才扁肚子呢，你爱生自己怎么不去生？

后来有人传话来，说那天绍兴奶奶差点让佩生气得心肌梗死，我知道邻居们喜欢在这种事情上添油加醋，他们巴不得你听了这话也吓出个心肌梗死。这些事我没兴趣说它，还是说新梅出院那天的事。我们家的队伍走到红旗小学那里新菊也来了，独虎也来了，这支队伍有男有女、有老有少，看上去就像在向邻居炫耀华家的威风呢，这支队伍走得好好的，突然就出了问题。问题出在佩生家门口，是李义泰把三轮车停在那里，李义泰没有错，他以为新梅是应该回这里来的，佩生也没有错，他以为新梅闹别扭闹到了头，她应该回他们两个人的家，佩生冲到前面去开门，可他刚拿出钥匙就听见新梅刺耳的叫声，不去他家，回我家！佩生傻眼了，他看看新梅，又看看大姑，他等着大姑处理这尴尬的局面。可我这妹妹也够糊涂的，她朝李义泰翻了个白眼，好像李义泰做错了什么事，她说，回家也好，好好调理几天再说。

佩生傻眼了，也不怪他会发傻，你听新梅那些话，什么他家我家的，女孩子嘛，嫁到谁家那就是她的家了，她不能说这话的。你也不能怪佩生后来生这么大的气，佩生后来把气撒在那只倒霉的鸡上，他抓住鸡的两条腿高高地举起来，然后重重地砸到地上，你说这算是怎么回事呢？好好的一只鸡，花钱买来的鸡，就这样让佩生活活地摔死了。

我告诉你，鸡血飞溅的时候，我的心在往下沉，我当时就知道新梅和佩生的婚姻也像那只鸡一样出了血。小夫妻闹别扭跟孩子们踢球一样呀,你尽管踢球,你不能往人家裤裆里踢,你不能总是犯规。我就觉得新梅犯了规,新梅犯了规自己还不明白,回到家她往床上一躺,她还满腹委屈呢。大姑进来说,佩生,佩生气得不轻。新梅一下就哭了,她说,谁气谁？这种人跟他怎么过？不过了,我跟他离婚！

这回轮到我生气了,我对我的大女儿叫喊道,你给我闭嘴,才结了几天的婚,就想离婚？我们华家不兴这一套,别说佩生,你就是嫁一块石头也不准离婚,嫁了谁就是谁,过不下去也得过。我说的当然是气话,我还不至于封建到那种程度嘛,我只是生新梅的气,气她不讲理,气她的小心眼儿,我说过什么事都要讲个道理,佩生不偷不抢,佩生不嫖不赌,佩生也不像我们厂猪宝那样用香烟头烫老婆,他不过是有点小家子气,你就为了这跟人离婚？说到哪儿也说不通嘛,别人会说你欺人太甚呢,别人会怀疑你心里有鬼呢,别人在背后把你骂得狗血喷头也是活该,你没有道理嘛。

我那妹妹在这件事上还不算糊涂,她捧着一杯水盯着新梅看,好像在判断她的话是有心还是无意的,她紧张地眨着眼睛,嘴里像患了牙疼病似的倒吸着气,我和大姑到底是一个娘肚子里出来的,在这种事情上我们好像是合用了一张嘴。大姑说,你这孩子,可不敢随便说那事,你们结婚才几天呀？

佩生虽说不太懂事，可他不偷不抢、不嫖不赌的，他也不像小虎那样，你没看见他把珍珍的脸打成个柿饼了吗，比起珍珍你也该知足了。

谁跟她比？新梅说，我没她那么贱。

珍珍是有点贱，她斗鸡眼嘛，哪儿比得上你？可她本分，知道嫁鸡随鸡、嫁狗随狗嘛。为一点小事你跟人离婚，街坊邻居会怎么说你，他们会说你这山看着那山高，说你没良心呢。

新梅说，我才不管他们说什么，只当他们在放屁。

他们是喜欢放屁，他们要放你也不能把他们的屁眼塞住，你捂着鼻子也没用，闷屁也惹你一身臭。大姑说，孩子呀，你不能得理不饶人，再说佩生也是苦命的孩子，人家没爹没娘的，你去欺负他伤德呀！

谁欺负他了？新梅把一只枕头扔在了地上，她尖叫起来，你别给我乱扣帽子，你说的什么乱七八糟的东西，我听不懂。

大姑说，好，我乱七八糟，我是乱七八糟，我没有文化可我懂道理，你不乱七八糟，你有文化，你能说会道，那我问你到了法庭怎么说，人家问你为什么离婚，你怎么说？你能说出个道理来吗？

新梅说，那还不好说？性格不合。性格不合就离婚。

大姑皱起眉头说，什么不合？什么新格旧格的，你少用什么新名词来骗我,性格不合?你骗谁去,一男一女,一凤一凰,怎么不合了?这种鬼话你骗自己去吧。

新梅要把大姑赶到外面去,她说,我不跟你说,跟你这种封建脑瓜,说什么也白搭。你吵死人了,你再不出去我出去,我回医院去,我告诉医生,我肝炎刚好又染上了大脑炎。

我看着我妹妹和大女儿扭在一起,你想新梅那点力气怎么能把大姑推出去?大姑像个女金刚站在床边,她也气坏了,她的鼻孔就像拉风箱一样呼啦啦地响着,她没办法了,最后就威胁新梅说,好,好,我不跟你说,我有大脑炎,还跟你说什么?我不说有人来跟你说,让佩生他妈的魂灵来跟你说,你看她怎么说!让你爹妈的魂灵来跟你说,你看他们怎么说!大姑突然呼天抢地地叫起来,亲哥哥亲嫂嫂呀,你们在哪里呀,你们的儿女无法无天,你们怎么不来管一管?

我在这儿,我在这儿生气呢。我知道我怎么管孩子们也不会听我的,所以我就更生气。你知道我这脾气,气极了我就喜欢掼纱帽,所以我就对大姑吼道,别来问我,她这种臭脾气全是你惯出来的,你还有什么脸来问我?结婚的时候不来问我,离婚倒想起来问我了?我对大姑吼道,别问我,去问她妈,孩子是从她肚子里钻出来的,她把绳子往脖子上一套就想一了百了,什么事也不管?哪儿有这么便宜的事?我在天上大发雷霆,大姑在地上浑身颤抖,我想想不忍心,就说了一句，不能离。也就在这时候，我听见了消失已久的凤凰的声音。凤凰不知躲在哪儿，像跟屁虫似的回应着，不能离，不能离。

不能离。大姑后来嘴里一直念叨着我的命令，我的命令不是儿戏，大姑急得像热锅上的蚂蚁，她淘了半天的米，淘出几粒沙子最后全让她放回去了。我看见她的眼睛眨得像北斗星似的，就知道她在动脑筋。不瞒你说，我不知道她是否能动出什么脑筋来。大姑的手指上沾着一些米粒，对着墙壁指指点点的，她的嘴一张一合的，好像在教训谁。我想她总不会去教训那堵墙吧，墙又不闹离婚，墙又没惹她生气。我看见她那副眉头一皱计上心来的模样，心里说，妹妹呀，不是我小看你，你的脑筋都让柴米油盐塞满了，你的脑筋生锈了，能有什么锦囊妙计去对付新梅呢？

我不信对付不了你。大姑这气话明显是针对新梅的，我听着却像是跟我赌气呢。我说，你别赌气，赌气没有用，妹妹呀，不是我小看你，你的威信不行嘛，你做的饭他们爱吃，你说的话他们不爱听，你掏心掏肺，你把舌头说出泡来也没用，他们把你的话当耳旁风呢。

大姑把米倒进锅里，对新菊说，看着锅，别让饭煳了，我要出去。新菊说，你要到哪里去？大姑说，你们别来管我，我想去哪儿就去哪儿。新菊听大姑的口气不对，就凑近了看大姑的脸,她说,是谁又惹你生气了? 大姑气呼呼地说,谁? 你们全家人!

大姑风风火火地走过黄昏的香椿树街,在佩生家门口她停下了。她低头看着地上的几滴鸡血和几根鸡毛,随手拿起隔壁陈家的破扫帚,把鸡毛都扫到对面李家那儿去了。然后大姑把门推开了一半,头探进去观察佩生的动静。这一看把大姑吓得不轻,她恰好看见佩生坐在凳子上磨菜刀。

佩生,你在干什么? 大姑冲进去就抢佩生手里的菜刀,她说,你疯了? 你磨刀想干什么呀?

你才疯了呢,刀子太钝,我磨一下好杀鸡。佩生仍然斜着眼睛,说,我又不是傻子,你们当我会把鸡扔了? 杀了鸡我自己吃。

大姑看了眼地上的那只死鸡,她知道自己神经过敏了。我看见她捂着胸口长长地舒了一口气,说,你这孩子,杀只鸡也用不着这样凶神恶煞的,你放手,让我来,我还想跟你谈一谈呢。

谈什么? 佩生说,我午饭都没吃,你没听见我的肚子叫得像青蛙似的? 人家都说我的媳妇是白娶了,媳妇娶回家,娶个空锅、空被窝,娶媳妇干什么?

谁跟你嚼这舌头让他烂了舌根子。大姑说,这是什么话? 新梅天天住在医院里,难道还要她回来做给你吃陪你睡? 佩生，你要是个人就不该说这种话。

她没病的时候也一样，做一顿饭就像立了一场大功，又喊腰酸又喊背疼的。佩生说，她还总是嫌我脚臭，夜里睡觉她要我在脚上包一块毛巾睡，你知道不知道？

那是她的不对了。大姑想笑又没笑出来，她已经开始给鸡拔毛了。她说，去拿只篮子来，这些鸡毛晒干了卖到收购站去，记住别晒到街上去，有人专门顺手牵羊偷鸡毛的。佩生拿了篮子过来，大姑一下就切入了正题，说，佩生，我拿你当自己的孩子，我也不拐弯抹角了，告诉你吧，新梅的脑子里有个坏念头。

我知道她在想什么，想离婚？没那么便宜。佩生冷冷地说。

你这种态度不行。大姑说，我把你当自己的孩子才来给你敲警钟呢，你要是把大姑当自己人，就听我一句话，你要收住她的心呀。

怎么个收法？佩生说，我听不懂你的话。

你这孩子死心眼儿。大姑说，你要摸透新梅的脾气，你要顺着她，你这孩子不会当男人，天下还有比男人更好当的吗？一个月交一次工资，家里油瓶倒了你都不用扶呀，当男人就是当神仙，你怎么就不会当？婆婆妈妈的事你都要管，管它干什么？

我不管，她今天给独虎买一双皮鞋，明天给他买一套西装，她这么给娘家当运输大队长，我们还过不过日子？

大姑被佩生说得一时语塞，大概是多少有点理亏。她干笑了一声，说，咳，什么皮鞋西装的，都是小事，夫妻感情才是大事，佩生，你得听我一句话，你得下点功夫，打消新梅脑子里那怪念头，你们得要个孩子呀，你不懂女人，有了孩子女人的心就收住了。

你说得轻巧，孩子又不能从石缝里蹦出来，这事你自己去问她，你问她，我们结婚这些日子来了几次？她不愿意我有什么办法？我跟她来硬的她就扯着嗓子尖叫，她故意要让邻居听见。

这种事情不能硬来，你抓不住她的心就抓不住她的人。大姑说，现在的女人不比以前，男人反过来要讨好女人，怎么个讨好法？这还不容易，她说往东你别往西，大事小事你顺着她，你别怕丢面子，你像个奴才那样伺候她，不怕抓不住她的心，人心都是肉长的，谁不知道个好坏？

我才不做她的奴才呢，佩生说，凭什么？她又不是皇帝家的千金公主。

她不是千金公主你就是个达官贵人了？大姑有点生气了，把一堆鸡肠子狠狠地扔在脸盆里，说，你这孩子死脑筋，我不过是举个例子，谁真让你做她的奴才了？好了，我跟你说什么也说不通,那你们就准备去法院离吧。

放屁。佩生情急之下脱口骂了一句。

你这孩子嘴臭,嘴臭我不计较。大姑说,你说我放屁,那都是好屁呀,你要是还愿意听听大姑的屁,大姑就再放几个给你听听,你要不愿离得有个实际行动。什么叫实际行动?这只鸡就叫实际行动,熬了鸡汤给她送去就叫实际行动。

鸡本来就是为她买的,我吃东西从来都让着她,就拿吃鸡来说,从来就是她吃鸡腿我吃鸡屁股,你去问问她自己,我有没有撒谎,他妈的,我对她还不好啊?

鸡屁股也不是坏东西,有人天生喜欢吃鸡屁股呢。大姑皱紧眉头看着佩生,深深地叹了一口气,说,你这死脑筋的孩子,让我说你什么好呢,我是宰相遇到兵了,我不跟你说什么道理了,我给你下命令,我命令你晚上把鸡汤给新梅送去,用破棉袄包好不会冷,小心别洒了,这是第一道命令。第二道命令,咳,第二道命令就难了,我给你下了命令也不知道你能不能执行好呀?

佩生扑哧一笑,说,你要下命令?你是哪方面军的?我不知道你要下什么命令嘛。

你给我谦虚点,你要不想跟新梅散就得听我的命令。大姑声色俱厉地说,你有没有听过那档评书,叫个什么什么计的?你今天就得去跟新梅唱那个计。

什么计？佩生说，你到底在说什么呀？我们的事跟评书有什么关系？我从来不听评书。

大姑努力地回想着她听过的那档评书，她捏着脑门儿，终于把它捏出来了，对了，叫个苦肉计嘛，大姑突然叫起来，就是苦肉计，你今天得去跟新梅唱一场苦肉计。

什么苦肉计？你越说我越糊涂了，我为什么要给她唱苦肉计？

我说你死脑筋嘛，你跟新梅做的什么夫妻？你到现在不知道她的脾性，她这人吃软不吃硬，你别看她嘴凶，其实心肠最软啦！你要拿住她不能动手，就要动脑子；你要吓住她靠别的不行，你得像评书里的张公子一样，得用苦肉计。张公子不是用假上吊吓住了李小姐吗？你也该来一次假上吊，假上吊，你懂不懂？你别把眼睛瞪那么大，没让你真上吊，是让你把她吓住，我知道新梅那孩子，你得来这一手才能拿住她呀！

这算什么计？佩生大声说，不离就是不离，我才不跟她来什么假上吊呢，万一真吊死了怎么办？

你这孩子死脑筋，不就是做给她看的吗？真要死人还叫什么苦肉计？大姑说着有点生气了，她说，你这孩子怎么这样瞪着我，好像我是来害你的。反正是你们夫妻的事，你要不愿意我不逼你，就当第二道命令是个屁，你不是说我放屁吗，就当是个屁吧。反正是新社会了，结婚自由，离婚自由，我做长辈的也管不了那么多，随你们去吧。

大姑就是有这种本事，嘴里说着话手里的事情也就做完了。她把弄干净的光鸡放进砂锅，加好了水，即使是怒火万丈，她宰的鸡也是雪白雪白的不带一丝杂毛，她煮鸡汤绝不会忘记放几片生姜。大姑做完了所有的事绷着脸向外面走，佩生跟在她身后。大姑突然回头怒喝道，你跟着我干什么？你不怕我害你？我要你去上吊嘛。佩生却嘿地一笑，他说，我小时候玩过假上吊的，那滋味可不好受，尿都憋出来了。大姑仍然没给他好脸色，说，尿憋点出来算什么？她是你媳妇呀！

我事先绝对没想到大姑会在新梅他们之间搅出这件事来，也亏她想得出来，什么苦肉计？这是在自作聪明呢。你知道为什么大姑这苦肉计让我害怕吗？我是想起了凤凰的死，多少年来我一直见不得绳子，看见绳子我就像见到了毒蛇，就像见到了阎王。我想我妹妹是让那些无事生非的评书灌了迷魂汤了，你一定要来苦肉计就来苦肉计吧，为什么偏偏要假上吊呢？你不是存心让我难受吗？

天底下的糊涂虫都聚到我华家来了。佩生一向不听大姑的话，该听她话的时候他不听，这次不该听她的话他却听了。我知道他也是没办法了，可是我还是从心底里瞧不上他，你堂堂男子汉，不为三斗米折腰，怎么能为了媳妇做这种装死卖疯的事？大姑没文化，她脑子里一盆糨糊，糨糊里长不出诸葛亮的计谋算盘，你怎么跟大姑一般见识呢？你要觉得上吊好玩你就去上吊吧，你要是假戏真做送了命也是活该！

我说的当然是气话。那天夜里，我看见大姑和佩生在新梅面前唱双簧。大姑像个将军一样指挥佩生演他们的苦肉计，大姑对佩生说，佩生你这死脑筋呀，这天气怎么能把被子晒外面？被子淋湿了怎么睡？今天就睡在这儿吧。佩生说，我没晒被子。佩生把话说了一半就咽回去了，他看看大姑的眼色说，就是，睡湿被子明天长一身痱子。新梅说，谁让他在这儿睡？你这种人，睡了湿被子才知道干被子的好。你能听出来吧，我女儿的口气已经不像先前那么凶了，看来那锅鸡汤她没有白喝，你也能看出来吧，别看新梅那么凶，其实她也很好哄的，鸡汤喝下去她的心肠就软了。大姑就像气象台一样知道新梅什么时候下雨，什么时候天晴，她知道新梅天晴了，就得意了。她朝佩生挥了挥手，说，快洗脚去，把你那臭脚好好洗洗。

佩生在外面洗脚的时候，我看见大姑从一个木箱里拿了一条麻绳出来，我看见她把绳子一圈圈地绕在手上，不知怎么就倒吸了一口凉气。大姑一副胸有成竹的样子，可我突然觉得那只缠着麻绳的手不是我妹妹的手，而是阎王爷的一只手。我失声对她大叫起来，扔掉绳子，快把绳子扔掉！你知道我妹妹常常能听见我的声音，可这次她只是抬头看了我一眼，说，哥哥嫂子呀，我不是存心要吓新梅，我是没办法了，我是为他们好，我不能让他们离婚，这是苦肉计呀。

扔掉绳子，让你的苦肉计见鬼去。我怎么嚷嚷都不能阻止大姑的苦肉计。她走到佩生身边轻声地说，我教你那番话都记住了？记住别插门，到时候我就进来了。你千万记住，要把手垫在脖子上，千万别松手。我想这真是见鬼了，好像华家的人都是上吊钻绳套的行家，她说起这些来头头是道呢。我看见佩生咽了一口唾沫，他这会儿的模样看上去有点可怜。他说，我这么闹真的有用？她就不敢提离婚了？大姑坚定地摇了摇头，说，不敢了，我最了解她，几个孩子，其实就数她心肠软。

我没脸细说那天半夜里的事情。反正半夜里我家突然鸡飞狗跳的，我女婿根本就不想死，可他很利索地把一条绳子挂到了房梁上。他根本不懂死是怎么回事，可他把自己的脑袋伸进了绳套里。事前大姑教他的那番话他记了一半，还有一半他没记住，他就记得要假上吊了。他说，你要是敢跟我离婚，我就上吊，跟你妈一样。这最后一句话是他自己说的，说这句话的时候，他还咧嘴笑了起来，所以新梅就给了他一个耳光。新梅刚刚准备原谅他，从他的臭嘴里却冒出这句缺

223

德的话，这个耳光打得好。新梅说，我就跟你离，凭什么我要跟你这种人过一辈子？新梅一提离婚的事他就急了，他急匆匆地搬了张凳子去上吊，所以新梅一眼看穿了他的把戏，说，你会上吊，狗就不吃屎了。新梅这话说得不应该，也不在理，那是她不知道狗急了跳墙的道理。佩生站在凳子上说，操他妈的，你不信，我偏偏要让你信。佩生说着就把绳套拴到脖子上。我觉得那天的事情中了邪气，我似乎再次看见了那只恶魔的手，一只青紫色的闪烁着刺眼的光芒的手，就是那只手把我和凤凰从人世间带走，把我的二十岁的花一般的女儿新兰从人世间带走，现在它又来了。我敢打赌是那只手搬走了佩生脚下的凳子，我看见佩生的双脚突然就悬空了。

  我不能告诉你们佩生那天阴差阳错的悲剧，你替我想想，我怎么忍心看我的女婿上吊的细节，我知道那是假的，可我就是不敢睁眼呀。我想难道我华家的人脖子天生是为绳套长出来的吗？这到底是怎么回事？我听见佩生在拼命地拍打自己的屁股，他的嘴里呜噜呜噜地狂叫着，我猜那会儿他是后悔了，他知道那不是一件好玩的事情了，我猜那会儿他在痛骂糊涂的大姑为他出了这么个馊主意，或者他在向新梅求救，说他喘不过气来了，说绳套和凳子都出了问题。我听见了新梅如梦初醒的尖叫声，这尖叫声把一家人都引来了。大姑刚刚进来的时候，还是不慌不忙的，她还对新梅说，都是你呀，你要跟他离婚才惹出来的事,你们还傻站着,快把他放下来呀!大姑扑上去抱住佩生的腿,直到这时她才失声叫起来,不好了,快去叫救护车,他怎么尿了一裤子呀!

不是我男尊女卑,在这种人命关天的紧要关头,女的没有一点屁用,她们就会鬼喊鬼叫的,一个个都乱了方寸。只有我儿子独虎临危不乱,他像个医生一样翻开佩生的眼皮,观察了他的瞳孔,还用手搭了搭佩生的脉搏,说,很危险,要人工呼吸。说完他就对着佩生的嘴里吹气,两只手一上一下地挤压佩生的肚子。独虎一点也不嫌佩生的嘴臭,所以我常说看人要看他的本质,在这种紧要关头你就看出我儿子的本质来了吧,他的本质还是好的。独虎后来总是对他姐夫说,是我救了你的命。那也不是没来由的,要不是独虎的人工呼吸,佩生兴许真的就没命了。

佩生命大,他的狗命保住了,但从此就落下了后遗症。不是什么头疼脑热的后遗症,这后遗症来得蹊跷,也不知怎么搞的,佩生从医院里出来就不能走路了。你知道他的一条腿本来就有毛病,现在整个右半边身子都不能动了。医生说是脑血栓,医生总是拣好听的词说。我心里明白,什么脑血栓,这不就是瘫痪了吗?

我说的这些事别人听了都不敢相信,有人说了怎么天底下的不幸都让你们家碰上了呢?你要这么问我,我还真的不知道，我不知道，一点都不知道呀，你问我我问谁去？我还要问你呢，为什么你们都活得好好的，我们家的人就活得这么苦？为什么？你不知道，我就更不知道了。你不要去听我妹妹的胡言乱语。她那天抓着新梅的手，哭着闹着要新梅打她耳光，她说，是我搅出来的事，我是狐狸精，我是扫帚星，我就会害人，这下害了你们一辈子，你不打我老天不答应呀。新梅被她逼得没办法，就打了她一下。大姑仍然抓住她的手不放，说，不疼呀，打一下不行，还得打，把我脸打肿了我才放开你的手。新梅怎么下得了手，虽说她对大姑一肚子怨气，可这会儿她只能抱住大姑嘤嘤地哭，她说，你别再逼我了，我打你耳光天理难容，老天会让我的手指都烂掉的。大姑不听别人说，她只顾自己胡言乱语，我是扫帚星，我们村里的三奶奶没说错，我一生下来她就说了，我是天下最命贱的扫帚星，我害了哥嫂，害了新兰，现在又害了你和佩生，你就打我这一下不行，老天不答应，你该替你爹妈打，替你妹妹打，替你男人打，打呀，用力打，你得把我的脸打肿了我才放你的手。

然后我就看见我那可怜的妹妹咬牙切齿地抓着新梅的手，一次次地举起来，噼噼啪啪扇她自己的脸。我看着她的脸一点一点地红起来肿起来，起初我对她说，打吧，你这个糊涂女人是该打，你还算有自知之明，你还知道自己是个扫帚星呢，你不是扫帚星谁是扫帚星？可是看着看着我就心疼了，我听着那噼噼啪啪的声音，像鞭子似的抽打着我的心。我想大姑不能这么糟蹋自己，我想我们家的事不是什么扫帚星的问题，要说有扫帚星我们家肯定不止大姑这一颗，我们华家是一窝扫帚星呀，怎么能怪到大姑一个人头上？我对大姑说，好妹妹，别打了，你要打就来打我耳光吧，你要追究责任就该追究我的责任，老天本来不要我们这个家，是我不听他的话，是我胆大包天在香椿树街搭起了这个家，好汉做事好汉当，你们把手都举起来，都举起来打我耳光吧！

说起来也奇怪，一件坏事反过来也会变成好事，就像新梅和佩生的婚姻一样，佩生瘫痪以后他们这小家庭就安定下来了，我女儿从此再也没提"离婚"那两个字。你知道新梅那孩子的心就好了，不是我吹牛，她的德行你们都比不上呀。有哪个女孩子心甘情愿一辈子伺候一个瘫痪男人？你们做不到，我女儿就能做到。我女儿就是这样一种人，佩生好端端的时候她不愿意跟他过，佩生瘫痪了她就死心塌地跟他过了。这件阴错阳差的事情听上去很奇怪，但只要你再摸摸良心想一想就明白了。这件事情是小葱拌豆腐，一清二白。新梅就得伺候佩生一辈子，否则她就不叫华新梅了，否则她就不是我华金斗的女儿。

# 第三章

你做仙女是老天爷开眼了。想想你这一辈子吧,你不是仙女谁是仙女?

## 1

今天下了场太阳雨，我给自己好好洗了个澡。你不会相信今天的雨水有多好，你不会相信我用阳光做了香皂抹在身上。我自己洗完了又给我的黑天驴洗，雨停了我们也洗好了，我们的身上散发出了一丝太阳的香味。今天我心情很好，我心情很好的时候，就特别疼爱我的驴子，我让驴子骑到我的背上来。我说，好驴儿，今天让我做你的驴子吧，今天不去香椿树街，你想去哪儿我就带你去哪儿。黑天驴不听我的话，它就是不愿做人，它不愿把我当驴子骑，它比人还聪明呢，知道自己是驴子，我是人，这种事情不能颠倒。你就是走遍世界也找不到比它更懂事、更孝顺的驴子了。我看着黑天驴在我的溺爱下不骄不躁的样子，心里突然就冒出一个念头，我想要是我的儿女都像它一样该多好。你们会笑话我这念头荒唐，我可不觉得有什么荒唐的。你想想我华金斗辛辛苦苦养大一堆儿女，养大了有什么用，谁来孝顺我了？我洗澡的时候，谁来给我擦背了？我洗脚的时候，谁来给我倒洗脚水了？没有人来呀，只有这头驴子像孝子贤孙一样伺候着我呀！你们会笑话我的，有一天我对黑天驴说出了一句心里话，我说驴儿呀，我看你很羡慕世上那些人，下辈子我们换一下吧，你来做人，我来做驴，做一个人我已经受够了。我这不是气话，我确实是受够啦。我的驴子不懂事，它以为做一个人很快活呢。世上是有那么些快活的人，衣来伸手，饭来张口，他们吹一口气就把孩子吹大了，他们能吃到美国进口的长生不老药，活一百岁不容易，活个九十九岁却不成问题。可那样的人不是你做的呀，别跟我说轮回转世那些骗人的鬼话。我就相信华金斗是天下最苦命的人，上辈子我钻进了我娘的肚子，她老人家用野菜、树皮喂了我九个月，下辈子我就能钻进哪个皇后娘娘的肚子里去吗？钻不进去呀，我最多也就能钻到绍兴奶奶肚子里去，她倒是能喂我几口稀饭菜汤。她老是跟别人说她怎么精心喂养她的宝贝儿子，可她的宝贝儿子怎么样了呢？八岁得了伤寒，没钱治病，最后还不是死在她怀里了？我不说气话，我华金斗受够了做人的苦，

232

下辈子我情愿做驴也不要做人。

你们会笑话我的,你们会说所有的鬼魂尽说这种酸溜溜的气话。可是你们说句良心话,我跟那些阴阳怪气躲躲藏藏的鬼魂一样吗?我跟他们不一样,那些鬼魂是因为杀父之仇未报而做了鬼魂,因为蒙冤受屈做了鬼魂,他们嘴里骂骂咧咧的,他们骂的话跟我一样吗?不一样嘛。他们在活人头顶上来来往往的是要找谁算账,我在找谁算账吗?我没有嘛。我华金斗做人是个苦命人,做鬼是个苦命鬼,我怨过别人吗?没有呀,我从来不做拉不出屎怪茅坑的事,我要是拉不出来就系上裤子不拉了,我就是憋死也不会去怪茅坑的。我就是这个脾气,就是这个脾气我才落到今天这步田地。你们会笑话我的,多少年来我追着儿女们的脚步,好像我看不见他们他们就不长了,儿女们过了二十岁就奔三十岁去了,你看不看他们他们都一样地过,他们想在八点起床,你在七点五十五分也不能把他们从床上拉起来,你知道你自己没有一点屁用,可是你却像个傻瓜一样还在追着他们,我就是这么一个傻瓜鬼魂。你们当然会笑话我的,这么多年我还把香椿树街上的那间房子当成我的家。可是那个家里没有我的床铺、没有我的碗筷,儿女们每年大扫除的时候,总是会扔掉几件我的遗物,他们就像对待细菌一样对待我的东西,大姑抢也抢不下来。我亲眼看见我儿子把我唯一的一双皮鞋扔到了垃垃圾堆里，为了防止大姑发现，他用几片白菜帮子盖住了那双皮鞋。你们笑话我吧，尽管笑话吧，我是天底下最大的笑料，不笑我笑谁？你们别听我为自己开脱，说什么我已经无处可去，说什么第八区合并到地狱去了，说什么我不愿意去地狱就只能守着我的儿女，我说这些话也是在骗自己呀，说来说去，我还是扔不下我的儿女。

时光像流水一样流走了，你把家里的锅碗瓢盆全部用上也舀不起一勺时光的水。这些年来，我守望在香椿树街的上空，电线杆上的鸟雀已经把我当成了它们的同类。它们以为我是一种不合群的小鸟，否则我怎么总是独自一人飞来飞去呢？天边的云彩也把我当成了另一朵雨云，雨云总是湿漉漉的心事重重的嘛。我告诉你们一件事，你们不必为我伤心。有一天我突然想知道自己老成什么样子了，我用我的小女儿新菊的镜子把自己打量了一番，可是不管我怎么摆弄镜子，我始终看不见自己的脸。然后我又换了镜子，是我们家的那口大衣橱上的镜子，那么大的一面镜子，却照不出我的模样，就连一丝头发都没有呀。我站在镜子前急坏了，我知道那不是镜子的问题，而是我的问题。我知道作为一个鬼魂我也已经太老了，我没有了，我已经没有了，我只能猜测我是什么。我想我连一只小鸟都不是啦，连一朵云都不是啦，我最多也就是一粒灰尘。也许连灰尘都不是，我什么都不是，屁还有臭味，我却连臭味都没有，我还不如一个屁呢。

天上人间串通一气伤透了我的心。我还是一心一意地守在这里，你说我像阎王的密探也好，你说我像香椿树街的业余户籍警也好，随你们怎么说，我只能站在这里。这些年来，多少熟悉的老街坊、老邻居像烟花爆竹一样升上了天界，我站在这里不管亲疏远近一律拍手欢迎。我还是老脑筋，他们不仁我不能不义，即使是像五癞子那样的人，他来的时候我也尽了地主之谊。我警告他不要在这里骂那些脏话，我让他不要冒冒失失地闯到地狱去，至于他那年在我家鸡窝里偷去的几个鸡蛋，我一字未提。还有绍兴奶奶，她这辈子不知说了我们家多少闲话，我也不记她的仇。说起来也怪，街坊邻居在这里见面就忘了对方的不是，尽想对方的好处了。我看见绍兴奶奶晃着一双小脚战战兢兢升上来的时候，突然就想起三年自然灾害的时候，她曾经给凤凰吃过一个红薯，我就赶紧上去安慰她说，别怕，别怕，虽说你的嘴很讨厌，但你是个好人，你不会进地狱，你肯定是上天堂的。我还扶了她一把。她大概不知道这事，她看不见我，不知道也没关系，反正我做这些事也不是图表扬。

我孤零零地守在这里，没有人来妨碍我。你知道我已经被遗忘了，天庭的台阶上没有我的名字，地狱的黑墙上也没有我的名字。我家里的户口本现在是蓝色塑料封皮的，原来好好的八个名字，现在就剩下两个，三个死人的名字一笔勾销了，三个女儿嫁出去了，户口迁到了夫家。可怜我们家的户口本啊，那么高级的套着蓝色塑料封皮的户口本，里面就装了两个名字：华金枝和华独虎，想不到我妹妹摇身一变成了华家的户主了。不是我小心眼儿，看见大姑的名字威风凛凛地站在户主一栏里，我就想起古代宫廷里那些阴谋篡权的皇亲国戚。我知道我不该这样想，这样想对不起大姑，可是我忍不住就会这样想。我看着大姑的头发一年年地花白了，我就说，头发白了怕什么？反正你是户主了嘛。我看着大姑的腰背一年年像柳树枝似的弯了下来，我就说，背弯了怕什么？反正你是户主了嘛。好在大姑这两年耳朵也背了，我说什么她也听不见，听不见最好，省得天上人间的拌起嘴来，多不方便呀。

2

又是秋天。早晨的雾气从护城河河面上升起来，就像风卷白纱一样铺在河的两岸，香椿树街泡在雾里。这已经不是我所熟悉的香椿树街的早晨了，你吸紧鼻子却闻不到雾气中夹杂的煤烟，你听不见谁在街上挥动蒲扇生煤炉的声音，这算什么早晨？你打开临街的窗户却看不见几个提着篮子的步履匆忙的妇女,就那么几个赶早市的妇女,还都像哑巴似的闭紧了嘴巴,赶早市的妇女不在雾里说话,这算什么秋天的早晨？雾气散了,太阳心急忙慌地跳到东边电视塔的塔顶上,也不睡个回笼觉,这算什么秋天的早晨？太阳出来了,除了我妹妹在门口架起竹竿,抱出一捆捆雪里蕻,街上再也找不到一棵雪里蕻,那么好、那么新鲜的太阳,没有人出来晒腌菜,这算什么秋天的早晨？

我知道这不是我的早晨了,这是孩子们的早晨,是孩子们的孩子的早晨了。我看见我的两个外孙女,大的七岁,是新竹家的,新竹正带着她往小学走。你看看现在的孩子被娇惯成什么样了,才七岁的孩子,脚上就穿了牛皮皮鞋,那么好的毛衣穿在外面让她上学,就不怕弄脏、就不怕扎个口子？平时上学穿这么好,过年穿什么呢？我不明白,我看不惯。我还看见新菊在喂她的孩子,新菊的孩子才两岁,你看她怎么喂孩子,她往杯子里倒奶粉,一倒就是小半杯。这还不算,她还在里面加蜂蜜。这不是在喂孩子,这简直是在败家呀！你去商店看看,奶粉多少钱一袋？蜂蜜多少钱一瓶？她这一杯东西就赶上以前我们一家人一天的伙食啦。我知道我不该管这些事,可我就是看不惯,他们以为自己生的是龙子凤胎啊,不就是个女孩儿吗？这么养、这么喂也变不出小麻雀来,喂得再好也就喂个杨玉环出来,喂不出李隆基嘛。

我知道这不是我的世界了，我发牢骚也没用。我想起毛主席他老人家的诗词，"小小寰球，有几只苍蝇嗡嗡叫"。他说的不会就是我吧，他的意思是说那几只苍蝇叫死了也没用。说得不错呀，我就是叫死了也没用。幸亏我在人间还有个知音，我的知音就是我妹妹。这么多年只有她没忘本，她穿着我留下来的那件蓝色工作服，两个衣袖上套着凤凰留下的灰色袖套，她一辈子不舍得在自己身上花钱，就捡别人扔下的东西，这才叫勤俭节约，也没人把她当叫花子看嘛。我妹妹晒好了腌菜，就搬了张凳子坐在家门口。她开始给独虎补袜子，补过的袜子独虎是从来不穿的，不穿她还是要补，她还是细针密线地补，补好了她自己穿，反正不会浪费。我妹妹也老了，她的眼神不如以前了，她让独虎替她穿针。独虎说，我才不替你穿，谁让你补那些破袜子了？现在乞丐也不穿补过的袜子！大姑说，你这孩子呀，让你们回到旧社会，让你们打赤脚，你们才知道袜子的好处，这么好的袜子，就那么一个洞，不补怎么办？扔掉？扔掉了不怕老天罚你，让你下辈子打一辈子赤脚？独虎不理她，独虎油头粉面地出了门，说，晚上别等我吃饭，有人请客，请吃广东菜。大姑说，吃饭就吃饭吧，什么广东菜、广西菜的，非要说个花样出来！

大姑老了，可她还记得我怎么说话，她说的还是我的话。盐卤水从腌菜架上滴滴答答地滴落下来，这声音我听着亲呀。

秋天的阳光烘烤着架子上的腌菜,那种酸味我闻着香呀。我妹妹白发苍苍,还像从前一样坐在我家门口,她坐在这里我就放心了。我妹妹不像以前那么开朗了,她吃馊菜馊饭吃多了,把胃也吃坏了,没什么事就打嗝。我知道她愁眉苦脸的主要原因是没人听她说话,她不知道我在听着呢,我反正也没什么事干,听她唠唠叨叨总比闲着强。

大姑说,方彩娣不是个东西,她当了居委会主任尾巴都翘到天上去了,还跟我要官腔呢,还嫌我们家脏,我们家怎么脏了?煤炉碍她什么事了?那些蜂窝煤碍她什么事了?蜂窝煤里爬出一只蟑螂,她就在那儿鬼叫,我不信她家就是皇宫,她就没见过蟑螂!

我没弄明白大姑为什么要骂方彩娣,我附和道,是呀,方彩娣不是东西。

大姑说,他们就是要跟华家过不去嘛,别人家都是文明户,别人家门上都贴红纸头,我家就不给贴,不贴就不贴,我们家不愁吃不愁穿,要文明户有什么用?

我说,对呀,要那个文明户有什么用?

大姑说,隔壁洗铁匠家有多脏,他家倒是个文明户,让人笑掉大牙啦,我还不知道他那红纸头怎么得来的?过年的时候他给方彩娣家送过一条大青鱼嘛。

我说,让他们去送礼走后门好了,我们家不搞那一套。

大姑打了个嗝,她低着头补袜子,眼睛的余光也没有浪费,正好用来监视来往行人的脚,特别是那些女人的高跟鞋休想逃过大姑的眼睛。有一双高跟鞋是白色的,像两只惊慌的鹅企图逃过大姑的视线,但怎么逃得过去呢? 大姑及时地抬起头看见了多多,大姑的一口唾沫像子弹一样准确地落在白色高跟鞋后面一尺的地方。多多回头瞪了大姑一眼,但她就是敢怒不敢言,她抬起高跟鞋检查了一遍,没发现什么,就忍辱负重地走了。世上没有无缘无故的爱,也没有无缘无故的恨。多多大概是懂得这个道理的,谁让她在女浴室里说独虎的坏话,说独虎娘娘腔,说独虎不男不女,这些话偏偏又让大姑听见了。

大姑说,不男不女? 你才不男不女呢,你是吃不到葡萄说葡萄酸,我家独虎怎么看得上你? 看不上你你就说他不男不女? 你这么贬损他他就看得上你了? 不是我气你,你给我家独虎做小的也不配。

大姑这种话我就不能附和她了,我知道她的臭脾气,你不惹她她还能跟人团结友爱,你要惹了她就倒霉了,她最厉害的就是那把唾沫枪呀,也不花钱也不费力的,嘴一张子弹就射出去了。我最讨厌大姑的唾沫枪,我对她说,以后别再朝人家乱吐了,你这把年纪了,怎么还跟个孩子似的惹人厌呢? 也不怪居委会不给我们家当文明户,你这种行为怎么能当文明户呢？

大姑说，什么叫娘娘腔？我家独虎斯斯文文，说话声音小就是娘娘腔？你那个郁勇张嘴骂人动手就打人反倒让你舒服了？你不是犯贱吗？没见过你这么贱的贱货呀。

我说妹妹呀你别说了，人家多多说的也不是瞎话，你那个宝贝侄子是有点不男不女，是有点娘娘腔嘛。天下哪个小伙子不去追女孩，他就不追，他等着人家女孩来追他呢。你看他穿的衬衫不是红的就是绿的，洗个头还要用那么高级的洗发水，洗了头还要抹上那么厚的一层油，他身上哪儿有一点男人味？二十好几的人了，裤裆里的东西白长了，人家春生、东风他们早就抱上了儿子，他的儿子呢？他的儿子在哪里？我说妹妹你就别提那档子事了，那是我的一块心病呀。我担心了好几年，我担心我这唯一的儿子不是个儿子，我担心我白操了二十多年的心，我担心我竹篮打水一场空，我担心我的儿子不续香火，我担心我的儿子生不出个孙子来呀！我说妹妹呀，你知道我在你们头顶上游荡这么多年图什么？就图个家景兴旺子孙满堂，万一独虎不走正道，万一华家在独虎这一代断了香火，我这多年的苦就白吃了，我有什么脸去见华家的列祖列宗？

可是大姑还在嘟嘟囔囔地数落多多，我这妹妹是越来越糊涂了，她的脑袋里原来就是一团糨糊，人一老糨糊便发酵了，隔多远我就能闻见她脑袋里的一股酸味。我对她说，你有时间不如去左邻右舍串串门，看看有没有热心人能给独虎介绍个对象，这事由不得他做主，他不要介绍你就不想办法了吗？大姑站起了身，但她是去赶腌菜上的苍蝇，你别指望她能扔掉芝麻捡个西瓜回来。我有时候简直怀疑她是存心扣着独虎，不让他离家，我有时候真的怀疑她想让独虎陪她到老死，否则她怎么就一点不着急呢？我看见大姑挥着手驱赶那些苍蝇，我说，别去管那些苍蝇了，去管管你侄子吧，难道他的婚姻大事还不如你的腌菜重要？大姑只顾挥手赶苍蝇，她嘴里还不三不四地影射现实呢，她说，怎么回事，现在的苍蝇也比从前大，一只一只全是屎苍蝇。

她们都不把独虎的事放在心上。新竹曾经给独虎介绍过几次对象，其中包括那个财政局老金的女儿小燕，独虎是没出息，几个见过面的女孩都让他说得一钱不值，不是胖了就是瘦了。有个女孩耳朵有点招风，也让他贬了一顿，说人家是猪八戒的后裔。独虎是没出息，可新竹一样没出息。她做姐姐的给弟弟做个媒人有什么了不得的，可她做了几次就一肚子牢骚。她问独虎，要不要我给你介绍刘晓庆？独虎也傻，竟然说，要，她还不错。新竹差点啐了弟弟一脸，她说，你做梦去吧，从此我不管你的闲事，让你自己做梦去吧。新竹心肠硬着呢，从此她真的就不管独虎的事了。我知道新竹她们都瞧不起弟弟，独虎是没出息，可是她们就不懂这不是独虎一个人的事，这是华家的香火之事呀，她们怎么能撒手不管呢？

不是我重男轻女，我常常想要是我的四女一男换成四男一女该有多好，我要是有那个福气就用不着在独虎这一棵树上吊死了，要是有四个儿子，华家绝不会像今天这么冷清。四个儿子起码给我生两个孙子嘛，两个孙子以后起码给我生一个重孙，到了重孙那一辈他生个什么出来就不关我的事了。我不是那种死脑筋的人，我还是想得开的。这就像工厂里的流水线，你得拧紧你面前的螺丝，下面的人没拧螺丝是他们的事，出了次品就不是你的责任了。可现在我推卸不了我的责任，每逢阴雨天的时候，我总是听见我祖宗的幽魂集队而来，他们围着我对我进行大批判呀。我的曾祖父一边夸耀他的八个儿子一边用古老的语言羞辱我，我的祖母要用鞋底来打我，她说为了把我这棵独苗养大，她把五岁的小姑给人做了童养媳，把十四岁的二姑许配给一个四十岁的屠户做填房，她问我，把华家弄成这样对得起谁？还有的祖宗翻出了陈年旧账，他们骂我鬼迷心窍让凤凰做了绝育手术。我知道你怎么解释计划生育他们也听不懂，我干脆就不解释，让他们骂，让他们批判，反正我这一辈子受惯了委屈，也不计较这一次了。就是一个受气包也有爆炸的时候，何况是我这种性格，

243

我现在对孩子们丧失了耐心,我看着他们怎么看也看不顺眼,我骂他们怎么骂也骂不够。就连新梅,我的最苦命的大女儿,我看见她心里就冒出一股无名之火。新梅的脸就像一个发霉的大苦瓜,照理说新梅的事迹也够在报纸上大力宣传一下了,十年如一日守着瘫痪的佩生是不容易,可是你整天挂着脸就显得你不是心甘情愿嘛,显得你是在受罪嘛。这种样子你不仅当不了三八红旗手,就是我老家的贞节牌坊也不写你的名字。我的小女儿新菊更让我生气,她小时候喜欢蚂蚁青虫,大了却迷上了这个霜那个粉的,全是骗人的东西,她就舍得花大把的钱买,买回来也不知道省着点用,就像偷来的拼命往脸上涂。她丈夫小马开出租车,虽说钱来得容易些,可也是辛苦钱。你把钱存进银行还有利息拿,吃到肚子里也有营养,买个金戒指戴在手上谁都会看它一眼,可你往脸上涂再好的粉,洗把脸就都没有了,这么简单的道理她怎么就不懂?你也别说我耍小孩脾气,只要看见我的小女儿对着镜子化妆,我就破口大骂,美个屁,美个屁。

3

天上打雷下雨,人间风云变幻,说的都不是我们家的事。

这么多年来我的家人都还好好地活着,这就不容易了,这就该谢天谢地了。我们家的仇人没有增加,这也很不容易,假如不是我们家的人学会了团结友爱,就是别人对我们家更加仁慈、更加宽容了。我掰着手指数一数我们家的仇人,就剩下燃料仓库的刘沛良,就他一个人。这不由得让我有点骄傲自满,我万万想不到,就是这一个仇人,与我家结下的冤仇比山还高、比海还深,别说我是坏脾气的华金斗,我就是普度众生的观音娘娘也解不开那个疙瘩啦。

说来说去又说到了燃料仓库的刘沛良。说来说去就说到了刘沛良买鞋垫的这一天,我要早知道这一天我情愿变成一双新鞋垫垫在他的皮鞋里,我要是早知道刘沛良会在布市街撞见我的两个女儿,我死活也要拽住她们不让她们往他身边走。可是这一天的太阳升起来你不能把它按下去,这一天刘沛良偏偏就一心想买一双新鞋垫。我亲眼看着刘沛良在布市街的摊贩那里买鞋垫,他挑了一双鞋垫,又不放心鞋垫的尺寸,就脱下鞋试了试。这一试他就惹了场麻烦,他的脚踩到了新菊的脚,他的胳膊肘碰到了新竹的胸部,这就叫冤家路窄,活该他倒霉了。新竹大叫起来,老流氓,你的胳膊往哪儿蹭?我忘不了刘沛良当时的表情,那简直是一种死到临头的表情,他是吓昏了头,什么都不说,拔腿就逃呀。他一逃正好中了新竹的奸计,新竹就在布市街的人堆里追他,一路追一路还喊着，抓流氓，抓住那个老流氓。布市街上那些人你是知道的，你喊抓杀人犯他们不敢来，喊抓流氓而且还是老流氓他们的积极性就很高，所以刘沛良被几个小伙子迎面揪住了，有个小伙子大概拳头正发痒，遇到一个好机会怎么会放过，于是他照准刘沛良的下巴打了一拳头。可怜刘沛良大小也是个干部，哪里受过这种皮肉之罪，他一下子被打傻了，仍然不知道怎么解释这件事情，他的愤怒一下就冲着打人的小伙子去了。流氓，谁是流氓？你才是个小流氓！刘沛良朝那个小伙子扑过去，他是想跟他拼命了。可你想刘沛良这把年纪的人，又是坐办公室坐惯了的人，他哪里是人家的对手？他这次就忘了好汉不吃眼前亏的道理了，他以为别人知道他与我们家的纠葛，别人什么都不知道，别人就把你当流氓打呀。

我不想隐瞒这件伤天害理的事，在这件事上我绝不袒护我的两个女儿。她们后来意识到事情闹得过分了，她们看见刘沛良躺在地上，两个人的脸都吓白了。新菊说，你太过分了，要闹出人命来了。新竹说，我又没让他们打人，我就是报复他一下嘛。姐妹俩躲在人群后面看着刘沛良，她们面面相觑。我以为她们在商量怎么救出刘沛良呢，没想到她们交流了一下眼光，最后像两个合谋作案的小偷，手拉手逃离了现场。

这件事传出去对我们华家的声誉是一次新的灾难，所有鄙视我们华家的人又将获得一个生动的事例。我不会怪他们狗眼看人低了，我已经认了，华家的品德就是不高尚，华家的大人就是不会教育孩子，上梁不正下梁就是歪，鸡窝里就是飞不出金凤凰，我家这些孩子，这些孩子，他们一个个都不是东西！我华金斗养出了这些孩子，我也不是个东西。

养不教，父之过，老人们都是这样说的，他们把罪过算在父亲的头上，他们不知道我的孩子是我妹妹一手带大的呀。我现在突然想起孩子们小时候他们的老师走马灯似的跑到我家来告状，大姑当着老师的面赔笑脸，人家刚转身她就说怪话，她说，我以为什么事呢，屁大一点事也跑来告状，也不嫌累了腿。大姑还说，你们做老师的不教育孩子，倒让我们做爹妈的来教育，我又没有三头六臂，我整天教育孩子，他们吃什么穿什么？你来供他们吃，你来供他们穿？你说在孩子们的教育上，大姑怎么就没有责任？她也有责任，不能全怪我呀。我妹妹什么都好，就这点不好，独虎小时候被别的孩子欺负，她每次都要拉着独虎找到别人家门上，向大人要红药水、紫药水，嘴里还要指桑骂槐。等到独虎欺负了别的孩子，人家父母找上门来的时候，她就装聋作哑，还昧着良心说，你弄错了吧，我家独虎是好孩子，他从来不打人的。我提这些事不是为了推卸责任，我只是要论个公道，孩子们不成器，不能全怪我呀。我现在也很后悔，我后悔当初对孩子们心慈手软。孩子们就怕揍，我当初要是舍得用棍棒、鞋底或者耳光教训他们，他们今天就会老实一点。我笨嘴拙舌不善教育孩子，可我手上有劲腿上有力，我怎么就没想到对他们武力镇压呢？棍棒下面出孝子，这也是老人们挂在嘴边的话，我怎么就不听呢？

现在后悔也来不及了，我的两个女儿差点就害死一条人命。她们不知深浅，逃出布市街两个人就若无其事的了，新菊还买了两个冰激凌，姐妹俩一人一个吃起来，她们还为草莓味和橘子味哪个可口争论不休。我被她们气坏了，我说，给我吐出来，你们吃的不是冰激凌，是狗屎，你们是吃狗屎长大的！我怎么骂她们也没用，她们只顾把冰激凌往嘴里送。我想想我这么骂实际上也骂了自己，如果她们是吃狗屎长大的也是我喂的嘛，这么一想我就骂不出口了，我和颜悦色地劝她们回去，我说你俩不能就这么溜了，你们得回去看看人家刘沛良，你们一定得给人家平反了，刘沛良扣住你母亲那最后一个月工资是不对的，可人家最多就是官僚主义，你怎么给他扣上顶流氓的帽子呢？当着那么多人的面，也许就有熟人亲戚，你让他以后怎么做人？

我的女儿们把我的话当耳旁风。她们吃完了冰激凌，又进了一家绸布店。新菊看上了一块丝绸料子，我看见营业员拿着剪子比画着，五脏六腑不知哪儿就疼起来，我觉得那剪子剪的不是布料，是一张一张的钞票。我没有办法，孩子们这样乱花钱我心疼，怎么改也改不了这毛病。我想我跟在她们身后干什么？还不如去看看刘沛良，去跟他认个错，孩子们不知道认错，只有我来替她们认错了。

那天下午秋风突然吹大了，我在大庙街的拐角处追上了刘沛良，刘沛良摸着墙慢慢地往前走，他的脸上有两处青肿，不知是哪个好心人为他贴了一条膏药，看上去就更加狼狈了。刘沛良呆滞的目光让我感到害怕，走路的姿势也让我害怕，我想他要是杀气腾腾骂骂咧咧的，我心里反而好受一些，他这种模样让你都不敢上去说话。刘沛良这个人，我一向看不惯，我记了他半辈子仇，可现在我只能对他赔笑脸了。我一向看不惯他那双雪白光滑的像女人一样的手，可现在我觍着脸去握他的手，我说，老刘呀，今天的事实在对不起你，你是干部，你就心胸开阔一点吧，大人不记小人过，你就原谅她们吧。

我不会原谅你们。刘沛良自言自语地说，华新竹，华新菊，我认识你们，我不怕你们打击报复，跑得了和尚跑不了庙，我要找你们的组织反映。

不能反映。我握住刘沛良的手不放，我说，老刘你千万别去找她们的组织，冤冤相报何时了，今天我们华家跟你的旧债算是一笔勾销了,那四十多块钱我们不要了,利息我们也不要了。

华金斗,余凤凰,你们阴魂不散,你们一家人前赴后继跟我斗,刘沛良自言自语地说,你们不是在跟我斗,你们是在跟党斗,你们是痴心妄想呀。

我甩掉了刘沛良的手,我想你这是得理不饶人嘛,你怎么能胡乱上纲上线给我们家的人乱扣帽子呢?再说你怎么把余凤凰也一锅煮了呢?凤凰她生前是你们燃料仓库的劳动能手,她就是不想和任何人闹别扭才走的绝路,她情愿死也不跟别人斗。她什么时候跟你斗,又是什么时候跟党斗了呢?我想既然你是这种态度那我也不必再像哈巴狗一样跟着你摇尾巴了,这事我说了算,我们华家跟你刘沛良的新账旧债一笔勾销,谁要是再不依不饶的谁就是疯狗,谁就是屎壳郎。

我怀疑那是恶魔为我安排的一天。我怀疑我辛辛苦苦地在人间天上等待的就是这一天。这一天我的儿女们都像疯狗似的在外面乱跑,而刘沛良,不是我变着法骂他,他就像一根肉骨头,我的儿女们闻着他的味就来了。说起来你不会相信的,刘沛良走过新光电影院的时候,又看见了我的儿子。我儿子闲得发慌,他在那里等退票。他看着刘沛良,刘沛良也看着他。我儿子大概觉得这个人面熟,他歪着脑袋端详了刘沛良一番,说,这位兄弟好面熟,你有退票吗?

刘沛良的表情看上去很古怪，独虎跟他称兄道弟的，他却不生气。他不生气不是好事，我当时就觉得他心怀鬼胎，他的眼神不知怎么让我害怕起来。我听见他干笑了一声，说，我不是你的兄弟，我是你刘叔叔，你不认识我了？你小时候我抱过你。

你抱过我？独虎嬉皮笑脸的，他说，那就更好了，你把剩余票半价卖给我吧，既然是老兄弟就给个面子。

我认识你，你爸爸叫华金斗，你妈妈是余凤凰。刘沛良说，你们家的人我都认识，你妈妈是上吊自杀的，你爸爸是纵火犯，你们华家的孩子从小就没人管教，怎么样，你别跟我瞪眼睛呀，我说得不错吧？

哎，你他妈的到底是谁？独虎察觉到了对方来者不善，他推了刘沛良一把，你跟我啰唆什么？你有没有退票？没有就快滚，我不是三陪小姐，没兴趣陪你。

我是谁？我是你们家的大仇人刘沛良！刘沛良说，你把眼睛瞪那么大干什么？想吃掉我？你爸爸以前拿着刀来要砍我，你姐姐仗着是个母的就来给我栽赃。我看你也不是什么好料，我倒要看看你能把我怎么样？

你他妈的是从精神病院逃出来的？独虎嘿嘿地笑起来，他看了看旁边几个闻声过来凑热闹的人，他说，操他妈的，碰上个精神病人。老兄弟我警告你，你要再不滚我就对你不

251

客气了。

你们华家的人知道什么是客气？你要打我？刘沛良向独虎走近了一步，说，来呀，打，我让你打，我看看你们华家的人到底有多大的胆！

独虎这时候傻眼了，我了解我自己的孩子。他的脸上虽然还是嬉皮笑脸的，但我知道他其实是个怯懦的孩子，他不知道该拿刘沛良怎么办，他从来没和刘沛良这种人打过交道。我听见独虎咕哝了一句，操，精神病人。我看见我儿子悻悻然地走出那人堆，可你想不到的是刘沛良不让他走，刘沛良一定是被我女儿气糊涂了，他放走了我的女儿却盯住了我儿子，现在我觉得刘沛良是一条疯狗，而我儿子成了他嘴边的一根肉骨头了。

刘沛良一直尾随着独虎，他说，你怎么害怕了？怎么不打我？你们华家的人我一眼就看穿，都是跳梁小丑，敢做不敢当。你们家的人有意思，女的比男人还野蛮，你这男的比女的还女气，我看你穿裙子算了。

你的老骨头太松了，要让我替你紧一紧是吧？独虎说，操你妈的，你不是疯子，你是条疯狗。

你替我紧一紧，来呀，你怎么光动嘴不动手？刘沛良说，你们不是要私报公仇吗？来吧，现在旁边也没有人，你别害怕，你把我打死在这地方也没人看见。你们不是要那四十块钱吗？我口袋里正好有一张存折，不是四十块，而是四百块钱的存折，你把我打死了就能拿走，快来拿吧。

四百块钱也叫个钱？你还好意思存到银行里？独虎说，看见我脚上的鞋了吗？这双鞋就不止四百块钱。你开什么国际玩笑，我要抢你的四百块钱？

四百块钱一双鞋，好啊，你们华家总算出了一个花花公子。刘沛良说，也难怪，邓天寿就是个花花公子，这就叫子承父业嘛。

我当时怀疑刘沛良是神经错乱弄错了我的名字，我想他怎么会把我和邓天寿扯到一起去，邓天寿是燃料仓库的贪污腐化堕落分子，他早就被镇压了。我想我华金斗再不是个人也比邓天寿强，他不该把我当成邓天寿呀。我儿子也没听懂刘沛良的意思，他说，你给我滚远点，什么邓天寿邓地寿的，我不认识他。

你不认识邓天寿？刘沛良发出了一种接近于喜悦的声音。这个瞬间我从他的脸上看见了一种烙铁似的又红又热的光，而他的浮肿的嘴唇就像一团火苗急速吞噬着我周围的空气，他的冷酷而清晰的声音像飞刀一样直飞我的心窝。他说，也难怪，天下的私生子都不认识他们的亲生父亲，也难怪，这种事情没有人会告诉你，我也不想告诉你，是你的姐姐逼我告诉你的。你不是华家的种，你是邓天寿的种。

独虎终于转过身来，他挥起了拳头，说，你再胡说八道我就让你去见阎王爷。独虎的拳头不叫拳头，它在空中软绵绵地画了一道弧线，最后连刘沛良的汗毛也没碰到。他说，你他妈的才是私生子，你他妈的才是邓天寿的种呢。

你知道你母亲为什么要自杀吗？刘沛良稍稍退后了一步，他的目光带着一丝明显的嘲弄盯着独虎的拳头。他说，只有你们一家人不知道，燃料仓库的人都知道，你母亲是为了你而自杀的。你们一家人口口声声说燃料仓库害死了余凤凰，你们不知道，我们为了余凤凰背了多少年的黑锅。你们一家人恩将仇报，你们一家人狗咬吕洞宾不识好人心！你母亲是害怕纸包不住火才自杀的，不关仓库的事！

我是一个鬼魂，可是这一天我听见我皮肉绽裂热血喷涌，我流淌的血遮蔽了落日残阳，淹死了许多云朵、许多飞鸟。你怎么能相信一个鬼魂惨遭谋杀的事情？你不相信，那你就看看我吧，看看一个鬼魂是如何被人轻松地五马分尸乱刀斩杀，不费吹灰之力，不用一枪一弹。你听见刘沛良在说什么？你不用假装听不懂他的话，你不用可怜我，你不用向别人打听邓天寿是谁了，你不用为凤凰打抱不平说人家在她头上泼污水，你不用出来主持公道批判刘沛良的恶意诽谤。他们谋杀鬼魂华金斗的阴谋已经成功，让我用我的血做成一千个红气球来祝贺你们，让我用我的眼泪点燃一千响烟花礼炮来祝贺你们，让我用最后一点力气跟着你们欢呼，枪毙华金斗，枪毙华金斗，枪毙华金斗！祝贺你们呀，我的亲人，我的同志，我的留在世上的好心人！

## 4

　　我是被黑天驴凄厉的哭叫声吵醒的。这驴子不知是人还是驴，关键时刻它竟然像人一样呜呜地哭叫起来，它的泪水像瓢泼大雨落在我的脸上，我的驴子救了我，可是我不会感激它的。我醒来后就开始用最恶毒、最粗鲁的语言辱骂它，我说，你哭什么哭？你是死了男人还是死了儿子了？你以为我是你男人？你以为我是你儿子？你是一头驴呀，你就是哭得比人更伤心你还是一头驴，你也变不了我华金斗的媳妇。我的驴子挨了骂哭得更伤心了，我觉得它的哭声酷似凤凰的哭声，也是那种满腹苦水倒不出来的样子。我就更气了，我说，你别学她的样子哭了，你学得再像还是一头驴子，你再学她的样你也成了个不要脸的女人，你是不是也有个私生子呀，你的私生子是不是也叫华独虎呀？你哭什么哭？是我华金斗戴了几十年的绿帽子，是我华金斗闹了全世界最大的笑话，我的儿子，我的唯一的儿子，我的命根子般的儿子，我为他吃了多少苦受了多少罪，我为他上天入地，我怎么想得到这个结局，有人说他不是我的儿子，有人说他是邓天寿的儿子！你这头该死的驴子呀，你告诉我，我儿子为什么不是我的儿子？我儿子为什么是邓天寿的儿子？你告诉我为什么天下最本分的女人余凤凰做下了这种事情？你说你不相信，我也不相信，不相信有什么用？别人说得有鼻子有眼，不由你不信，无风不起浪，不由你不信。我听见我的心对我的脑子说，我不相信，可是我的脑子却说，不由你不信，想想吧，那个邓天寿学问比华金斗大，模样比华金斗好，口袋里的钱比华金斗多，那个邓天寿衣着光鲜巧舌如簧，这个华金斗灰头土脸笨嘴拙舌，你凭什么一口咬定儿子是你华金斗的，为什么就不能是邓天寿的？你说邓天寿是臭名昭著的贪污犯，他不配有儿子，那华金斗是罪大恶极的纵火犯，半斤对八两，你华金斗就配有儿子了吗？

该死的驴子呀，你别再哭了，现在你应该笑，张大嘴笑，笑我这个全世界最可笑的人吧，笑话我吧，笑话我吧，笑话我吧。该死的驴子，你别做出这副可怜巴巴的样子，我都不觉得自己可怜，你有什么可怜的？我自己都不哭，你有什么可哭的？该死的驴子，你再哭我就对你不客气了，我打死你，打死你这头蠢驴。

我不记得我那天追打黑天驴的过程了，你们用充满恐惧的目光看着我,你们说我疯了。你们只见过人间的疯子,从来没见过鬼魂发疯是什么样的。你们责问我怎么能这样对待善良而忠诚的黑天驴,那你们先回答我你们怎么能这样对待我,你们到底用了什么办法让一个鬼魂发了疯? 我要一个公道。我不记得我那天追打可怜的黑天驴追了多远的路,后来我的眼前再次出现了一座锅状的城郭,黑色的城门上那么大的两个烫金大字:地狱。我却看不见,我在那儿对黑天驴拳打脚踢的,从城门上跑下来一群人,那群人个个面目狰狞手执枪棒,我却看不见。那群人呵斥我不准我在地狱门口闹事,我却听不见他们的话,我还对他们喊,让余凤凰出来,让她出来说清楚,我儿子到底是谁的儿子?

地狱的卫兵也说我疯了。他们对付发疯的鬼魂很有经验,他们把我捆绑成一只虾的形状扔在地上,他们说我的罪行很严重。于是就有一个地狱的法官从城门里匆匆地跑出来,他身上霉烂潮湿的气味是如此浓烈。直到此时,我才知道我已经误闯了地狱之门。

**审讯**

法官:你的后背上没有编号,你为什么没有编号?

华金斗:我就是没有编号嘛,我不知道为什么,说是三局工作疏忽了嘛。

法官:我们的天界堕落成什么样子了,竟然出现了没有编号的鬼魂！你叫什么名字？听说你在这里无理取闹，你想干什么？

华金斗：我是第八区的华金斗呀，他们说第八区合并到地狱来了，他们也不管你愿不愿意就把你弄到地狱来，我可不来你们这个鬼地方。你们别误会，我不是故意来闹事的，我不知道怎么就跑到这里来了。就怪我的驴子不听话，是它把我带到这儿来的，早知道我就不来了。法官大人，你跟那帮愣头青不一样，你肯定是讲道理的，我没有犯你们的法，你们不能把我送到地狱里去呀！

法官：谁说要把你送到地狱去？哼，你不知道像你这种没有编号的鬼魂，哪儿都不能去，按规定你连地狱也不能去！

华金斗：法官大人你在开玩笑啦，你在吓唬我吧，我连地狱也去不了？我不相信，天堂去不了，地狱也去不了，那我能上哪儿去呢？

法官：哪儿都不能去，你回人间去，要不然你就想办法找到三局，让他们给你补一个编号。没有编号不符合法律，我们地狱也有地狱法，现在你明白了吗？

华金斗：你在开玩笑呢，你让我回到人间去，我怎么回得去？你让我去找三局，三局是保密的，谁也不知道三局在哪里，天呀，这不是在开我华金斗的玩笑吗？

法官：我没空跟你开玩笑，我还有好多案子要审呢。现在你老实回答我，你为什么要在阎王老爷的诞辰虐待一头驴子？你是不是对阎王老爷心怀不满，故意来破坏我们地狱的和平和安宁？

华金斗：这可冤枉死人了，我不敢对阎王老爷心怀不满呀，我就对自己心怀不满。法官大人，你不知道我的一肚子苦水，我的苦胆给人弄破了，我的脑子给人挖掉了，我的脸皮给人揭下来了，我不想打我的驴子，可是我怎么忍也忍不住呀！

法官：世风日下，连鬼魂都在发疯了。你肯定是疯了，为什么事？不会为别的事，不是为升官就是为发财，不是为发财就是为女人。

华金斗：不，不，我说不出口，说出来你们会笑话我的，你们会把大牙笑掉的。法官大人，我想问你一件事，你有儿子吗？

法官：有，有四个儿子。咦，你还有心思跟我聊家常？

华金斗：法官大人你好福气，你的儿子，你的四个儿子，儿子，他们，他们是你的儿子吗？

法官：你什么意思？我看你神经确实乱套了，我的儿子不是我的儿子，难道是你的儿子吗？

华金斗：法官大人，我没有别的意思，我是在笑话我自己呢。我的儿子就不是我自己的儿子，有人说我儿子是邓天寿的儿子。

法官：我明白了，这种事情很常见。根据我的观察，父子反目成仇大打出手的都有这种内幕，你的家庭生活肯定很不幸。

华金斗：你明白什么呀，你少跟我来孔夫子的卵泡皮，文绉绉那一套。告诉你我不相信，我不相信，这是你们存心气我呢！你们要让我华金斗做全世界最可怜的人，我做了，你们要我死我也死了，等我死了你们又要我做天上最可怜的鬼魂，我也做了，我华金斗忍得还不够吗？可你们现在要把我的儿子也换掉，我就这么一个儿子，你们却说他是邓天寿的儿子。你们要我断子绝孙，我不会依你们了。告诉你们，你们说什么我也不会相信，华独虎是华金斗的儿子，就是天王老子来也不能冒领我的儿子。

法官：谁要冒领你的儿子？我有四个儿子，四个儿子给我生了两个孙子、两个孙女，我都嫌他们太吵太烦人，我不是你这种封建脑瓜。不过我现在倒有点同情你了，要不我送你一个儿子怎么样？过继给你，让他姓你的姓好了，对了，你说你姓什么？

华金斗：法官大人，你这是在耍弄我呢，儿子不是香烟，怎么随便抽出来送人呢？我要的是我华金斗的儿子，不是别人的儿子，你再耍弄我我就对你不客气，你有四个儿子就可以要弄我了吗？我一口气咒死你的四个儿子，我先咒死你的儿子再咒死你的孙子，我让你再在我面前摆阔气！

法官：你这个疯子狗胆包天，像你这种人间垃圾怎么能到天界来？我有办法治你的疯病，你以为没有编号就能无法无天了？我现在要处理你，来人，来人呀，快去把我的黑印拿来。我要亲手给这个疯子盖印！

华金斗：拿什么来？拿黑印？你真是个糊涂法官，我又不是一张纸，你怎么给我盖印？要盖也盖红印，怎么给我盖黑印呢？你是不是要给我一个编号了？我不要编号，我又不是肉联厂的猪，要编号干什么？

法官：哼，给你编号我就失职了，你这样的人不配有编号，你这样的人，就连我们地狱也永远拒绝你入境。

华金斗：大法官呀，你又在开我的玩笑了，你说我连进地狱都没资格，我连杀人犯都不如吗？杀人犯都能进地狱，我却不能进，你这是什么狗屁法官呀？

法官：你给我瞪大眼睛看看这方黑印，我告诉你盖上这黑印你进地狱的权利就取消了。从此你上天无门，入地无路，你无处可去了！牛头马面，你们快给他盖呀，盖得清楚点，好了，好了。现在把他推出去，推得越远越好。来人，再来几个清洁工，小心这疯子把细菌带到我们地狱来，他呼吸过的空气必须进行消毒，消毒一次不够，三次，消毒三次，你

261

们都听清楚了吗？

## 5

没有人会相信我的遭遇的。当我向人们诉说我的遭遇时，他们甚至掩嘴窃笑，他们认为我是个疯子。甚至我的驴子也把我当成了疯子，它不这么说，但我看得出来它是这么想的。我看得出来在我成为一个黑印鬼魂以后，这个世界已经彻底地抛弃了我，你该记得法官是怎么说的，你已经无处可去。那不是一句吓唬人的话，我确实已经无处可去，因为无处可去我最后重归于香椿树街。我要让你们知道，我已经不再眷恋那条该死的街道，我已经不在乎我的那个家了，我要让你们知道我已经心如死灰。我仍然能看见我的三个女儿，但是我怎么也不能回忆起她们在我膝下的日子了。我不记得她们的受孕和出生，也不记得她们是怎么长成了现在这种成年妇女的模样，你们肯定认为我是在说疯话，我不敢确定她们是不是我的女儿。我仍然能看见我妹妹坐在家门口做针线，我看见一个苍老的脸如皱纸张、如虾米的老女人。我想不起来她为什么是我的妹妹，她有什么证据证明她是我的妹妹，我不敢确定她就是我的妹妹。

你会发现我在竭力避免谈及独虎，我不想掩饰我的无能和软弱。我看见独虎时，总是听见一种遥远的孩子的声音，爸爸，爸爸。但我不能确定那是谁家的孩子的声音，我听见这种声音时无动于衷，我左顾右盼。我想，是谁家的孩子叫得这么烦人？是谁把儿子扔下不管了？我不记得我儿子叫爸爸的声音了。别人告诉我我儿子是邓天寿的，那意思就是我没有儿子。我没有儿子？我不太相信这种结果，可我不知道我的儿子在哪里，谁是我的儿子？

有人说这个油头粉面的青年不是我的儿子，他在我家里擦皮鞋，一双怪模怪样的黑皮鞋已经擦得像一块玻璃了，他还在擦，他还蘸着自己的口水擦。我看他是不太像我的儿子。我的儿子不应该是这样的。假如他是我的儿子，他应该知道我在上面看着他呢，他不会把脚放在那只断腿凳子上擦皮鞋，他应该拿起榔头、钉子把凳子腿先修好了，然后他应该脱下身上那套过年时穿的衣服，换上工作服上班去。我看别人没有造谣，他不像我的儿子。他要是我的儿子就不会这样没出息，二十好几的人了，一门手艺都没有，只能在运输公司做个临时工。二十好几的人，虽然相貌堂堂、衣冠楚楚，却连个女朋友也找不到。我看他不像我的儿子，他若是我的儿子，就该知道华家三代单传，就是到街上抢也要抢个媳妇回家，他若是我的儿子就是累死在床上也要给我弄出个孙子来。

那不是我的儿子。他不是我的儿子,可他却像个皇帝一样在我家里出出进进,大姑像个老宫女一样跟在他屁股后面左右伺候。大姑这一生都在为华金斗一家做牛做马,她是华金斗的妹妹,你就是打着灯笼找到月亮上去也找不到这样的妹妹。这样的妹妹别人不相信,别说你们不相信,我自己也不相信了,现在我想不起来我们小时候的事了,我忘了大姑是哪一年来到我家的,忘了她像一条癞皮狗似的赖在我家的原因。现在我觉得我这个妹妹很可疑,我看着那个陌生的像虾米一样的背影,心里想,这是我的妹妹吗?这个老女人葫芦里卖的是什么药呀?她打的到底是什么算盘?想着想着我开始害怕了,我依稀看见大姑的身后拖着一道灰白色的光,就像扫帚星划过夜空拖着一条灰白色的光。我想起大姑对自己的评价,她说她是一颗扫帚星,我想对呀,她可不就是一颗扫帚星吗?她若不是扫帚星,我最疼爱的女儿新兰怎么会死在她怀里?我的大女婿怎么会落下个残疾?她若不是扫帚星,怎么把哥哥嫂嫂都送上天,自己当了侄女、侄子的亲娘?她的狼子野心大得很,她还篡了我的权夺了我的印,她是身兼数职,又当爹又当娘、又当总理又当部长呀。

你们会说我是疯了,你们会说我的良心让狗吃了,随你们怎么说吧。我不管你们那一套,我就是怀疑,我看见年轻的华金斗在我家的墙上咧着嘴笑,心里就想那个人是我吗？那个人真要是华金斗他怎么笑得出来？难道华金斗这辈子遇到过开心的时候吗？你们不要说我疯了，我现在比谁都清醒，我华金斗做了一辈子傻瓜，人人都来骗我。现在好了，我什么都不相信，让你们再来骗我吧，你们再也骗不了我啦！

6

梧桐树的叶子黄了，秋天又深了。有一支工程队在香椿树街上修路，他们把好好的水泥路挖开了一条沟，好好的一条街像个战场。说起来我又在发牢骚，我躲在天上也没用，满天的尘土呛得我不停地咳嗽，掘进机和搅拌机的噪声刺得我头疼欲裂。不是我发牢骚，我确实想不通，好好的一条路他们折腾来折腾去的要干什么。如今的人都忘了艰苦朴素了，都忘了因陋就简了，这我也管不了，可是想想总是很窝火。人们就是这么自私，他们把这个世界弄得乌烟瘴气的，自己的日子是越过越好了，乌烟瘴气都往天上跑，呛得鬼魂们要戴口罩，他们才不管呢，他们修了多少条路了，哪一条也轮不到你鬼魂走。他们是全心全意为自己服务嘛，有谁站出来为天上的亡灵们说一句话呢？

香椿树街已经把华金斗遗忘了，就连李义泰那样的穷贱朋友也装出一副贵人多忘事的模样，我追着他想跟他说说话，他却听不见。他就喜欢跟大姑有一句没一句地说话。有一天他提着一个量米袋子走进我家，我看见他解开绳子，把米袋子翻了个身，一大堆白乎乎的东西立刻像小山一样堆在大姑脚下。你猜猜那是什么东西？是一百多副手套，是各种各样的工作手套，有白色的，有灰色的，有精纺的，也有混纺的。我听见李义泰对大姑说，攒了几十年的手套，全在这儿了，全给你。

李义泰你该死呀。大姑惊叫了一声，她捡起一只手套仔细看着，多好的手套，大姑说，我问你要了多少年你都不肯给我，现在给我还有什么用？这么多手套倒是能拆几斤线，可孩子们现在谁还穿线衫线裤？他们早就不肯穿啦。

他们不肯穿我肯穿。李义泰说。

你肯穿你自己拆去，自己打去，拿来给我干什么？大姑说。

我就猜到你会说这话，我就猜到你要伤我心。李义泰说，那时候多少人跟我要手套我都不给，我给你留着，我干活时候都不舍得戴。

尽挑好听的说，大姑"哼"了一声，那时候不送，现在送多少也没用，我不要。

那时候不送,我是打自己的算盘呢。李义泰说,我想等着有一天,有一天,我以为会有那么一天呢。

一天什么呀? 大姑说,你是在发烧说胡话吧,你说话颠三倒四的,我听不懂。

你听得懂,你装糊涂,你装了一辈子糊涂了。李义泰突然骂了句脏话,他妈个×,你这女人的心肠是石头做的? 我明天就卷铺盖回乡下了,你今天还在跟我装糊涂?

大姑好像不是在装糊涂,她好像是听不懂李义泰的话。我看见她呆呆地望着李义泰的脸,她手里的一只手套无声地落到了地上。

什么时候走? 大姑怯怯地说。

你是聋子啊? 明天就走! 李义泰几乎吼了起来,明天,你听明白了吗?

你吼什么? 我又不是你媳妇。大姑说。

我不吼你也不是我媳妇,我吼了你也不是我媳妇。李义泰说,反正不是我媳妇,吼几声心里畅快一些。

吼吧,你把嗓子吼破了不关我的事。大姑说,你再吼,再吼几声呀,怎么不吼了?

李义泰不吼了,他低下头去,用脚尖轻轻踢着地上的那堆手套。老了,吼不动了,过了一会儿,李义泰说,这些手套你就留着吧,我留着它们是等着有一天让你高兴一下的。

看来这一天是不会来了,你别怨我给得迟了,你怎么不说话?你还在怨我给迟了?

我不怨你。大姑说,我就怨你走这么急,明天就走,我就是长八只手也来不及。你是回乡下,又不是充军发配,走这么急干什么?

我不急,不急就还守在这里,我能守出个什么名堂吗?

你要是不急着走就好了,大姑说,我拆了手套给你打一件线衫,你要是不走我还能给你打一条线裤,这么多手套足够了。

总算等到你这句话了。李义泰叹了一口气说,可惜你这句话也说迟了,我的火车票已经买好了,我弟弟替我把墓地也买好了,我该回去了,迟早是要回去,不如趁早,我不想像老七一样,老得走不动了才回去,死在路上了。

大姑的眼睛眨巴着,她大概想把眼泪收回去,这不是白费功夫吗,她的眼睛眨得越厉害眼泪就流得越急。这会儿她也顾不上爱惜那些手套了,她抓起一只手套抹眼睛,又抓起另一只擦脸,可是那些眼泪就像屋檐上的雨水滴落下来。

李义泰你该死呀,大姑说,你跟我说这些话,你是存心气我呢。

我气你什么?李义泰说,你把我弄糊涂了,我在说我自己的事,你却在那儿哭起来了。你是在为我哭?你要是为我哭我高兴，可现在别哭，我现在还硬朗着呢，要死也死不了。

谁在为你哭？大姑说，李义泰你不该说这些话呀，我知道我对你不好，不如你对我好，可你不该把我当一条蛇那样打，打蛇才打七寸，你在打我的七寸，你还不让我哭，你就是存心带个大碗来装我的眼泪呀。

我带什么碗了？我就带的手套。李义泰说，我在说老七死在路上了，我没有瞎编半句，他的儿女把他银行里存的钱全部提走了，他还不知道，他还把存折缝在裤衩口袋里，怕人偷怕人抢呢，他不知道存折已经作废了。

你别说老七的事了。大姑说，你不是在说老七，你是在说我呢，我知道你安的是什么心，你说什么我都不听。别人家的儿女偷存折，我们家的没偷，我也没什么存折让他们偷。

那你还不如老七。李义泰说，老七还有几张纸，你却什么都没有。哪个小偷偷上你，会让你活活气死。你别朝我翻眼睛，我不说你了，我就说我自己。我也不如老七呀，老七白忙活了一辈子，总还留下了个血脉，我这辈子留下了什么？就留下几根屌毛在床上，扫一扫那几根屌毛都找不到呀。

你别说了，你别把我跟你扯到一起去。大姑说，我们家的孩子不是我生却是我养，养大他们我这辈子就没有白过，我不后悔，我对我哥哥嫂嫂有交代了，我对华家的祖宗有交代了，我不怕，我死在路上也不怕！

说来说去你还是这句话,听得我耳朵起了老茧。李义泰长长地叹了一口气,说,好了,好了,我李义泰这辈子遇见你只能自认倒霉。就是个石头人也有开窍的一天,你还不如一个石头人!

李义泰双手撑腰慢慢地站起来,他眯着眼睛看大姑的脸,似乎等着大姑说什么,大姑却把脸扭了过去。李义泰说,大姑你记住了,你这辈子是白忙活了一场,到了黄泉路上你就知道了。

我看见李义泰拿着空米袋子走出我家的门,我想这家伙是士别三日当刮目相看嘛,他的狗嘴里今天怎么吐了颗象牙出来?那句话应该由我来告诉他们的,李义泰是个狗屁不通的人,他怎么知道大姑这辈子是白忙活一场呢?他还口口声声说什么黄泉路、红泉路的,好像是个过来人一样,他活得好好的,从来就没有死过,他有什么资格来教训大姑?

李义泰腋下夹着那个米袋子跨过路沟,他抬头看了看天,我以为他是发现我了,朝他"嘘"了一声。我说,你这狗东西在我面前倚老卖老,我还不知道你李义泰肚子里有几两醋?李义泰不理我,歪着头看着天,嘴里愤愤地嘀咕着什么。我猜他是在跟天斗气,他是在骂天的脏话,这些没用的东西。你看他们有多糊涂,他们骂天以为天听不见,什么时候惹恼了老天,让他落个华金斗一样的下场,后悔就来不及了。

## 7

你看看独虎,你看看他唱歌时那种摇头晃脑的样子,你看看他去的是什么地方?什么歌厅,什么卡拉OK,我看那地方就像旧社会的妓院嘛,男男女女挤在一起,打打闹闹,动手动脚的,没个正经,不是妓院是什么?我看见独虎唱歌时那种大便干燥的表情,听见他的哭丧似的歌声,浑身就起鸡皮疙瘩。我想别人没有说错,这孩子确实不像是我的儿子呀。梨树上结不出苹果,麦地里长不出棉花。别人没有造谣,这华独虎确实不像是华金斗的儿子。

你看看独虎又跟谁混在一起。他跟劳改犯郁勇在一起,跟狐狸精多多在一起。他们的小桌子上放着外国的酒、外国的花生、外国的瓜子,那要花多少钱呀!你以为那些东西是谁买的?你以为是郁勇买的,是多多买的?屁,都是独虎那傻瓜买的呀!你以为他们在一起鬼混是谁邀请谁请客?屁,告诉你要笑掉大牙,是郁勇邀请独虎来的。郁勇让他来他就来了,郁勇说我没钱你付钱他就付了。这就是华独虎,郁勇让他来他不敢不来,郁勇让他付钱他不敢不付,这就是天底下最胆小、最窝囊、最没出息的华独虎。他们说得不错，他不是华金斗的儿子，他是邓天寿的儿子。随便他是谁的儿子，反正他不是华金斗的儿子。

独虎唱歌的时候多多就一直在笑，独虎唱完坐下来了多多还在笑。独虎说，你他妈的笑什么？多多说，笑你的小拇指，哎哟，你唱起歌来像毛阿敏的姐姐，你还跷着个兰花指呢。独虎说，我什么时候跷兰花指的？郁勇，我跷兰花指了吗？郁勇说，翘了，你跷着兰花指自己不知道？独虎看着郁勇的脸，他好像是在判断郁勇有没有说谎。郁勇嘿嘿一笑，说，你这种人我见过不少了，你们都跷兰花指，跷跷兰花指怕什么？你他妈这么紧张干什么？独虎说，我没跷！没跷就是没跷！你们他妈的到底是什么意思？郁勇的表情显得越来越狡黠了，他揽过独虎的肩膀，眯着眼睛逼视着独虎，突然咯咯狂笑起来。独虎甩掉了郁勇的手，他说，你他妈的也笑，你们都疯了？郁勇竖起自己的小拇指看着，说，咦，我怎么不会跷兰花指？独虎你教教我。独虎说，滚你妈的蛋！郁勇说，开开玩笑，你他妈生什么气？郁勇说着突然扳过独虎的脑袋，他对着独虎的耳朵吹了一口气，然后他说，我在山上遇到一个人，就是你那种人，我看见他就想起你来。有一次洗澡的时候，他从我身边走过，你猜他干什么了？独虎很警惕地看了郁勇一眼，反问了一句，他干什么了？郁勇又嘿嘿笑了一阵，接着他用一阵接近于喜悦的声音说，他妈的，他摸了我的鸡巴！独虎发出的笑声很短促，他的头扭来扭去地躲避着郁勇猥亵的眼神。他说，怎么啦，他到底是男的还是女的？郁勇仍然嬉笑着说，你他妈的装什么蒜？我问你，你想不想摸我的鸡巴？你想摸尽管开口，想摸就给我买一盒万宝路来。

独虎的眼睛里掠过一道炽烈的光焰，他终于发怒了。独虎站了起来，端起盛满烟蒂的烟灰缸朝郁勇泼去，郁勇敏捷地闪开了。我说，把烟灰缸砸到他头上去！他好像听见了，他举着烟灰缸就像举着一颗手榴弹，可他敢举着它却不敢扔出去。郁勇说，你砸呀，砸过来，你要不砸就是我孙子。独虎举着烟缸说，操你妈的，你欺人太甚了！郁勇说，我不是故意欺负你，我是忍不住，跟你在一起就忍不住，我有什么办法？多多在一边帮腔说，他也没说你什么嘛，世界上娘娘腔多着呢，又不是你一个，你怕什么？独虎转过脸去，对着多多说，婊子货，给我闭上你的臭嘴。多多冷笑了一声说，你就会对女的耍威风，欺软怕硬，你不是娘娘腔是什么？你拿着烟灰缸砸谁呀？砸我？你要不砸你就是娘娘腔！

我听见"砰"的一声脆响，你猜烟灰缸砸哪儿了？砸地上了！你还说独虎是华金斗的儿子吗？你要这么说就是往我脸上抹黑呢，他不是我的儿子，郁勇没有说错，多多也没有

273

说错，他是世界上最娘娘腔的娘娘腔。他没有血性，他没有胆量，他让别人骑在他头上拉屎，还捂着鼻子嫌人家的屎臭。你要把他当男子汉你就是瞎了眼了，你要再说他是我华金斗的儿子我就对你不客气。告诉你，他不是我华金斗的儿子!

一个女人不知躲在哪里唱着靡靡之音，我的耳朵里像是钻进了几只虫子，我的心里钻进了一条大狼狗，大狼狗大口大口地咬着我的心，它快把我的心咬成一堆碎渣了。你说我在为我儿子伤心，不，我才不为他伤心呢。我是不知道为谁伤心才这么伤心的。伤心不一定就流泪，我是在笑。我站在郁勇和多多一边尽情地讥笑着这个无用的东西，笑得前仰后合，笑得喘不上气来，心情就好一点了。

独虎被我们笑得无地自容，他看了看地板，地板上没有洞，他钻不进去，他看了看屋顶，屋顶被水泥和石膏糊得严严实实，他飞不出去。他丢尽了脸还要打肿脸充胖子，他对郁勇说，你以为我不会钓女孩，我钓一个漂亮的给你看看。他对多多说，我搞过的女孩不知比你漂亮多少倍。郁勇就笑了，他说，好呀，你钓一个给我看看，就钓那边长头发的，快去，快去钓。独虎说，她？脸像一个大冬瓜，我没有兴趣。多多说，那边还有一个，穿黑裙子的那个，她够漂亮的了。独虎就侧过脸打量那个女孩，说，马马虎虎说得过去，就是她了，我钓给你们看。

是有一个女孩独自坐在角落里嗑着瓜子，我看她也不会是什么良家妇女，她的目光像手电筒一样在四周扫来扫去的，我看她也正瞄准了独虎呢。独虎走近她的时候，她突然把裙子掀起来抖了抖，然后小心地压在屁股下面，我觉得这个多余的动作使她显得更加可疑。她还朝独虎莞尔一笑，笑得也不怎么正经。所以独虎走过去的时候，我的心就提在喉咙里了。

给我一点瓜子。独虎一边说着一边就动手在小桌上抓了一把瓜子，他嬉皮笑脸的，但我知道他是故作轻松，他一直用眼角的余光瞄着郁勇和多多他们。他说，你喜欢嗑瓜子啊，我也喜欢嗑瓜子。

我不喜欢嗑瓜子。女孩说。

你不喜欢嗑瓜子为什么嗑瓜子？独虎说。

没事做嘛。女孩拉长了声调说，没事做就嗑瓜子，瓜子最便宜嘛。

这么好的音乐，为什么不跳舞呢？独虎说，我们跳支舞吧，我会跳三步四步，探戈也会，我们跳探戈吧。

老头老太太才跳探戈呢。女孩说，我只跳两步，别的不跳。

那就跳两步。独虎说，我什么舞都会，什么舞都难不倒我。

独虎和女孩搂在一起的时候，脸上露出了一种胜利的表情。他观察着郁勇他们的反应，郁勇他们却没有丝毫反应。这对狗男女，你都想不到他们有多下流，他们趁着这机会在桌子底下又是摸又是掐的，他们顾不上笑话独虎了。跳完了一支曲子，独虎回到他的座位，郁勇就赶他走，郁勇说，怎么下来了？接着跳，那女孩骚着呢，跳到天亮也没问题。独虎得意地压低声音说，我操，她贴得好紧，快把我贴成烧饼了。郁勇说，我没看见你们贴，你他妈的少跟我吹牛。多多说，独虎哎，你跳舞好恶心，扭来扭去的干什么？你还说你不是娘娘腔，哪个男人跳舞跟你一样扭屁股的？独虎一下子又急眼了，他说，你是对眼呀？什么时候看见我扭屁股的？我什么时候扭屁股的？多多说，你是扭惯了，自己不知道。郁勇把多多推到一边，对独虎说，你他妈的没出息，跳个舞算什么？贴一贴算什么？你要有种今天动真格的给我们看，你要把她带出去我就服了你。独虎犹豫了一下，问，我要把她带出去了怎么说？带出去的意思你不懂？郁勇说，你别想耍滑头，我们会在后面跟着你，你要有那个胆量我就服了你，我明天请你去小洞天玩。

你想不出世界上有比独虎更傻的人了，别人拿了圈套出来他呼的一下就钻进去了，就是一条狗见到骨头还要先嗅一嗅，他还不如一条狗聪明呢。我看见他再次向那个女孩走去，面带微笑，迈着英雄就义的步子。他那模样把女孩也吓坏了，女孩慌忙掖好她的裙子，说，我不跳了，你这个人有点怪。独虎说，我有什么怪的？娘娘腔？你也觉得我娘娘腔？女孩说，说不上来，我就觉得你跟一般的男人不一样。独虎说，怎么不一样？他站在女孩面前等着她的回答，但她不说话了，她低着头拨弄自己的指甲。独虎又追问了一句，怎么不一样？女孩突然扑哧一笑，说，不过你长得不错，你的眼睛比我还水灵呢。

你知道独虎这个人，你一夸他的骨头就比羽毛还轻了。他倒也会趁热打铁，一下子狗胆包天。我亲耳听见他用一种流氓腔调对女孩说了那句话，我们出去玩玩。我敢发誓独虎不会说这种话，他是从郁勇那里学的这种腔调，但我觉得他的腔调比郁勇还要下流，还要无耻。我以为那个女孩会给他一个耳光，她若是给他一个耳光我就会喊，打得好，再打一个，打得太轻了。奇怪的是女孩一点也不生气，她朝左右两边看了看，说，去哪儿？说着她叹了口气站起来，她说，你在前面走。

我不敢相信自己的耳朵，我不敢相信如今的女孩这么自轻自贱。你别笑话我，我真的没有想到她是干那一行的，我没想到如今的女孩有干这一行的。我看见独虎从郁勇他们身边走过，他骄傲地向他们挤着眼睛，他的骨头轻得快像羽毛

277

一样飘起来了。我看见独虎和那个女孩先后走出去，我也看见门后的角落里有两条人影在灯光下闪了闪，尾随着他们出了门。我当时就有了一种不祥的预感，我看着那两条背影就像是抓人去的，我能看见他们的背上有一道冷光，可是独虎看不见，他看见了那两个人，他却看不见他们后背上的冷光，你能相信吗，他还朝那两个人挤眼睛呢！你能相信那个糊涂虫有多糊涂吗，他以为郁勇他们真会跟着他呢，他以为跟着他的是郁勇和多多呢！

这天夜里我儿子在人民公园的小树林里被人抓住了，不，我要重申一遍，他不是我儿子，他是邓天寿的儿子。别人反剪着他的双手把他推出树林的时候，他还嚷嚷着，别开玩笑，别开玩笑。当他弄清楚自己祸到临头时，他不喊爹不叫娘，只叫了一声，郁勇，你他妈的在哪儿？你们别这么看着我，不关我的事，那不是我儿子，我说过了，那是邓天寿的儿子，让邓天寿来呼天抢地吧，我不管他的闲事。

他们把独虎带到了派出所，独虎的表现还不如那个女孩，人家女孩不哭不闹，独虎却吓得快尿裤子了。他说，我没干，不信你们问她，我什么也没干。女孩轻蔑地冷笑一声，什么也不说。独虎就去抓她的手，说，你不说话不行，你得给我证明呀，我们就是装装样子，我没有嫖妓。公安人员上来把独虎拉走了，一个公安人员怒斥独虎道，你还在狡辩，你这样的人我们见多了，人赃俱获，狡辩有什么用？独虎突然就蹲下来了，他快哭出来了。我听见他在骂郁勇，他说，郁勇我操你八辈子祖宗，多多你这个烂婊子，你们把我坑了，你们把我坑苦了。公安人员没听清独虎在骂谁，他们围上来说，这嫖客不老实，嘴里叽叽咕咕的在骂谁？独虎说，不是骂你们，我在骂郁勇，还有他的女朋友，我是让他们坑了。公安人员警觉地追问道，还有拉皮条的？你说那两个人在哪里，叫什么名字？独虎说，不，不对，他们不是拉皮条，我说不清楚。他们说我娘娘腔，他们老是说我娘娘腔，我是被他们逼得没办法了，我是在跟他们打赌呀。

他们盘问了很久才弄清楚独虎的意思，有个公安人员就忍俊不禁地笑起来。他一笑独虎以为自己没事了，他对人家点头哈腰地想往门边溜。他哪里溜得掉呢，人家笑归笑，党性原则还是坚持的，结果独虎的膝盖就挨了一脚，他们让他面向墙壁站在那里。有个公安人员始终就不相信独虎说的是真话，他对同事们说，现在的犯罪分子越来越狡猾了，你听听他们怎么交代问题，简直是花样百出，目的只有一个，就是死不认罪！

我认识那个年纪大的公安人员老王，当年他曾经参加了对我的审讯。不知道是不是做贼心虚，他们在审问独虎时，我的心一直悬在那儿，我怕老王想起我来。他们问独虎，你父亲叫什么名字？我几乎尖叫起来，他父亲是邓天寿，他父亲不是华金斗！可是独虎偏偏不提邓天寿，他说，我父亲？他早就死了，他好像是叫华金斗。我看见老王皱着眉头回想那个熟悉的名字，他果然想起来了，老王说，好呀，原来你是华金斗的儿子，怪不得你会装疯卖傻，当年提审华金斗时，他也是来这一套，交代半天没一句老实话，看来你们是子承父业嘛。我大叫道，老王你放屁，他不是我儿子，我华金斗不认这个儿子，我华金斗再孬也不生这种儿子。无论我怎么抗议，那个官僚主义的老王也不听，他还是把我的名字记录在纸上了。

我没有办法呀，他们硬是要我当华独虎的爹，怎么推也推不掉。你们想想我有多冤枉，世上那么多当父亲的人，谁会当得像我这样冤枉呢？

8

大姑病了。在独虎出事的那几天里，她提着一个饭盒东奔西走。她跑到这里哭，跑到那里哭，把一个硬朗的身体哭坏了。她去找郁勇要人，郁勇装哑巴，她怎么说怎么骂郁勇也不理她。她一着急就去打人家，你想想她去打郁勇有什好果子吃？郁勇的手一撒，大姑就跪在地上了。大姑跪在地上哭，郁勇对别人说，操，他们家的人就会往地上躺。说完他就像没事人一样走了，大姑爬起来跟在他身后走，她一边哭一边说，我就知道你会把我家独虎带坏了，你干吗天天要来勾他的魂？现在好了，你把他的人弄没了，我就找你要人，我就找你要人！郁勇说，操，你侄子又没有嫁给我，找我要什么人？你不是会哭吗，你到派出所门口慢慢地哭，你把他们哭烦了他们就把独虎放出来了。

大姑后来其实是听了郁勇的话，她站在派出所门口哭，把嗓子都哭哑了。人家守门的就是无动于衷，妇女们的这一套他们见多了，人家才不上你的当呢。大姑就像愚公移山那样，一边哭一边向人家诉说我们华家的遭遇。人家的眼睛里是露出了同情的意思，同情归同情，他们才不会因为你的眼泪而丧失原则呢。他们劝她回家，他们告诉她事情调查清楚就会放人的。大姑不相信，她说，你们骗我呢，你们以为我不懂，进去了就出不来了，我哥哥就没出来呀。遇到我妹妹这种人，你也没有办法，她能把一切事情都混在一起，你再怎么解释她也不相信，她说她的，她哭她的。她站在那里哭得山崩地裂的，后来新竹和小杭来了，新菊也来了，三张嘴加在一起也抵不过大姑一张嘴，大姑逼着他们去救人。小杭说，这怎么救呀？我要去救我也出不来了。大姑对新竹说，你的嘴不是厉害吗，快去跟他们说呀，你来拉我干什么？是你弟弟让他们关进去了，你去让他们放人，是他们弄错了，该抓的是郁勇，不是独虎呀。新竹说，已经够丢人了，你别再丢人现眼的了！新竹拼命拉大姑，大姑一着急就在新竹的手上咬了一口。大姑说，你们的良心让狗吃了，你们一点也不当回事，他是你们的亲弟弟，你们只有这一个亲弟弟呀。孩子们拿大姑没办法，是新竹先掼了纱帽，她摸着手上的牙痕也哭起来，她说，我们走，让她一个人在这儿闹，看她能不能把他闹出来。

新竹他们刚走新梅就来了，孩子们中间就数新梅聪明，新梅来了没说几句话就把大姑弄走了。新梅说，我已经找过孙所长了，人家孙所长说了，独虎在里面待几天就放出来了，这几天在抓流氓，他是撞在枪口上了。大姑说，你乱嚼什么舌头？你弟弟是流氓？郁勇才是流氓，他们弄错了呀！新梅说，哎呀，我一跟你说话胃就疼，我带你去见孙所长，你去听他怎么说。他说你要再在这儿闹下去，独虎就出不来了，你想让独虎早点出来就趁早回家去吧。大姑似信非信，她打开手里的饭盒，说，你不是认识孙所长吗，跟人家说说好话，把这盒饭送进去让独虎吃了，他晚饭还没吃呢。新梅看着饭盒里的红烧排骨和荷包蛋，看得满腔怒火，她说，你还在把他当老爷伺候？你惯了他二十多年，要不是你他不会落到今天这步田地,你知道不知道?

一句话把大姑说得天旋地转,我看见我妹妹就像中弹的战士一样,一只手捂着胸口,另一只手放下了武器,我看见那个饭盒应声落地,大姑的身体开始瑟瑟发颤,她不再哭号,她的脸上一直停留着一种受惊的神色。后来我看见她跟在新梅身后往香椿树街的方向走,她的嘴里嘟囔着什么,新梅一回头她就闭上了嘴,她像一头羊那么温驯地跟着新梅,她像一个罪人低下了头跟着新梅走,我从来没见过我妹妹这种可怜巴巴的样子。

大姑病了。她躺在床上呻吟了一天,我听见她嘴里不停地叫着我的名字,她用一种惊惧的声音向我汇报独虎的事情。我说你就给我闭上嘴躺着吧,谁要听那些乌七八糟的事情?我不听也不行,她还是一五一十地汇报,还是老一套,独虎没有错,都是别人害了他。她说,哥呀,嫂子呀,你们不能把独虎丢给我一个人,该管的时候还得管管,我没用,我的身子骨快散架了,你们想想办法吧,快把孩子弄出来吧。

我知道大姑这回病得不轻,她老是缠着我说话,说得我心慌。我想孩子们这会儿都在哪儿呢,她们怎么把大姑一个人丢在家里不管了?大姑大概觉察到我不爱跟她说话,她就开始对自己大批判,还是老一套,她骂自己是扫帚星。她说,你这个扫帚星怎么不去死?你活得这么好,让孩子们怎么活得好？你昨天梦见独虎让一头狼叼了去，今天他就出了事，你不是扫帚星怎么会做那个梦？你这个扫帚星该死呀，让你死到美帝那儿去，让你死到苏修那里去，让你死到台湾国民党那里去，让你去受苦受难！大姑骂累了就用一块手帕蒙着眼睛睡了。我觉得我这个妹妹太可怜了，我想安慰她几句，可是转念一想她骂自己骂得在理。我要是骗她说她不是扫帚星就拿不出证据，她也不会相信的。我趁她安静的时候，打量着她的脸。我看见的是一张苍老的处在病痛中的妇人的脸，两条稀疏的眉毛快要掉光了，勉勉强强地打了一个结，向人表示她的怨恨，两片嘴唇已经没有了血色，还不依不饶地摆开说话的架势，能说出什么话来呢？都是别人不爱听的话。我看见我妹妹的白发披挂在脖颈之间，就像枯藤缠绕着朽木，每一根白发上都散发出菜籽油在锅里冒烟的气味。这就是我的像观音菩萨一样的妹妹，这就是我的像扫帚星一样的妹妹。我在想她小时候的模样，想她年轻时候的模样，不知怎么就想不起来。我就看见这么一个病中的七十岁的妹妹，我想她这辈子过得可真快，她已经活到了七十岁，可是比起我来也没占到什么便宜。我这个妹妹，她活到七十岁没享过一天福，她哪里比得上我？我还有黑天驴陪着，她病成这样，嘴唇干得起了泡，都没人给她倒一杯水！

　　我的大女儿离得近，我就先敲她的门。我说，去看看你大姑吧，她把你们拉扯大了，你们不知道她是个人，是人就会老，老了会生病，生了病要你们去倒杯水？新梅阴沉着脸回了家，她坐在大姑的床头说，这下好了，你生病生得痛快了，我倒霉了，我得去找医生了。大姑说，我没病，我是让一口气噎了一下，我有什么病？你是在咒我呀？新梅说，你还说你没病，你在发烧呢。大姑说，我发的什么烧？我一点也不觉得热，我倒是有点冷。新梅说，哎呀，跟你说话累死人啦，你连发烧都不懂，你是从来不生病不知道生病的滋味呀。新梅说着就往门外跑，大姑喊起来，你上哪儿去？新梅说，去叫赵医生来，让她先给你打一针退烧针，大姑说，你想让我死呀？我好好的打什么针？你不是说去孙所长家吗，你还不快去？买两盒点心带着，再买盒好烟，千万记得多说好话，让他明天就放人。他要是不放人你就给他跪下，他不松口你就别起来。新梅说，好主意，他要是不松口我就不起来，我就一直跪上一天一夜。

多亏了新梅，不管有多怨有多恨，她做起事情总是有条理的。她打电话把两个妹妹叫回了家，打完电话顺路去找了赵医生，最后她拐进杂货店，准备挑选给孙所长的礼品。你知道我这个女儿从小是节约惯了的，我看着她打量货架的眼神，看着她把纸做的钱包抓得那么紧，我都不忍心看她的脸。我对她说，别买了，什么也别买，你别去管独虎的事，让他在里面待着。他在里面你们大家都省心，我也省心。但新梅还是打开了钱包，她先买了一瓶白酒和一盒香烟。营业员多嘴，她说，你是送人的？送人该买双份的。新梅吞吞吐吐地说，现在的东西怎么都这么贵？她犹豫了一会儿，又让营业员再拿一瓶酒和一盒烟。我看得出新梅掏钱的时候手指都伸不直了，我就说，嫌贵你就别买了，买了也白搭，这么点东西，人家孙所长根本不入眼。我这句话好像让新梅听见了，新梅走到台阶上，提起那包礼品看着，忽然折回到柜台前，我听见她用一种视死如归的口气对营业员说，干脆给我拿一条红塔山吧。

我跟着我的大女儿往孙所长家走，我说，你给我站住，把那包东西退回去，你花的钱都扔在水里，没有用呀，人家孙所长不入眼的。我看着新梅单薄瘦弱的身影提着那包礼品，她还怕别人看见，用报纸包得严严实实的，她还怕两瓶酒挤在一起会把酒瓶弄破了，就塞了一块手帕垫在中间，小心翼翼地提着走。我说，新梅你是在白费功夫呢，你看你营养不良的样子，这些钱可以买多少老母鸡给你补充营养呀？你怎么去听大姑那老糊涂的话，你去管独虎的事干什么？我都不认这个儿子了，你还认这个弟弟干什么？

新梅不听我的话，不听我的话有什么好结果？她提着那包东西见了孙所长，人家都没有看它一眼。人家孙所长是很有水平的人，你说什么他都听着。你说的都是关于华独虎的废话，人家说的都是形势和政策。人家不摆架子，听你新梅说那么多废话已经不容易了。你一把鼻涕一把眼泪的，人家还给你递了热毛巾。你要是骂人家是老狐狸那你就是屎壳郎了，人家孙所长是接了电话才出的门，他不是故意把你晾在一边的，他有公务要忙嘛。话说回来，就算人家是耍滑头又怎么样？人家看出来了，你们华家的人弄到最后都会落地一跪，他没让你跪你就埋怨人家？我告诉你新梅，你就是跪了也是白跪，人家铁面无私，软硬不吃，不让你跪是照顾你有关节炎呢。你要是懂道理就不该血口喷人，你要是个聪明人就听天由命，随独虎去吧。你那一片孝心不如给了大姑，你放在孙家的那包东西不如带回去退了，退了钱给大姑买上十个大烧饼，大姑最喜欢吃三毛钱一个的大烧饼。她平时不舍得买，现在生了病你们做晚辈的也该尽尽孝心啦。

9

我不想去拘留所，是我的黑天驴自作主张把我驮到了那个鬼地方，这就叫皇帝不急太监急。我不知道这头驴子为什么总要操独虎的心，我都不为他操心了，它一头驴子操的是什么心？我把黑天驴劈头盖脸地训了一顿，我说你是驴子还是人？我说你这么乱管闲事，你比绍兴奶奶管得还宽了。我问它你是独虎的什么人，你是华金斗吗？你是华金斗也管不着他的事，华金斗不是他父亲。你是邓天寿吗？你要是邓天寿我现在就一拳头捶死你，我一刀一刀剐了你。你是余凤凰吗？你要是余凤凰就好了，我有一千个问题要问你，就怕你余凤凰不敢见我，就怕你见了我就像秦桧见了岳飞，你的头都抬不起来呀。我的黑天驴不说话，它就会用一双眼泪汪汪的大驴眼哀求我，也不知道是怎么搞的，我一见它的泪水心就软了。我说，好吧，看在你的面子上，我就去看看他吧。不过你别指望我心疼他，我不会心疼他的，他是活该。

如今我见到这样的高墙和铁丝网已经不再害怕，何况这儿不过是个拘留所。我觉得拘留所的条件比监狱好多了，不说别的，就说那围墙和铁丝网看着就不高不密，好像就是意思意思的样子。我想假如当初他们把我关进这里就好了，也许我就不至于怕成那样走了绝路。我不知道这种地方有什么可怕的，他们为什么急成这样？这就像一个招待所嘛，你住招待所还要花钱呢，住在这里人家管吃管住，不收你一分钱。像独虎这种好吃懒做的人，人家把你收进来是在做好事呢。

我不知道独虎为什么怕成这样，他像一只吓破了胆的兔子蹲在角落里。别人跟他说话，他哼哼哈哈的，一句话也说不清楚。你知道那种地方的风气，你做了兔子别人就做狼，你这种熊样就是在求别人来欺负你呢。有一个剃了秃头的家伙就挤到了独虎身边，他一把拧住独虎的耳朵说，我跟你说话你听不见？你犯了什么事？我看你女里女气的，不会是什么好事，你是小偷吧？独虎说，不，我不是小偷。秃头说，那你一定是强奸幼女了，我告诉你，强奸幼女是重罪，你在这里待不了几天，你会提干的，他们会把你弄到监狱去，你在监狱也待不了几天，最多一个月他们就送你上西天了。独虎说，你他妈的才强奸幼女呢，我什么也没干，我是冤枉呀。独虎说着就没出息了，他把脑袋埋在膝盖上呜呜地哭起来。他说，我冤枉，我操郁勇的八辈子祖宗，他把我害惨啦。秃头一边看着他哭一边冷笑着，冤枉？谁不说自己冤枉？秃头说着抓住独虎的头发把他的脑袋拉起来，他好奇地打量着独虎说，咦，你怎么像女人一样地哭？既然是冤枉的你哭什么？独虎说，我上了一个妓女的当，你知不知道我会判几年？秃头哈哈地笑起来说，你说你嫖妓女？我看你自己也像个女的，你拿什么去嫖妓女？你朝我翻什么眼睛？想动手？秃头猛地把独虎的脑袋撞在墙上，然后他挥手打了独虎两个耳光。

独虎抱着头看着秃头的那只手，他的眼神与其说是恐惧不如说是茫然。他说，我操，我没惹你，你为什么打我耳光？

秃头义正词严地回答道，打的就是你，你这种娘娘腔，我见了拳头就发痒。我看见独虎的脸上掠过一道绝望的光，然后他贴着墙壁站了起来，向秃头走近了一步。秃头说，来呀，我就用一只左手，我要是用了右手我就是孙子。秃头卷起了袖子，我清晰地看到他的两条胳膊上刺着青龙的图案。独虎咽了一口唾沫，嘟囔着说，左手，右手，什么左手右手？我知道他是害怕了，他向铁门外面张望了一眼，他想等管教干部来救驾。有一个干部从门外匆匆经过，独虎"喂"了一声，人家根本没有听见，人家也许没听见，也许听见了不愿意理你，人家不姓那个"喂"字。这时候屋子里的好几个人同时笑起来，独虎被那阵哄笑声吓了一跳，他就回头瞪着他们，他用一种自以为凶狠的眼光瞪着他们。可是没有一个人被独虎的眼光吓住，他们反而笑得更厉害了。然后我就听见独虎突然大吼了一声，他向其中的一个戴眼镜的中年男人扑过去，用双手去掐他的脖子。我知道独虎挑选那个人做对手很聪明，但是他不知道这种地方的规矩，初来乍到的新面孔，别人都把你当出气筒，新面孔来欺负老面孔，所有的老面孔都不答应呀。我就知道大事不妙，我想一把拖住独虎已经来不及了，七八条汉子一拥而上，在秃头的指挥下，他们先用一双袜子堵住了独虎的嘴，然后他们把他按在地上开始拳打脚踢。他们打人打出了经验，不碰独虎的脸，他们就对准独虎的肚子踢，他们把独虎的肚子当一只皮球那样踢。我听见了密集的类似皮球撞墙的声音，我甚至还听见了一声骨头断裂的脆响，"噼啪"一声，就像你用力折断一根树枝的声音。

来人啊，快来人啊。我向着四面八方狂叫起来，我拼命地摇晃着身子，我想把自己变回去，变成一个活人去救独虎，但是我只能像一只蚊子一样在我儿子身边飞来飞去，我什么也遮挡不住，我看见了独虎向我求助的目光，我听见他在叫我，爹，爹，你救救我。我听见他在向我认错，爹，爹，我错了，我以后再也不敢惹你生气了。爹，我不是邓天寿的儿子，我是你的儿子呀。你快来帮帮我吧，你怎么看着他们把我打死？我急得满头大汗，这会儿我知道我当年是死错了，这会儿我不计较别人的什么闲言碎语了，我要救我的儿子，可是一切都迟了，我看着儿子的手朝我伸过来，我拼命想去握他的手，可我就是抓不住他的手，怎么也抓不住呀！

不知过了多长时间，秃头他们终于住手了。秃头对他的同伴说，再打就出人命了，看他可怜，就放他一马，以后要是不老实再细细地收拾他。他们把独虎抬到屋子的一个死角，不让管教干部看见他。我听见秃头舒了一口气说，好久没过瘾了，今天总算过了一回瘾。秃头从独虎的嘴里掏出那双袜子，他闻了闻袜子，惊喜地说，咦，袜子不臭了，这家伙把袜子洗干净了！屋子里的人再次爆发出快乐的笑声。我看见独虎在笑声中睁开了眼睛，他不停地呻吟着，他的目光木然地扫过秃头和屋子里的人们，最后落在天花板上。天花板上用红漆写着一排标语："坦白从宽，抗拒从严。"后来独虎就一边呻吟一边看着那幅标语。秃头俯下身听着独虎的呻吟，他说，你他妈的哼哼到什么时候？这点疼都受不了，你还说你是男人？你还说你不是娘娘腔？独虎摇了摇头，我知道他的意思，他说他不是娘娘腔。他说他不是秃头不答应，秃头瞪圆了眼珠子说，你不是？你他妈不是娘娘腔谁是娘娘腔？秃头冷笑了一声，握紧拳头朝独虎比画了一下，说，你还嘴硬？你还没让我收拾干净？独虎仍然摇着头，秃头说，你还摇头？再摇头我把你脑袋摘下来。独虎不再摇头了，他看着秃头横在他头顶上的那只拳头，过了一会儿他闭上了眼睛。我听见他在咕哝着什么，他的声音那么衰弱，那么含混不清，但我最后还是听清楚了。他说，我是，我是，我是。娘娘腔。

　　我早就料到了这个结果，但是当我亲耳听到独虎认罪时，我心如刀绞。你们都说识时务者为俊杰，你们都说好汉不吃眼前亏，我不能责怪独虎了，我只能把一腔的悲愤发泄到我的驴子身上。我说，你这头蠢驴，你把我驮到这里来干什么？你让我来受这份罪，不如支一口油锅让我跳呢！你这头蠢驴，表面上装得老实，怀的却是什么歹毒心肠？你让我来看的是什么西洋镜？你以为别人说独虎不是我儿子，我就不认这个儿子了吗？你以为我看着他们打独虎会无动于衷吗？我的五个孩子就是我的五根手指，十指连心你懂不懂？打的是他疼的却是我你懂不懂？你这头蠢驴，你让我来受这份罪不如拿把锯子来锯我的手指，不如拿把螺丝刀来刺我的心！你这头蠢驴，你是一头披着驴皮的狼呀！

10

早晨太阳没有出来，人们都说今天要下雨，雨却在跟太阳赌气，你不出来我也不落下来，天空和雨水一样占着茅坑不拉屎，结果天空始终阴沉着，便宜了风，风像一个醉汉在香椿树街上跌跌撞撞地走，见到电线杆就靠在上面打几声呼噜。你听着风的呼噜声会心烦意乱，这是我的经验。这种天气我总能窥见阎王爷派出的抓人的队伍，他们穿着灰色的服装在乌云与煤烟后面鬼鬼祟祟交头接耳的。他们能躲过地上的人们的视线，却躲不过我的眼睛。这种日子不是什么好日子，我总是提醒我的亲人们没事不要出门，出了门就要格外小心。我提醒我的亲人们在哪儿都要安分守己，假如路上有人骑车撞了你，你不要去骂人家，不要发火，别人不说对不起也没关系，你就当别人说过对不起了，你说没关系就行了。

假如你的领导批评你了,你也别顶撞,批评错了也没关系,有则改之无则加勉,你说我下次注意就行了。总之这样的日子里,厄运当头的人都要小心,更何况是我华家的人?总之我要我的亲人混在十亿人中间,那些穿灰衣服的大鬼小鬼要监视十亿人呢。只要你小心,只要你不去惹他们,我就不信他们长了孙悟空的火眼金睛,能把华家人从十亿人中间挑出来。我不怕你们骂我阴毒,每逢这种日子我就向上苍祈祷,让恶魔的手伸到别人家里去吧,不要再缠着我们家不放了。让我不安的是我没有听见上苍的许诺,我的要求不算过分,可我就是听不见一声许诺,你让我怎能不心烦意乱呢?

我心烦意乱。我看见我妹妹从病榻上爬起来了,她和新竹像打架似的闹了半天,最后还是爬起来了。大姑的脸上是一种伤心过度的表情,你知道她不为别的,还是为了独虎的事。大姑说,我看透你们了,我不指望你们了,你们不管他的死活,我不能不管呀,你爹妈不跟你们要人,他们跟我要人呀!

你又在说什么胡话?新竹说,是你一直在跟我们要独虎的人,怎么赖到我爹妈头上去了?

你们不长心肝,你们听不见爹妈说话呀。大姑说,去,到你爹妈的遗像前站一会儿,听听他们对你说什么!

新竹才不会上大姑的当，她朝西墙扫了一眼，说，你又拿他们做挡箭牌，我就受不了你这一套。你是越老越糊涂了，我告诉你独虎不会有什么事，你怎么就不信呢。小杭已经走过关系了，人家说独虎是顶风作案才抓的，不是什么大案，过了风头就放出来了。

信了你们的话盐罐也出蛆。大姑说，作案作案，独虎能作什么案？他是你亲弟弟，你不是不知道他这个人，他敢去嫖女人吗？他是让郁勇坑啦。

好，好，独虎是让郁勇坑了。新竹说，我信，我信有什么用？人家公安局不信呀！

他们不信怪你们没说清楚。大姑说，你们几个在家倒是能说会道，一个比一个嘴凶，这会儿要你们说，你们就连个子丑寅卯也说不上来了！

我们说不清楚，那你去说吧。新竹的臭脾气一下子又犯了，她脾气一犯说的话也就不成体统了。她说，关我屁事，我自己家里的事都焦头烂额的，孩子昨天就发烧了，我都没时间送他去医院，都是让独虎这浑蛋害的。他害了自己不算，还要把我们也一起害了，他害了我们不算，我儿子也要跟着遭殃啦！

大姑的袜子穿了一只，另一只后来就一直没穿，另一只袜子掉到了床底下，大姑的手四处搜寻着那只袜子，她的眼光却直直地落在新竹脸上。大姑气坏了,她的眼泪和鼻涕一起喷涌而出,她说,我看透你们了,我总算看透了,我不让独虎来害你们了,从今天起你们该干什么干什么,我不要你们管独虎的事,我豁出这条老命去,我不信有理说不清,我不信独虎放不出来。

就这样我妹妹穿着一只袜子出了门。你知道我妹妹这个人,她是一条道走到黑的人,她不撞南墙心不甘,撞了南墙还以为是北墙,她就是这种人呀。我那该死的女儿后来后悔了,她要把大姑拉回来,哪里拉得住她?大姑像飞蛾扑火一样冲到了街上。她要去说,她以为自己的嘴能把社会主义法治说没了,她以为自己的嘴能把一个犯罪分子说成党的好青年,这不是在做梦吗?她是在做梦,她是在梦游,可她一点也不知道,看她那气壮山河的样子,你还以为她是去捍卫真理呢。

我顾不上骂新竹什么了。我跟着大姑在街上走,我说,好妹妹呀,你病得不轻,走路就别走那么快了,你走得像火车那么快也没用,你救不出独虎来的。大姑对我翻了个白眼,她旁若无人地穿过十字路口,几辆汽车在她周围纷纷来了个急刹车。有个司机把脑袋探出来骂她,你找死呀?你活得不耐烦了?大姑只当没听见,全世界的汽车都停下也不关她的事。我说,好妹妹呀,你听见人家怎么骂你了吗?人家骂得对，你这是在找死呢，看看你这把年纪，看看你病成什么样了，你还跑得像田径运动员似的，你不是找死是干什么？我妹妹那天是存心跟我作对呢，你不让她跑她偏要跑，好像独虎在狼窝里等着她去把他抱出来呢。我没办法，我就一边跟着她跑，一边偷窥着那些躲在云层里的阎王爷的巡逻队。我在心里说，你们这些好鬼千万别瞄上我的老妹妹，她跑这么快不是去捡钱包，也不是为了去商店买便宜货，她是为了华家那个不成器的儿子呀。我恨不得变成一朵云遮在我妹妹的头上，不让他们发现她的身影。我在心里说，你们这些善良的好鬼呀，那是我的妹妹，看在我的面子上，你们别跟她一般见识，你们就把她当一个疯老婆子吧。

大姑来到了派出所，派出所的警察正在开会，他们听见会议室门外有个妇女在高声喊着一个人的名字。一个年轻人打开门，恰好看见大姑贴着档案室的门朝里面张望。那个年轻人大喝了一声，干什么的？大姑被他吓了一跳，她摸着胸口隔了好一会儿才镇定下来，她说，你吼什么？我又不是特务，我在找我侄子呢，你们把他关在哪里了？那个年轻人说，什么侄子侄女的，你找人也不能在档案室找，你到底在找谁？大姑说，我侄子——华独虎，你们抓了他，你们抓错人了，你们该抓郁勇的，你们快把我侄子放了，我带你们去抓郁勇。这时候孙所长出来了，孙所长毕竟政策水平高，对群众的态度就很好。他不仅态度好，人也聪明，大姑一提华独虎的名字他就知道她干什么来了。他说，大姑呀，你管不了这件事，我也管不了这件事，你侄子前天转到看守所去了。大姑不懂看守所的意思，她说，什么所？你们把他弄到哪个所去了？孙所长说，大姑你别急，看守所不是监狱，像你侄子这种情况都要移交看守所，这是我们的制度。我妹妹这个人你是知道的，你越是让她别急她越是急，你说看守所不是监狱她就怀疑看守所是监狱，所以出现后来的情况也不意外。我妹妹突然一屁股坐到了地上，双手拍着水泥地哭喊起来，冤枉，冤枉，冤枉呀，你们怎么把我侄子关进了监狱，你们弄错了，你们该把郁勇关进监狱的呀！她还威胁孙所长说，你这个笑面虎，我不管你什么制度，你少拿制度来吓我，是你把我侄子弄进了监狱，我就找你要人，今天你不把人交出来我就坐在这里不走了！

你也别怪孙所长后来对她不客气了，我妹妹把人家的紧急会议搅黄了，孙所长就对他的部下说，让她在这儿闹好了，我们继续开会。警察们重新回到了会议室，留下大姑一个人在走廊上哭。大姑哭了一会儿，又骂了一会儿，以为骂了人他们会出来还击，可人家随你去骂，人家只管开他们的会，大姑等了半天也不见有人出来和她对骂，她就从地上爬起来了。我看见她的苍黄的脸上升起了两朵鲜艳的红晕，这两朵红晕来得蹊跷,看上去大姑不像一个病中的老妇人,而像一个化了妆在台上扭秧歌的女孩子。我告诉你,正是那两朵红晕使我心慌意乱,我为我妹妹的生命担心起来。据我所知,老人们脸上的红晕其实不是红晕,那是阎王爷用红笔在你脸上做的记号呀。

别闹了,我的好妹妹,我对大姑喊道,你是老糊涂了,你不觉得脸上发烫吗,你这样无理取闹惹怒了阎王爷,他在你脸上做了记号啦。

大姑还在闹,她不敢去拍会议室的门,就用巴掌拍会议室的墙。她说,你们欺负老实人呀,毛主席要你们为人民服务,你们不为人民服务,你们就为郁勇那坏分子服务!

别拍了,我的好妹妹,我对大姑喊,你就是把巴掌拍断了也没用,他们在开会呀,你做了一辈子家庭妇女,你不知道开会的重要性。我的好妹妹,你别在这里丢人现眼了,回家去吧,回家躺床上去。让我来给阎王爷说点好话,让他把你脸上的红记号抹掉。

大姑大概是疯了,她是吃了豹子胆了,竟然把我的话当耳旁风,我越是不让她闹她闹得越是厉害。她对着会议室的门说,孙所长你有什么了不起的,你爹就是从前开油坊的孙大胖子嘛,你爹卖一斤油掺三两水,让人骂得一钱不值呢,怎么让你当了领导?你当了领导就该感谢党的恩情,怎么反过来欺压百姓？你欺压别人我不管，欺压到我家头上我绝不答应！

别闹了，我的糊涂妹妹呀！我说，你把人家祖宗八代的事翻出来有什么意思？你盯着人家孙所长不放也不公平呀，又不是孙所长害了独虎，是独虎自己害了自己。独虎这孩子你就随他去吧，你就信了刘沛良的话，你就把他当是邓天寿的儿子，你别管他的事了，你管管你自己那把老骨头吧。

大姑不听我的话，她还在拍那堵墙，说，孙所长你昧良心啦，你不帮我家办事，为什么要收我侄女的礼？你说他没事没事，没事怎么送他去蹲大牢？我们华家就这么一棵独苗，你就下得了这个手，孙所长你伤天害理呀！

我就猜到大姑会说出这种丑话，只有她这种老糊涂才会当着人把送礼的事抖出来，让她这么一闹送礼的事倒有了个结果。会议室的门开了一条缝，那个年轻人将一个装满东西的塑料袋从门缝里塞了出来，他对大姑说，这是你们家送给孙所长的东西，孙所长让你带回去。大姑一下就傻眼了，我不得不说孙所长是世界上最聪明的人，他这个"撒手锏"打得正是地方，不费口舌就击退了大姑的疯狂进攻。我看见大姑打开塑料袋看着里面的两瓶酒和一条香烟，不停地眨巴着眼睛，她不再闹了，而且我能看出来她后悔这么闹了，她终于明白自己不该这么闹了。我看见她提起塑料袋准备走了，她的脸上一下子充满了羞愧和自责的表情。看守所在哪儿呀？我听见大姑最后这么问了一声。会议室里传出一个警察不耐烦的声音，五家桥，你去五家桥闹去吧！

　　大姑走到街上就泪流满面了，我听见她嘴里不停地咕哝着，都是些骂人的话。她骂自己蠢，骂自己是扫帚星，我不反对，可她骂来骂去又骂到了孙所长的头上，骂人家是奸臣，是林彪，是"四人帮"。她还骂新梅是废物，送礼也不会送，反而让人家出了洋相。我就火了，我说你这个蠢货扫帚星给我住嘴吧，你说一百句也顶不上人家放一个屁，你已经被阎王爷的巡逻队盯上了，你还在神气呢，你还在骂人呢。你要是还想要你的老命就赶紧给我回家去，回家安安分分地躺着，你要是不想活你就去骂吧，你就去五家桥闹吧，你等着大鬼小鬼把你抓住吧，我才不管你！

　　看来我妹妹是不要她的老命了，她提着那个塑料袋子朝公共汽车站走。你说她哪来的这股劲？她是要去五家桥呀。我听见她在汽车站向人问路，她问去五家桥该坐什么汽车。别人却都朝大姑摇头，你不能怨他们懒得说话，好端端的谁去那种地方呢。好不容易问到了一个老人，他说，你是去探犯人吧？大姑一听这话就给了人家一个白眼，她说，你这把年纪是怎么说话的？谁告诉你我家有犯人的？人家不跟大姑一般见识，虽然挨了抢白还是给她指了路。他让大姑去火车

301

站坐专线车,他还说去五家桥的专线车下午五点钟收班,要赶末班车就得抓紧去火车站了。

那个老人好心办了坏事,大姑后来就一路小跑向火车站方向去了。我看她这么跑心就一点一点地往下沉,我看见云层里的灰衣巡逻队正跟着大姑跑,我想让我妹妹抬头朝天上看看,看看阎王爷的手离她有多近。可是我妹妹眼睛里没有别人,她只顾向火车站跑去,她就穿着一只袜子提着一袋烟酒向火车站跑去,她的心里只有独虎。我知道她为什么把塑料袋抓得那么紧,她想把它送到看守所去走后门呢。

我记得那是一个秋天的黄昏,五家桥的田间小路上出现了我妹妹佝偻的疲惫的身影。五家桥其实是郊区农村,大片的刚刚收割的稻子堆在打谷场上,而水田里的水还没干,稻茬像一只只死去的小鸟浸泡在水中。那天的太阳也怪,该亮的时候不亮,到了黄昏落山的时候反而像个弥留的老人,临死放了个响屁,夕阳刺眼,天地间一片金黄。乡野景色不知怎么唤醒了我的许多记忆,我想起了我老家的水稻,我想起了我妹妹八岁时撅着屁股替奶奶割稻子的情景,我想起我妹妹那年从棚车上下来的时候一只衣袖上还沾着几粒金色的稻谷,我想起我妹妹年轻时多么健壮、多么快乐,多少男人来我家提亲,她为什么一个也看不上?她为什么要给她哥哥做一辈子牛马呢?我突然怀疑我这妹妹是一条牛变的,是一匹马变的。我这么想着就看不见我妹妹了,我看见一头老牛沿着田间小路慢慢地走着,我还看见我们一家人都骑在老牛背上,我们用鞭子抽它。我们说,你这头懒牛怎么走得这么慢,走快一点呀!我看不见我妹妹,还因为泪水已经模糊了我的视线。我想她就是一头牛也该有偷懒的时候,就是一头牛生病了也知道卧槽睡觉,她怎么就不知道呢?

现在大姑终于看见了看守所的围墙和铁丝网,她隐隐听到了从围墙内传出的哨声,正是哨声使大姑慌不择路,她突然跳进水田里抄近路向看守所的大门跑去,我看见她向远处的几个解放军挥手,说,别关门,等等我!只有我知道大姑为什么如此焦急,她听不得哨声,她一听哨声就焦急,她以为那扇大铁门会在哨声吹响以后关拢,独独把她关在门外。

你知道看守所的大门其实总是紧闭着的,我妹妹不懂,她跑到门口就冲着解放军说,怎么把门关上了?我让你们别关门,你们偏要关,我这把年纪的人,跑这么多路容易吗?两个解放军都很纳闷,他们说,今天没开门,什么时候开门关门了,大娘你是眼花了。大姑说,你们还在骗我,我明明看着那门,我一来你们就把门关上了,你们的手真快呀。两个解放军都很年轻,只有十七八岁的样子,他们看着大姑脚上的泥巴和一只脏袜子,他们想忍住不笑,最后却没能忍住,两个人同时"扑哧"一声笑起来。大姑说,你们是解放军呀,怎么能嬉皮笑脸的？解放军爱人民，你们怎么能笑话我，你们违反三大纪律八项注意了。两个解放军毕竟还是孩子，他们笑得浑身颤抖，又不敢笑出声来，就把头扭来扭去的。大姑愤愤地说，你们笑吧，现在的解放军不像话，讥笑起群众来了。我可不是来给你们耍马戏的，你们给我开开门，我要去看我侄子。

你已经猜到大姑的五家桥之行会有什么结果了吧？结果正如我们大家所预料的，那天是星期一，看守所不开放。说不开放就不开放，就是天王老子来了也没用，何况是我那个像疯老婆子一样的妹妹？我妹妹不相信解放军说的话，她说，又骗人呢，什么不开放？天天都开放，看见我这个老太婆来了你们就不开放了，你们是存心欺负人呀。我妹妹说完就坐在地上了，不，她不是坐在地上，是跌在地上了。你们千万别以为我妹妹这次是耍赖皮，不是，我替她发誓，她是一点力气也没有了。你想想吧，她明明是一头牛，却像一匹马那样四蹄腾空地跑，她不是故意要把自己累死吗？

我妹妹仰头看了看天空，也许她是看见了那些一路追踪她的大鬼小鬼，她泪盈盈的眼睛里突然充满了恐惧，她的手终于松开了那个沉重的塑料袋子，我听见她绝望的声音，该死，天快黑啦，没有汽车了，你让我怎么回去？

我对我妹妹冷笑着，我说，你总算害怕了，你总算知道天会黑下来，总算知道末班车已经没有了，你不是本事大吗，你那么大的本事怎么不让太阳停在半空中，怎么不让末班汽车在车站等着你？你要看独虎，你要看那个天字第一号的大孽障，你去呀，你去把解放军的枪夺下来，你冲进去看呀，你现在怎么坐在地上不动了呢？

我妹妹被我骂得低下了头，她说，哥呀，你别整天骂我了，我知道我是扫帚星呀。我一身晦气走到哪儿带到哪儿，我不来这里这里天天开放，我一来他们就关门了，我不出门太阳要到七点钟下山，我一出门六点钟天就黑了。我是扫帚星，老天跟我作对，这些人也跟我作对呀。

我说，你知道你是扫帚星就该老实待在家里，你怎么还到处乱跑？你乱跑不要紧，全家人跟着你倒霉，三个侄女满世界在找你呢。这个世界本来秩序很好，你到这里闹一下，到那里哭一下，到处妨碍人家的工作，你就像一只臭虫，没个屁用，到处讨人嫌！

我妹妹眨巴着眼睛，撩起衣角抹着眼泪，说，哥呀，别骂了，我知道我错了。可也不能全怪我，也怪咱娘，她知道我是扫帚星，为什么还要把我生出来？她为什么不把我带走？哥呀，她不带我你来带我吧。你要是不忍心就让嫂子来带我，带我走了就好了，孩子们就都好了。你们早点带我走，新兰不会死，佩生不会瘫，独虎也不会出事呀。你们带我走

305

吧，扫帚星一走全家就太平啦。

我听我妹妹这么说话心就凉了，我知道这些话都让阎王爷的巡逻队听到了，他们今天抓人的指标还没完成呢，碰到个自觉自愿的正中下怀呢。我想去捂住我妹妹的嘴，我想去捂住巡逻队员的耳朵，可是我什么也来不及做，只听见一种呼呼的风声，穿灰衣服的大鬼小鬼已经排成雁阵从我身边一掠而过，我只来得及叫了这么一声，住手，她是我妹妹啊！

我忘不了我妹妹在人间最后的姿态，她的一只手按着塑料袋，另一只手向前伸出去，似乎想要拉住什么东西。只有我知道她想拉的是一条红腰带，华家的孩子们学步走路的时候，腰间都扎着那种红腰带。我知道我妹妹想抓住红腰带，我说妹妹你用力拉，把他们都拉回来，把时光也拉回来！回到过去的年代有多好，孩子们都还小，你也还年轻，那个年代我们家太平无事全家快乐，那个年代有多好啊。拉吧！我为我妹妹鼓劲加油，好妹妹你用力拉吧，用力拉吧，把孩子们腰间的红腰带都拉回来，让我们用红腰带把五个孩子拴在一起，干脆把我们和孩子们也拴在一起，让我们全家人永远守在一起。我说妹妹你用力拉吧，反正是最后一次，你就试一试，你就使出最后的力气用力拉吧。我说要是你用力一拉把过去的日子拉回来多好，那我们就回到光屁股时代了。我说干脆我们连孩子也不做，做个孩子总是要长大，长大了就要受罪，那多不合算，干脆我们就钻回到娘肚子里，躲在那里不出来，谁要让你受苦都办不到，仔细想一想吧，那有多好！

## 11

我妹妹七十岁那年与我在天界重逢，我从来没见过像我妹妹这么喜气洋洋的死者。她一路上咯咯地笑着，笑得合不拢嘴，你看她欢天喜地的样子会以为她捡了一只金元宝。我不知道她为什么这样高兴，可后来我看见她身上新编的号码就明白了，我妹妹被编在天堂第一区啦。你想想吧，天堂第一区，那是玉皇大帝居住的地方呀，那是我们这些鬼魂做梦都梦不到的地方呀。天堂第一区，我认识的人中间没有谁能去，我的妹妹却去了，她是我的亲妹妹呀！

托了我妹妹的福，我第一次看见了天上的仙女们，她们赶走了穿灰衣服的大鬼小鬼们，亲自护送我妹妹去天堂。仙女就是仙女，她们比谁都美丽，比谁都善良。她们知道我们是兄妹，也不嫌弃我的身份，她们允许我和我妹妹说九十九句话。可是千言万语在心间，我突然一句话也说不出来，我的九十九句话化成九十九行眼泪流淌下来，把人家仙女们雪白的裙裾都弄湿了。

大姑说，哥呀，你怎么不说话？你是不是怪我来得太早了？

我说，不，不早了，早知道你在第一区，你还该早点来，早来一天少受一天的罪。

大姑说，说得是呀，我就是扔不下孩子们，要不是孩子们的事拖着我，我早就来了。

我说，别说孩子们的事了，你马上就成仙女了，仙女不能说那些乌七八糟的事。

大姑说，哥呀，独虎的事你知道了吧？我现在就是放心不下独虎，等我去了玉皇大帝那里，见了他老人家我一定要跟他说说这事。即使我救不了独虎，玉皇大帝还怕救不了一个孩子？

我说，别说独虎的事了，说他的事会脏了你的嘴巴。你现在是仙女了，可不能再由着性子随便说话了。说说天堂里的好事吧，你知道玉皇大帝把你召去干什么？

大姑说，我也正在猜呢。我能干什么，不会是让我去给玉皇大帝带孩子吧？我告诉这些仙女了，我说我是扫帚星。她们不相信，她们说我是仙女，我是仙女下凡呢。哥，你别眨巴眼睛，别说你不相信，我自己也不相信，我怎么会是个仙女？我自己一点也不知道哇。

我说，是仙女还是扫帚星，我们说了不算，玉皇大帝说了算，他说你是仙女你就是仙女了，别给我忸忸怩怩了，你为什么不能是仙女？我们华家为什么不能出个仙女？好妹妹，你做了仙女我们脸上都有光呀！就是要给街上人看看，让他们狗眼看人低，他们自以为了不起，谁家出仙女了？他们看不起华家，可是就我们华家出了个仙女！

大姑说，哥呀，我以为是在做梦呢。我做梦也没想到自己是个仙女，我不是扫帚星，反而是个仙女。哥，我要是在做梦，你就朝我吼一声，你朝我吼一声吧。

我想答应我妹妹的请求，我想我朝她吼了大半辈子了，再吼一嗓子怕什么？奇怪的是仙女有仙女的魔力，我怎么努力也吼不出声音来。

大姑说，哥呀，你就再朝我吼一嗓子吧！你别怕，我做了仙女还是你妹妹，你吼得再响我也不会怪你的，以后我再也听不到你的吼声了。

我羞愧万分，我说，好妹妹，你别为难我了，你不是在做梦，你做仙女是老天爷开眼了。想想你这一辈子吧，你不是仙女谁是仙女？

我记得我们兄妹的九十九句话没有说完，后来大姑就朝着我的黑天驴叫了一声嫂子，她对黑天驴说，嫂子呀，我就知道你和我哥守在一起呢，可你不该把自己变成一头驴呀。

嫂子呀，你别难过，等我跟玉皇大帝能说上话了，我求求他老人家，让你也变成一个仙女。起初我不知道大姑在说什么，我说，你还提你嫂子呢，她对我做下了一屁股亏心事，她躲着我不敢见我呢。大姑说，哥呀，嫂子活着时，你就对她凶神恶煞的，升了天大家就该恩恩爱爱的，你怎么把嫂子当驴骑呢？我就回头看我的黑天驴，我看见我的驴子惊慌失措，我看见它张大嘴巴想说话，我等着它开口说话，但我只等到了它的两行眼泪，然后我的黑天驴就甩下我飞驰而去。我没有料到它会突然离我而去，刹那间我把什么都忘了，我只想着挡住我的驴子，我就追着驴子飞奔起来。我说，你站住，余凤凰，你给我站住啊，你给我说清楚，独虎到底是谁的儿子？

人们都说天机不可泄露，天机一旦泄露好事也会变成坏事，我在天界唯一的好事最后就变成了坏事。你大概已经猜到最后的结局了，是的，我没有能追到我的变成驴子的妻子，我也没能再见到我的变成仙女的妹妹。等我回来时，她们已经消失得无影无踪了，她们给我留下了一片无边无垠的黄昏的天空，留下一个太阳和一个月亮，还有满天鬼鬼祟祟似亮非亮的星星。可是我要太阳有什么用？我要月亮有什么用？我要那么多星星有什么用？我说过我华金斗这一生天不怕地不怕，可是那天晚上我看着太阳缓缓地落下去，看着月亮慢慢地升起来，看着星星开始在四面八方闪烁白色的光芒，我开始害怕了。我知道天马上要黑了，天马上要黑透了，我知道明天会是一个风和日丽的好天气，可是好天气与我有什么关系？我连一个黑夜也熬不过了，我再也不想跟你们说我的故事了。我知道你们还在惊讶，惊讶凤凰怎么变成了一头驴子，陪我在天界流落了这么多年，你们去赞颂她吧。告诉你们，我不领这个情，我不会对她说一个"谢"字。让你们惊讶去吧，我对我们家的故事早就不耐烦了，他们都拍拍屁股走了，我为什么不能走？大家都走吧，幸运的去天堂，不幸的去地狱，我去不了天堂那就去地狱吧。我不信身上有个黑印就去不了地狱，那个地狱法官肯定是在吓唬我，我听说进地狱根本就没有他说的那么难。没那么难。有人告诉我地狱的守夜人老王嗜好烟酒，所以我现在要去五家桥，我要把我妹妹丢在那儿的一条香烟和两瓶酒捡起来，我不会让别人白白捡了便宜，我一定能把那一条香烟和两瓶酒捡起来，华家的人从来不白花一分钱，我要把它们送给老王。

这就不错了，趁着天黑，趁着老王守夜，你还能去地狱。

# 附录 苏童经历

| | |
|---|---|
| 1963年 | 1月23日出生于江苏苏州城最北端的齐门外大街，这条充满回忆的大街，后来被虚构成他小说中的"香椿树街"和"城北地带"。 |
| 1969年 6岁 | 就读于齐门小学。 |
| 1971年 8岁 | 患严重的肾炎及并发性败血症，以致休学半年。在这段病榻时光里，他深刻体会到了孤独与生命的不确定性，也因此开始接触并阅读小说。 |
| 1975—1980年<br>12—17岁 | 就读于苏州市第三十九中学。作文才华出众，深得老师赏识，经常被推荐参加各类竞赛。初中毕业时，他曾报考南京的海员学校，但遗憾的是未能如愿被录取。<br><br>在高中时期，他放学后写诗，写家后一条黑不溜秋的河，这条河不仅承载着他的记忆与情感，更成为他虚构创作中的灵感之源。 |
| 1980年 17岁 | 考取北京师范大学中文系。大学期间，他显得沉默寡言，大 |

高中时期的苏童

少年时，海军的梦想

部分时间沉浸在阅读小说和文学杂志中，尤其从塞林格的作品中深受启发。

| | | |
|---|---|---|
| 1983年 | 20岁 | 在《飞天》4月号发表处女作组诗《旅行者》(署名童中贵)；后又发表组诗《松潘草原离情》及短篇小说《第八个是铜像》。这些最初的写作尝试，成为他锤炼语言和意境的宝贵训练场。大学的四年时光里，他逐渐找到了属于自己的自由生活状态。 |
| 1984年 | 21岁 | 大学毕业，被分配到南京艺术学院做辅导员。他的日常生活却显得颇为懒散：白天工作，晚上则熬夜沉浸在小说创作中，以至于第二天上班时常迟到。开始写作短篇小说《桑园留念》。 |
| 1985年 | 22岁 | 成为《钟山》杂志编辑，每天所干的事所遇见的人都与文学有关，还经常坐飞机去外地找知名作家组稿，接触了贾平凹、铁凝、路遥、张承志等知名作家。 |
| 1986年 | 23岁 | 与中学时期的同学坠入爱河。他说："她从前经常在台上表演一些西藏舞、送军粮之类的舞蹈，舞姿很好看。我对她说我是从那时候爱上她的，她不信。" |
| 1987年 | 24岁 | 这是他人生的重要一年，他幸福地结了婚。《桑园留念》在投稿三年后，终于被发表在《北京文学》第二期，这标志着他"香椿树街"系列的开端。短篇小说《飞越我的枫杨树故乡》发表于《上海文学》第二期。中篇小说《一九三四年的逃亡》发表于《收获》第五期，他一举成名， |

成为先锋小说的领军人物之一。

**1988年　25岁**　中篇小说《罂粟之家》发表于《收获》第六期，后被评论家誉为"百年来中国中篇小说首屈一指的作品之一"。发表短篇小说《乘滑轮车远去》《祭奠红马》等。《乘滑轮车远去》被视为20世纪60年代那代人的童年生活的一个标志性符号。

**1989年　26岁**　他迎来了新生命，"我的女儿隆重降生，我对她的爱深得自己都不好意思"。中篇小说《妻妾成群》发表于《收获》第六期。此时，苏童的创作逐渐走向成熟，他的作品中也开始呈现出一个沉郁复杂的南方世界。

25岁的苏童，摄于上海

| | | |
|---|---|---|
| 1990年 | 27岁 | 加入中国作家协会。发表小说《妇女生活》《女孩为什么哭泣》等。 |
| 1991年 | 28岁 | 导演张艺谋由《妻妾成群》改编的电影《大红灯笼高高挂》上映，该片先后获得威尼斯电影节多个奖项、奥斯卡最佳外语片提名、百花奖最佳影片等殊荣。长篇小说处女作《米》发表于《钟山》第三期，得到评论家的一致肯定，"苏童的这座米雕，似乎标志着他真正进入了历史"。发表中短篇小说《红粉》《吹手向西》《另一种妇女生活》《离婚指南》等。 |
| 1992年 | 29岁 | 长篇小说《我的帝王生涯》发表于《花城》第二期。他坦言："我的想象力发挥到了一个极致，天马行空般无所凭依。"这部作品与《米》被认为是最具寓言性的新历史主义小说。发表中短篇小说《园艺》《回力牌球鞋》等。获庄重文文学奖。 |
| 1993年 | 30岁 | 长篇小说《城北地带》开始在《钟山》连载。"香椿树街在这里是最长最嘈杂的一段"。发表中短篇小说《刺青时代》《狐狸》《纸》等。 |
| 1994年 | 31岁 | 导演李少红由《红粉》改编的电影《红粉》上映，该片获柏林国际电影节银熊奖。创作长篇小说《武则天》（又名《紫檀木球》）。发表中短篇小说《樱桃》《什么是爱情》《肉联工厂的春天》等。这一年也是苏童的旅行和学术交流年，足迹遍布了美国、瑞典、德国等6个国家。 |

1995年　32岁　导演黄健中由《米》改编的电影《大鸿米店》拍摄完成，但因种种原因该片迟迟未能公开上映。发表中短篇小说《三盏灯》等。

1996年　33岁　发表中短篇小说《犯罪现场》《红桃Q》《世界上最荒凉的动物园》等。"香椿树街系列"短篇小说以这一年为界，这之后创作的《古巴刀》《水鬼》《白雪猪头》等作品的文学想象更加成熟。

1997年　34岁　长篇小说《菩萨蛮》发表于《收获》第四期。发表中短篇小说《告诉他们，我乘白鹤去了》《神女峰》等。

20世纪90年代的苏童

| | | |
|---|---|---|
| 1998年 | 35岁 | 发表中短篇小说《小偷》《开往瓷厂的班车》《群众来信》等。作为中国作家代表,苏童与余华、莫言、王朔一同参加意大利都灵东亚文学论坛。同年10月,访问中国台湾,并拜访了知名学者夏志清。 |
| 1999年 | 36岁 | 发表中短篇小说《驯子记》《向日葵》《古巴刀》《独立纵队》等。 |
| 2002年 | 39岁 | 长篇小说《蛇为什么会飞》发表于《收获》第二期。发表中短篇小说《点心》《白雪猪头》《人民的鱼》等。2002年至2006年,他的短篇小说写作出现了一次小高潮。 |
| 2003年 | 40岁 | 发表中短篇小说《骑兵》《垂杨柳》等。 |

丁聪所绘苏童漫画像

| | | |
|---|---|---|
| 2004年 | 41岁 | 导演侯咏由《妇女生活》改编的电影《茉莉花开》上映。发表中短篇小说《手》《私宴》《桥上的疯妈妈》等。 |
| 2005年 | 42岁 | 发表中短篇小说《西瓜船》等。 |
| 2006年 | 43岁 | 小说《碧奴》首发,这是全球首个同步出版项目"重述神话"中的首部中国神话作品。发表中短篇小说《拾婴记》等。 |
| 2007年 | 44岁 | 应歌德学院邀请去莱比锡做驻市作家,在莱比锡生活了三个月,开始动笔写作长篇小说《河岸》。 |
| 2009年 | 46岁 | 长篇小说《河岸》发表于《收获》第二期,后由人民文学出版社出版。这部作品实现了他的夙愿——"用一部小说去捕捉河流之光"。获第三届英仕曼亚洲文学奖和华语文学传媒大奖年度杰出作家奖。 |
| 2010年 | 47岁 | 凭借短篇小说《茨菰》获得第五届鲁迅文学奖。同年,他和王安忆一同获得了英国"布克奖"的提名,这是中国作家首次入围布克国际文学奖。 |
| 2013年 | 50岁 | 长篇小说《黄雀记》发表于《收获》第三期,后出版足本。获选《亚洲周刊》年度十大华语小说。发表中短篇小说《她的名字》等。 |
| 2015年 | 52岁 | 成为北京师范大学驻校作家。8月,凭借《黄雀记》获第九届茅盾文学奖,他在获奖感言中深情表示:"被看见, |

然后被观察,那是一种写作的幸运。"同年,由江苏作协调往北京师范大学国际写作中心工作。

2019年　56岁　《黄雀记》入选"新中国70年70部长篇小说典藏"。同年,凭借短篇小说《玛多娜生意》第八次获得百花文学奖。

2021年　58岁　8月,以朗读者的身份参与中央广播电视总台文化类综艺节目《朗读者》第三季。9月,参演的电影《一直游到海水变蓝》在中国上映。12月,当选中国作家协会第十届全国委员会委员。

2022年　59岁　作为嘉宾参加首部外景纪实类节目《我在岛屿读书》。

2021年的苏童

2023年　60岁　受聘为苏州城市学院文正书院兼职教授。同年,他再次与余华、莫言、阿来等录制《我在岛屿读书》第二季。

苏童在《我在岛屿读书》